Leonardo Padura est né en 1955 à La Havane, où il vit toujours. Il est romancier, essayiste, journaliste et auteur de scénarios. Il est l'auteur, entre autres, d'une tétralogie intitulée *Les Quatre Saisons*, publiée dans une quinzaine de pays. Ses derniers romans, *L'homme qui aimait les chiens*, *Hérétiques* et *Poussière dans le vent*, ont démontré qu'il fait partie des grands noms de la littérature mondiale. Il a obtenu de très nombreux prix, dont le prix Hammett, le prix Café Gijón, le prix Roger-Caillois de littérature en 2011 et le très prestigieux prix Princesse des Asturies en 2015.

Leonardo Padura

ÉLECTRE
À LA HAVANE

ROMAN

*Traduit de l'espagnol (Cuba)
par René Solis et Mara Hernandez*

Éditions Métailié

TEXTE INTÉGRAL

TITRE ORIGINAL
Máscaras

© Leonardo Padura Fuentes, 1997

ISBN 979-10-414-1353-9

© Éditions Métailié, Paris, 1998, pour la traduction française

Le Code de la propriété intellectuelle interdit les copies ou reproductions destinées à une utilisation collective. Toute représentation ou reproduction intégrale ou partielle faite par quelque procédé que ce soit, sans le consentement de l'auteur ou de ses ayants cause, est illicite et constitue une contrefaçon sanctionnée par les articles L. 335-2 et suivants du Code de la propriété intellectuelle.

Otra vez más, y como debe ser :
para ti, Lucia

Avertissement de l'auteur

Je me suis permis dans ce roman certaines libertés poétiques et j'ai cité, de façon plus ou moins longue, des textes de Virgilio Piñera, Severo Sarduy, Dashiel Hammett, Abilio Estévez, Antonin Artaud, Eliseo Diego, Dalia Acosta et Leonardo Padura, sans compter plusieurs documents officieux et quelques passages des Évangiles. À plus d'une occasion, je les ai transformés et même améliorés, et j'ai presque toujours supprimé les guillemets que l'on utilisait auparavant dans ce type de situations.

D'autre part, je veux remercier pour le temps et le talent qu'ils ont investi dans la lecture et la révision du manuscrit les amis suivants : Lourdes Gómez, Ambrosio Fornet, Alex Fleites, Norberto Codina, Arturo Arango, Rodolfo Pérez Valero, Justo Vasco, Gisela González, Elena Núñez et bien évidemment, Lucía López Coll. Enfin, comme toujours, je rappelle que les personnages et les événements de ce livre sont l'œuvre de mon imagination, même s'ils sont assez proches de la réalité. Mario Conde est une métaphore, pas un policier, et sa vie se déroule, tout simplement, dans l'espace possible de la littérature.

Été
1989

Le Pédagogue : (...) Non, il n'est pas d'issue possible.
Oreste : Reste le sophisme.
Le Pédagogue : C'est vrai. Dans une ville aussi évanescente que celle-là, faite d'exploits jamais réalisés, de monuments jamais bâtis, de vertus que nul ne pratique, le sophisme constitue l'arme par excellence. Si l'une des femmes savantes te dit qu'elle est le fécond auteur de tragédies, ne t'avise pas de la contredire ; si un homme t'affirme qu'il est un critique confirmé, entre dans son mensonge. Il s'agit, ne l'oublie pas, d'une ville où tout le monde souhaite être trompé.

Virgilio Piñera, *Electra Garrigó*, acte III

Avant tout il importe d'admettre que, comme la peste, le théâtre est un délire contagieux.

Antonin Artaud, *Le Théâtre et son double*.

Nous mettons tous des masques.

Batman

La chaleur est une plaie maligne qui envahit tout. Elle tombe tel un lourd manteau de soie rouge qui serre et enveloppe les corps, les arbres, les choses, pour leur injecter le poison obscur du désespoir, de la mort lente et certaine. La chaleur est un châtiment sans appel ni circonstances atténuantes, prêt à ravager l'univers visible ; son tourbillon fatal a dû tomber sur la ville hérétique, sur le quartier condamné. Elle est le calvaire des chiens errants, bouffés par la gale, malades d'abandon, à la recherche d'un lac dans le désert ; des vieux aussi qui traînent des cannes encore plus fatiguées que leurs jambes, arc-boutés contre la canicule, en lutte quotidienne pour la survie ; et des arbres, autrefois majestueux, à présent courbés sous la montée furieuse des degrés ; et de la poussière morte dans des caniveaux nostalgiques d'une pluie qui n'arrive pas ou d'un vent indulgent, capables d'inverser ce destin immobile et de métamorphoser cette poussière en boue ou en nuages abrasifs ou en orages ou en cataclysmes. La chaleur écrase tout, tyrannise le monde, ronge ce qui peut être sauvé et ne réveille que les colères, les rancunes, les envies, les haines les plus infernales, comme si son but était de hâter la fin des temps, de l'histoire, de l'humanité et de la mémoire... Merde, ce n'est pas possible ce qu'il fait chaud, murmura-t-il, en enlevant ses lunettes de soleil pour éponger la sueur qui salissait son visage et en crachant par terre une salive lourde et peu abondante qui roula sur la poussière assoiffée.

La sueur lui brûlait les yeux et le lieutenant Mario Conde regarda vers le ciel, pour implorer la pitié d'un nuage favorable. Et c'est alors que les cris de joie parvinrent à son cerveau. C'était un brouhaha dense, comme un chœur en train de répéter, qui se répandit dans l'atmosphère comme s'il avait jailli de la terre et s'était immiscé dans la chaleur de l'après-midi, capable de faire taire un instant le grondement des voitures et des camions qui se dépêchaient sur l'avenue, et de s'accrocher sournoisement à la mémoire du Conde. Mais ce n'est que lorsqu'il fut parvenu au coin de la rue qu'il les aperçut : tandis qu'un groupe se congratulait avec force cris et tapes dans les mains, d'autres discutaient, à voix tout aussi haute, en bons ennemis s'accusant les uns les autres, pour le même motif qui rendait l'autre groupe si heureux. Ceux-là ont perdu, ceux-ci ont gagné, conclut-il sans effort quand il s'arrêta pour les observer. Il y avait des garçons d'âges différents, entre douze et seize ans, de toutes les couleurs et de tous les styles, et le Conde pensa que si quelqu'un pareil à lui, vingt ans auparavant, s'était arrêté au même endroit en entendant un brouhaha similaire, il aurait vu exactement ce que lui voyait : des garçons de toutes les couleurs et tous les styles, sauf que celui qui discutait ou se réjouissait le plus fort, aurait sûrement été lui-même, le jeune Conde, le petit-fils de Rufino el Conde.

Il eut soudain l'illusion que le temps n'existait pas, parce que ce coin de rue avait justement servi depuis toujours pour jouer au base-ball, même si à certaines époques un ballon de foot ou un panier de basket cloué sur le poteau électrique avaient tenté une apparition en traître. La bonne vieille règle de la balle – à la batte, à la main, aux quatre coins, aux trois *rolling-un-fly*, ou au mur – avait toujours réussi à éliminer, sans trop de controverses, ces modes passagères. Ils étaient mordus de base-ball, et cette passion chronique, le Conde et ses amis l'avaient eux aussi ressentie avec intensité.

Malgré la chaleur, les après-midi d'août avaient toujours été les meilleures pour jouer au base-ball dans la rue. L'époque des vacances favorisait la présence de tout le monde à toute heure dans le quartier. Il n'y avait rien de mieux à faire et le soleil d'été surexcité permettait de jouer au-delà de huit heures du soir, lorsqu'une partie l'exigeait. Ces derniers temps pourtant, le Conde avait vu peu de matchs de base-ball dans la rue. Les gamins semblaient préférer des loisirs moins puants et fatigants que courir, frapper avec la batte et crier, pendant des heures, sous le soleil calcinant de l'été. Il se demandait ce que pouvaient bien faire les garçons d'aujourd'hui durant les longues après-midi d'août. Alors qu'eux passaient leur temps à jouer au base-ball, se souvint-il, et il se souvint aussi que de ceux de cette époque, il n'en restait plus beaucoup dans le quartier : certains entraient puis ressortaient de prison pour des histoires plus ou moins graves, d'autres avaient déménagé dans des endroits aussi divers qu'Alamar, Hialeah, Santiago de las Vegas, Union City Cojimar ou Stockholm, et il y en avait même eu un avec un billet aller simple pour le cimetière de Colón : pauvre petit Marcos. Aussi, même s'ils l'avaient voulu et s'ils avaient eu encore assez de force dans les jambes et de résistance dans les bras pour le faire, ceux de cette époque ne pourraient jamais plus organiser un nouveau match de base-ball, là, au coin de la rue : parce que la vie avait balayé cette possibilité, comme tant d'autres.

Quand ils eurent achevé de discuter et de se réjouir, les garçons décidèrent de faire un autre match et les deux leaders évidents du groupe s'apprêtèrent à choisir les joueurs pour redistribuer les forces et continuer la guerre dans des conditions plus équitables. C'est alors que le Conde eut l'idée : il allait leur demander de jouer avec eux. Il se sentait le corps moulu par ses huit heures de travail au Commissariat central, mais il n'était que six heures du soir et il préférait ne pas retourner tout de suite à la chaleur solitaire de son domicile. Il ne voyait rien de mieux à faire que de se mettre à jouer au base-ball. Si on le laissait.

Il s'approcha du groupe autour de la planche servant de *home-plate*, et il appela le fils de Felicio le Negro. Felicio avait été l'un de ceux qui jouaient toujours avec lui, et, calculant la dernière fois où il l'avait vu, il supposa qu'il était de nouveau en prison. Le garçon était aussi noir que son père et il avait également hérité de cette odeur de transpiration, abrasive et amère, que le Conde connaissait par cœur, car il s'en empreignait toujours quand il était avec Felicio.

— Rubén, dit-il alors au jeune garçon, qui le regardait avec étonnement, est-ce que tu crois que je pourrais jouer un moment avec vous ?

Le garçon continua à l'observer comme s'il n'avait pas compris, puis il regarda en direction de ses amis. Le Conde pensa qu'une explication s'imposait.

— Cela fait longtemps que je ne joue pas et j'ai envie d'attraper quelques balles...

Rubén s'approcha alors des autres joueurs, pour ne pas porter tout seul le poids de la décision. Dans ce pays, il vaut mieux consulter pour tout, se dit le Conde, tandis qu'il attendait le verdict. Les opinions semblaient partagées et l'accord tarda plus que prévu.

— Ça marche, dit enfin Rubén, dans son rôle d'intermédiaire, mais ni lui ni les autres ne semblaient satisfaits de cette concession.

Pendant qu'ils discutaient de la composition des équipes, le Conde ôta sa chemise et replia le bas de son pantalon. Heureusement, ce jour-là, il n'avait pas emmené son pistolet au travail. Il posa la chemise sur le muret de la maison où avait vécu Enrique le Galicien – mort lui aussi, il y a dix, vingt, mille ans? –, et on lui dit enfin qu'il était dans l'équipe de Rubén, qui devait défendre en premier. Mais, en se voyant soudain entouré de ces garçons, torse nu comme eux, le Conde se rendit à l'évidence. Tout cela était trop absurde et trop forcé : il sentait sur sa peau le regard ironique des gamins et il se dit qu'ils le voyaient peut-être comme le premier missionnaire débarquant dans une tribu lointaine : un étranger, avec un autre langage et d'autres habitudes. Il aurait du mal à s'intégrer à cette confrérie qui ne l'avait pas sollicité, ne voulait pas de lui, ne pouvait pas le comprendre. En outre, tous ces garçons devaient savoir qu'il était flic et, d'après l'éthique ancestrale du quartier, ils ne devaient pas trouver spécialement agréable d'être vu dans une telle intimité avec le Conde, même s'il avait été ami de leurs parents ou de leurs frères aînés. Oui, certaines choses ne changeaient pas au coin de la rue.

Alors que son équipe allait occuper ses positions, le Conde reprit sa chemise et s'approcha de Rubén. Il voulut lui passer le bras sur les épaules, mais il se retint à l'idée du contact de sa peau avec la couche de transpiration qui recouvrait le garçon.

— Excuse-moi, Rubén, mais je me suis rappelé que j'attends un coup de téléphone. Nous jouerons un autre jour, lui dit-il avant de s'éloigner vers la Calzada, en sentant l'impitoyable soleil rouge, placé déjà à hauteur de ses yeux, lui brûler le corps et l'âme. Au-dessus de sa tête, il put apercevoir l'épée de feu qui lui indiquait la sortie définitive de ce paradis irrémédiablement perdu qui avait été sien, mais qui n'était et ne serait plus jamais sien. Si ce coin de rue ne lui appartenait plus, lui restait-il quelque chose qui lui appartienne vraiment ? La déchirante sensation de venir d'ailleurs, d'être étranger, différent, l'envahit avec une telle force que le Conde dut se retenir et s'accrocher aux derniers débris de son orgueil pour ne pas se mettre à courir. Et ce n'est qu'alors, en reprenant pleinement conscience de la chaleur peu propice à la course à pied, qu'il comprit la raison toute simple pour laquelle ils n'avaient pas voulu l'accepter : comment ne m'en suis-je pas rendu compte, ces petits salauds jouaient pour de l'argent...

— Qu'est-ce qui t'arrive, grosse brute ?
— Je ne sais pas, je dois être fatigué.
— Quelle chaleur, non ?
— À crever.
— Tu as vraiment une sale gueule, toi.
— Ça ne m'étonne pas, accepta le Conde. Il toussa et cracha dans le patio par la fenêtre. Sur son fauteuil roulant, Carlos le « Flaco » – le maigre – l'observa, puis haussa les épaules. Il savait que quand son ami avait ce genre de comportement, il valait mieux l'ignorer. Il avait toujours dit que le Conde était un salaud qui aimait souffrir, un incorrigible brasseur de souvenirs, un masochiste indépendant, un hypocondriaque à l'épreuve des coups et le type le plus difficile à consoler au monde, et ce jour-là il ne se sentait pas prêt à investir du temps et des neurones pour crever l'abcès de mélancolie aiguë dont souffrait son ami.

— Tu veux mettre de la musique ? lui demanda-t-il.
— Tu veux, toi ?
— Façon de parler. Faut bien dire quelque chose, non ?

Le Conde s'approcha de la longue rangée de cassettes placées sur l'étagère supérieure de la bibliothèque. Il parcourut du regard les titres et les interprètes, et pour une fois ne s'étonna même pas des goûts musicaux éclectiques du Flaco.

— Qu'est-ce que tu aimerais écouter?
— Les Beatles? Chicago? Formula V? Los Pasos? Credence?
— Va pour Credence.

Encore les souvenirs : ils aimaient la voix compacte de Tom Foggerty et les guitares primitives de Credence Clearwater Revival.

— Cela reste la meilleure version de *Proud Mary*.
— Ça ne se discute même pas.
— Il chante comme un nègre, ou plutôt non : il chante comme un dieu, putain !
— Oui, putain ! dit l'autre. Et ils se surprirent à se regarder dans les yeux : au même instant ils avaient tous les deux éprouvé le même sentiment de répétition maladive. Ce même dialogue, avec les mêmes mots, ils l'avaient répété d'autres fois, bien des fois, au long de presque vingt ans d'amitié, et toujours dans la chambre du Flaco. Sa résurrection périodique provoquait chez eux la sensation de pénétrer dans le royaume enchanté du temps cyclique et perpétuel, où il était possible d'imaginer que tout était immaculé, éternel. Mais de nombreux signes visibles, et d'autres dissimulés derrière la honte, la peur, la rancune et même l'affection signalaient que la seule chose permanente était la voix enregistrée de Tom Foggerty et les guitares de Credence. La tête du Conde menaçant de se dégarnir complètement et l'obésité maladive du Flaco, qui n'était plus du tout flaco, la tristesse épaisse de Mario et l'invalidité irréversible de Carlos constituaient, parmi des milliers d'autres, des preuves trop aveuglantes d'un désastre lamentable qui par-dessus le marché enflait jour après jour.

— Tu as vu Candito el Rojo dernièrement?, lui demanda le Flaco lorsque la chanson s'arrêta.
— Non, cela fait un bon bout de temps.
— Il est venu l'autre après-midi, et il m'a dit qu'il avait arrêté son commerce de chaussures.

— Et qu'est-ce qu'il fait maintenant ?

Le Flaco regarda vers le magnétophone, comme si tout à coup quelque chose dans l'appareil ou dans la chanson l'avait distrait.

— Qu'est-ce que tu as, grosse bête ?

— Rien... Maintenant il a un bar privé et il vend de la bière...

Le Conde secoua la tête et sourit. Il pouvait flairer les intentions de son ami à plusieurs kilomètres.

— Il m'a dit que nous n'avions qu'à y passer un de ces jours, toi et moi...

Le Conde secoua à nouveau la tête et refit son sourire.

— Tu sais bien que je ne peux pas y aller, Flaco. C'est illégal, et s'il arrive quelque chose...

— Arrête de déconner, Mario. Écoute, avec la chaleur qu'il fait aujourd'hui et la sale tête que tu as... D'ici à chez Candito c'est tout près... Quelques petites bières. Allez, on y va.

— Je ne peux pas, idiot, souviens-toi que je suis flic, dit-il, en agitant faiblement, avec les bras d'une volonté flageolante, des drapeaux qui criaient « SOS, arrête-toi, Flaco ». Mais le Flaco ne s'arrêta pas :

— Merde, moi qui meurs d'envie d'y aller et qui pensais que tu suivrais sans hésiter. Tu sais que je ne sors jamais d'ici, que je m'emmerde encore plus qu'un crapaud sous son caillou... Quelques petites bières bien fraîches. Pour mon anniversaire, non ? De toute façon, c'est à peine si tu es encore flic...

— Mais quelle espèce de fils de pute tu fais Flaco. Tu sais très bien que ton anniversaire c'est la semaine prochaine.

— D'accord, d'accord. Si tu ne veux pas, nous n'irons pas.

Le Conde stoppa le fauteuil roulant devant l'entrée de la maison. Il s'épongea à nouveau, tout en observant le couloir flanqué de portes. Il se sentait les bras lourds après avoir poussé les cent dix kilos de son ami sur plus de dix rues, avec deux côtes au milieu qu'il avait bien fallu redescendre. Au fond du couloir une lampe clignotante déchirait la pénombre et des portes ouvertes de chaque pièce de la maison collective jaillissaient l'éclat des écrans de télévision et les voix des personnages du feuilleton du moment. « S'il te plaît, maman, dis-moi qui est le coupable de tout ce qui est arrivé ? » suppliait quelqu'un à qui des choses terribles étaient probablement survenues dans cette vie par épisodes qui prétendait ressembler à l'autre vie. Il remit son mouchoir dans la poche et avança vers la porte de Candito, la seule qui restait fermée. Tout en poussant le fauteuil roulant il essaya de dissimuler son visage derrière ses bras : je suis encore un policier, pensait-il, tandis qu'il approchait de la tentation des bières clandestines et de l'oubli frais et gouleyant que leur accumulation allait lui procurer.

Il frappa à la porte qui s'ouvrit comme s'ils étaient attendus. Cuqui, la petite mulâtresse qui vivait maintenant avec Candito, n'avait eu qu'à allonger le bras pour faire tourner la poignée. Comme tous les voisins de l'immeuble, elle aussi regardait le feuilleton, et sur son visage apparut l'étonnement du personnage qui découvre enfin toute la vérité. « C'est moi le coupable », songea-t-il à dire, mais il se retint.

— Entrez, entrez, insista-t-elle, mais sa voix avait l'incertitude du personnage du feuilleton : elle refusait d'y croire, et c'est peut-être pour cette raison que, sans cesser de dévisager les nouveaux venus, elle cria : Candito, tu as des visiteurs !

Comme dans un théâtre de marionnettes, Candito el Rojo pointa sa tête couleur safran entre les rideaux de séparation de la cuisine et le Conde comprit alors la formule codée : avoir des visiteurs signifiait quelque chose de différent qu'avoir des clients, et Candito devait sortir avec précaution. Mais, en les voyant, le mulâtre sourit et avança vers eux.

— Eh ben ça alors, Carlos, tu l'as convaincu, dit-il, en serrant les mains de ses deux vieux camarades d'école.

— Je t'ai dit que je viendrais et je suis là, non ?

— Venez par là, il me reste encore quelque chose. Cuqui, prépare une assiette spéciale de jambon et de fromage pour les collègues et laisse tomber ton feuilleton. De toute façon, ça raconte toujours les mêmes bêtises...

Candito poussa les meubles pour pouvoir faire passer le fauteuil du Flaco, il tira le rideau qui cachait la cuisine, puis il ouvrit la porte qui donnait sur le petit patio : six tables, toutes occupées. Le Conde se figea. Candito le regarda dans les yeux et lui indiqua d'un mouvement de tête qu'il pouvait y aller. Mais, de la cuisine, le Conde observa un moment les clients : des hommes pour la plupart, trois femmes seulement, et il essaya d'identifier un visage. L'instinct lui fit porter la main à la ceinture et il s'aperçut de l'absence de son pistolet, mais il se rassura en voyant qu'il ne reconnaissait personne. N'importe lequel de ces personnages pouvait avoir eu un entretien avec lui au commissariat et le Conde n'aimait pas l'idée de le rencontrer dans un endroit pareil.

Sur les tables rondes, en marbre bon marché avec des pieds en fer, s'entassaient les bouteilles vides. Une lampe à la lumière froide éclairait le lieu et une radio-cassette diffusait, à plein volume, des chansons pleurnichardes de José Feliciano, dont la voix tentait de recouvrir celles des buveurs. À côté d'un lavoir, deux fûts métalliques suaient leur glace dans la chaleur ambiante. Candito avança vers la table placée dans un coin, occupée par deux gaillards à l'aspect redoutable. Il leur parla à voix basse. Les hommes acquiescèrent d'un signe de tête et quittèrent leurs sièges : l'un était un énorme blond mesurant plus de six pieds avec de très, très longs bras, le visage couvert d'autant de cratères que la surface de la lune ; l'autre, plus petit et la peau tellement noire qu'elle avait l'air bleue, devait être le petit-fils en ligne directe et l'héritier universel de l'homme de Cro-Magnon en personne : la théorie darwinienne de l'évolution se reflétait dans l'exagération de son visage prognathe et dans son front étroit où luisaient des yeux jaunes d'animal sauvage. D'un geste, Candito el Rojo demanda au Conde d'approcher le fauteuil de Carlos, et d'un autre il fit signe aux hommes de lui apporter trois bières.

— Qu'est-ce que tu leur as dit aux troglodytes ?, murmura le Conde pendant qu'ils s'asseyaient.

— Du calme, Conde, du calme. Tu es ici incognito, non ? Ces deux-là sont mes associés commerciaux.

Le Conde tourna son visage vers le grand blond qui s'approchait déjà avec les bières, les posait sur la table et, sans dire un mot, s'éloignait vers les fûts.

— Ce sont tes gardes de corps, n'est-ce pas ?

— Ce sont mes adjoints, petit Conde, et ils sont bons à tout faire.

— Au fait, Candito, demanda alors le Flaco, combien coûte une Lager ?

— Ça dépend des arrivages, Carlos. Aujourd'hui justement c'est un peu compliqué et je l'ai mise à trois pesos. Mais pour vous c'est la maison qui régale, et cela ne se discute pas, OK ? Et il sourit en voyant Cuqui arriver avec une assiette débordant de tranches de jambon, de fromage, et de biscuits.

— C'est bon, negra, tu peux retourner t'éclater devant ton feuilleton, dit-il en la congédiant d'une caresse sur les fesses.

La fraîcheur de la bière provoqua un certain apaisement dans l'esprit surchauffé du Conde, qui regretta d'avoir bu la première bouteille presque sans respirer. À présent la seule chose qui l'ennuyait était le volume agressif de la musique et le sentiment d'être sans défense en tournant le dos au reste des clients, mais il comprenait que c'était à Candito de surveiller les autres tables et il décida de ne plus s'en faire quand le blond remplaça sa bouteille vide par une pleine. L'efficacité semblait de retour dans l'île.

— Et qu'est-ce que tu deviens, Conde ? Candito avala plusieurs petites gorgées. Cela fait un moment que je t'ai perdu de vue.

Le Conde goûta le jambon.

— Pour le moment, je suis puni. J'ai été suspendu à la suite d'une bagarre avec un imbécile. On m'a mis à remplir des fiches et je ne suis même pas autorisé à pointer mon nez dans la rue... Mais toi, tu as complètement changé ton fusil d'épaule.

Candito but une longue gorgée de sa bouteille.

— Il faut bien, Conde, et tu le sais : on a pas le droit de se brûler quand on fait du business. Les chaussures c'était devenu un peu chaud pour moi, et j'ai bien été obligé de modifier ma technique de lancer de balle. Tu sais comme la rue est dure : pas de fric, pas le droit de jouer. C'est pas vrai ?

— Si tu te fais prendre, tu auras des ennuis. Une bonne amende au minimum, même si Dieu te vient en aide... Et si moi on me trouve ici, je suis bon pour remplir des fiches le reste de ma vie.

— Ne te mets pas dans cet état, Conde, je t'ai déjà dit qu'il n'y avait pas de problème.

— Et toi, tu continues à aller à l'église, non ?

— Oui, j'y vais quelquefois. Il faut toujours être en bons termes avec certaines personnes... Avec la police, par exemple.

— Arrête de dire des conneries, Candito.

— Stop, ça suffit, intervint le Flaco. Ces petites mousses sont fraîches à point. Dis-lui de m'en apporter une autre, Rojo.

Candito leva le bras et fit signe : trois autres. Le blond obtempéra. À présent on entendait dans la radiocassette la voix d'ivrogne mélodieux de Vicentico Valdés – il assurait savoir où se trouvaient les boucles d'oreilles qui manquent à la lune – et, tandis qu'il buvait sa troisième bière, le Conde sentit son corps se détendre. Être policier, depuis plus de dix ans, avait accumulé en lui des tensions qui le poursuivaient partout. Il n'y avait que certains endroits, comme chez le Flaco, où il parvenait à se débarrasser de certaines obsessions et à ressentir la légèreté viscérale des temps anciens, de cette époque dont ils parlaient maintenant, quand ils étaient élèves du lycée La Víbora et que les rêves d'avenir étaient possibles et fréquents, parce qu'à cette époque le Flaco était maigre et marchait sur ses deux jambes, et n'avait pas encore été blessé en Angola, Andrés aspirait à devenir un grand joueur de base-ball, El Conejo voulait toujours réécrire l'histoire, Candito el Rojo affichait son effervescente coiffure afro couleur safran, et le Conde suait sur son Underwood pour produire ses premières nouvelles d'écrivain avorté.

— Tu te souviens, Conde ? lui demanda Candito et Mario répondit que oui, bien sûr, il se souvenait parfaitement de cette histoire, qu'il n'avait d'ailleurs même pas écoutée.

Le blond apporta la quatrième tournée et Cuqui la deuxième assiette de jambon et de fromage, sur laquelle se jeta le Flaco. Le Conde se penchait pour attraper une tranche de jambon lorsque Candito se leva d'un bond, faisant basculer sa chaise.

— Fils de pute ! cria quelqu'un.

Sans avoir eu le temps de se relever, le Conde tourna la tête et vit un mulâtre qui, les mains sur le visage, trébuchait en arrière, comme pour fuir le grand blond qui était devant lui une bouteille à la main. Le noir préhistorique s'approcha du type par derrière en criant fils de pute ! fils de pute ! se mit en position de singe de combat et lui assena dans les reins une série de crochets très rapides qui le mirent à genoux. Le grand blond, entre-temps, avait tourné le dos à son camarade et regardait en direction des autres tables, les mains à la ceinture : le premier qui se lève... Mais personne d'autre ne s'était levé.

Le Conde, qui pour sa part s'était mis debout, vit passer Candito à côté de lui et arriver jusqu'au mulâtre genoux à terre, qu'il saisit par le col de la chemise. Le sang coulait de l'une de ses arcades tandis que le petit noir le tenait par les cheveux et lui assenait des coups sur la tempe avec une brosse à laver le linge.

— Laisse-le maintenant, cria Candito, mais le noir insistait avec la brosse. Je t'ai dit de le laisser, merde ! cria-t-il, et il lâcha la chemise du mulâtre pour attraper la main du noir qui ne desserra sa prise qu'à ce moment. Le Conde observa avec un intérêt presque scientifique comment le mulâtre saoulé de coups s'écroulait sur le côté droit tandis que sa tête sonnait sur le ciment comme une noix de coco sèche. Il avait bel et bien son compte.

Le blond alla changer la cassette : Daniel Santos était le nouvel invité de la soirée. Ensuite, sans se presser, il alla s'occuper du mulâtre. Il le prit par les aisselles tandis que le petit noir le soulevait par les chevilles. Ils sortirent par une petite porte au fond du patio que le Conde n'avait pas remarqué.

Candito regarda les autres clients. Pendant une minute on n'entendit plus que la voix de Daniel Santos.

— Il ne s'est rien passé, dit-il enfin. Si quelqu'un veut encore de la bière, il n'a qu'à m'en demander, OK ? Il ramassa la chaise qui s'était écrasée au décollage.

Le Conde était de nouveau assis sur sa chaise et le Flaco épongeait la transpiration qui trempait tout son gros corps.

— Qu'est-ce qui s'est passé, Rojo ? Le Flaco but une très longue gorgée.

— Ne vous inquiétez pas. Ce sont les risques du métier, comme on dit.

— Le type me cherchait moi, n'est-ce pas ?

Cette fois ce fut Candito qui but une longue gorgée et choisit une tranche de fromage sans regarder.

— Je ne sais pas, Conde, mais il cherchait quelqu'un. Il respirait bruyamment, sans cesser de mâcher.

— Et comment tu le sais, Rojo ? Le type n'a pas dit un mot. Le Flaco n'en revenait toujours pas.

— Il ne vaut mieux pas leur laisser le temps de parler, Carlos, mais je t'assure qu'il cherchait quelqu'un.

— Merde, mais un peu plus et il y restait.

El Rojo sourit, puis se passa sa main sur son front :

— Ce qui est chiant, c'est qu'il n'y a pas le choix, vieux frère. Ici c'est la loi de la jungle : le respect c'est le respect. Et à partir de maintenant, aucun de ceux qui sont ici, ni de ceux à qui on racontera ce qui s'est passé ici aujourd'hui, n'osera recommencer.

— Et qu'est-ce que vous allez faire de lui maintenant ? La curiosité rongeait le Flaco, qui buvait nerveusement.

— Le laisser se reposer, jusqu'à ce qu'il soit en meilleur état. Quand il aura payé pour ce qu'il a bu, nous le renverrons chez lui. Aujourd'hui, il ferait mieux de se coucher de bonne heure, tu ne crois pas ?

Le Flaco secoua la tête, comme s'il ne comprenait pas quelque chose, puis il regarda le Conde, qui demeurait silencieux, trop absorbé apparemment par le bolero que chantait Daniel Santos.

— Tu as vu ça, grande brute ?

— Bien sûr que j'ai vu, grosse bête.

— Et tu y comprends quelque chose ?

— Non, je te jure sur ma mère que j'y comprends de moins en moins... Allez Rojo, remets-nous ça.

Le pire, c'était la sensation de vide. Tandis que la sonnerie du réveil transperçait les oreilles du Conde, lui annonçant sept heures moins le quart, et que ses paupières se débattaient pour soulever le poids du sommeil et des bières encore proches, sept heures moins le quart, le vide reprenait sa place comme une nappe de pétrole subitement libérée qui se répand sur l'océan de la conscience : mais il s'agissait d'une nappe sans couleur, parce que c'était le vide et le néant, c'était la fin toujours recommencée, jour après jour, avec cette implacable capacité de renouvellement contre laquelle il n'avait ni défenses ni arguments valables : sept heures moins le quart était la seule chose tangible au centre du vide.

Dernièrement il avait commencé à imaginer que la mort pouvait être quelque chose dans ce genre : un réveil sans atmosphère, difficile mais indolore, dépourvu d'expectatives et de surprises parce que ce n'était que cela : le trou sans fin du monde vide, un nuage obscur et douillet qui le recouvrait définitivement. Il essayait de se souvenir de l'époque où ce n'était pas comme ça, où il n'y avait pas de sensation de vide ni de pensée de mort, et où le point du jour était comme le rideau qui se lève sur une nouvelle représentation, attendue ou pas, cela n'avait pas d'importance, mais d'une certaine manière attirante et nécessaire : le besoin caché de vivre un autre jour. Mais il lui arrivait à présent la même chose que lorsqu'il était malade et qu'il essayait d'imaginer comment c'était quand il se sentait bien : il n'y parvenait pas. L'omniprésence du malaise l'empêchait de retrouver d'autres sensations agréables.

Quand il sortait dans la rue par des matins chauffés depuis l'aube, comme celui-là, traînant le goût solitaire du café, sans femme derrière lui et sans rien devant pour l'aimanter vers l'avenir, le Conde se demandait quelle était la raison dernière qui le poussait encore à mettre les montres à l'heure et à régler les sonneries des réveils, alors que le temps était, justement, la manifestation la plus objective de son vide. Et comme il ne trouvait pas de raison convaincante – sens du devoir ? responsabilité ? besoin de gagner sa vie ? mouvement par inertie ? – il se redemandait ce qu'il faisait là, en route pour la queue tous les jours plus dense et violente qui attendait le bus, fumant une cigarette qui lui rongeait les entrailles, voyant des gens qui étaient de plus en plus des inconnus, subissant la chaleur qui augmentait en quelques minutes. Et il se répondait qu'il prenait de l'avance sur le chemin de l'enfer. Il porta la main à sa ceinture et s'aperçut que, de nouveau, il avait laissé son pistolet chez lui. Il occupa la dernière place dans la queue pour le bus et alluma sa troisième cigarette de la journée. Puisque de toute façon je vais mourir...

— Le major Rangel veut te voir.

Ces mots de l'officier de garde redonnèrent au moins au Conde un de ses espoirs perdus : oui, cette fois il pourrait peut-être boire un bon café, susceptible de lui enlever le goût de bouillon sucré du liquide chargé de particules non identifiées qu'il avait bu dans la décevante cafétéria où il s'était arrêté avant d'arriver au commissariat. Il observa la queue devant l'ascenseur et opta pour les escaliers. Il ne voyait pas la raison pour laquelle le Vieux pouvait l'appeler, mais avec le nez de la mémoire il pouvait déjà se réjouir du bouquet du café fraîchement filtré, servi dans ces tasses extrêmement blanches que son chef avait l'habitude d'utiliser. Cela faisait trois mois, après sa bagarre en public avec le lieutenant Fabricio, que le Conde avait été jugé par le tribunal disciplinaire et condamné pour une période de six mois à remplir des fiches et à passer des télex au Bureau des informations, jusqu'à ce que son cas soit à nouveau analysé, après quoi on devait décider s'il pouvait reprendre son travail comme enquêteur. Depuis, il évitait de rencontrer le Vieux : la sentence contre le Conde constituait, pour le major, sa propre condamnation. Malgré ses excentricités et un manque de rigueur de plus en plus visible, le lieutenant avait toujours été le meilleur de ses hommes et le Vieux avait confiance en lui. Plus d'une fois il lui avait témoigné de l'affection et du respect, en public et en privé. Aussi, quelque part, le Conde sentait qu'il l'avait déçu. Et, de surcroît, les Enquêtes Intérieures dont tout le commissariat central était l'objet rendaient le major Rangel d'une humeur qui incitait à s'en tenir à distance, même s'il n'y avait pas d'autre choix que de le voir, se dit-il.

Il poussa la porte vitrée et entra dans la salle d'attente du bureau du Vieux. Derrière la table occupée depuis plusieurs années par Maruchi, la chef de cabinet du Major, se trouvait une autre femme, la cinquantaine, en uniforme avec des galons de lieutenant, qui éloigna un peu la tasse de café que le Conde approchait déjà de ses lèvres. Mario avança vers elle, la salua, puis après lui avoir annoncé qui il était, lui indiqua que le Major l'attendait. La secrétaire appuya sur un bouton de l'Interphone et fit passer le message dans le bureau du chef.

— Le lieutenant Mario Conde.

— Faites-le entrer, dit l'Interphone. La nouvelle secrétaire se leva pour aller ouvrir la porte du bureau.

Le major Antonio Rangel était debout derrière sa

table de travail et tendait la main au Conde. Ce geste, inhabituel chez le Vieux, fit supposer au lieutenant que les choses n'allaient pas bien.

— Comment ça va pour toi en bas, Mario ?
— Ça va, major.
— Assieds-toi.

Le Conde occupa l'un des fauteuils devant le bureau et n'y tint plus.

— Vieux, où est passée Maruchi ?

Le Vieux ne le regarda pas. Il cherchait quelque chose dans ses tiroirs, et en sortit enfin un cigare. Il n'avait pas l'aspect d'un bon havane : trop foncé, avec des nervures très marquées, rebelles à la flamme du briquet que le Vieux approchait.

— On dirait un bout de bois, dit enfin le major, après avoir expiré trois bouffées, en regardant la bague comme s'il ne pouvait pas y croire. Le Conde attendit la confirmation.

— Je ne peux pas y croire. Écoute-ça : « Selects », Fabriqués à Holguín. Merde ! Qui a dit qu'à Holguín on fabriquait des cigares ? Ce pays est devenu fou... Maruchi a été mutée. Je ne sais pas encore où, ni pourquoi. Et ne me demande rien, parce que je ne peux rien te dire, et même si je pouvais, je ne le ferais pas... Compris ?

— Impossible de ne pas vous comprendre, major, accepta le Conde, tout en disant adieu au café qu'il était toujours possible d'obtenir avec Maruchi. Et comment se fait-il que vous n'ayez pas de bons cigares ?

— Je n'en ai pas, et cela ne te regarde pas. Revenons à nos affaires, dit le major qui reposa son dos contre le dossier de la chaise. Il avait l'air très fatigué, comme si lui aussi était tombé dans le vide, se dit le Conde, qui avait toujours admiré la vitalité du major Rangel, très éloignée de ses 58 ans officiels, soigneusement cultivée et arrosée à coups de longueurs de piscine et d'heures passées à frapper des balles sur un cour de tennis.

— Je t'ai appelé parce que tu vas travailler sur une affaire.

Le Conde sourit, légèrement, et décida de profiter de son minuscule avantage.

— Vous n'allez pas m'offrir du café ?

Derrière son cigare le Major déplia lui aussi l'un de ses sourires : à peine un mouvement de la lèvre supérieure.

— Nous sommes déjà le sept, mais ce mois-ci la ration de café n'est pas encore arrivée... On dirait que tu le fais exprès. Bon, le problème est que je n'ai pas assez d'enquêteurs et que je n'ai pas d'autre choix que de suspendre provisoirement ta sanction. Il faut que toi et le sergent Manuel Palacios vous occupiez de cette affaire : un transvesti trouvé mort dans le Bois de La Havane.

— Un travesti.

— C'est ce que j'ai dit.

— Non, vous avez dit trans-vesti. Et c'est tra-vesti.

Le major secoua négativement la tête.

— Tu ne changeras donc jamais, fils ? Tu crois que la vie est un jeu ? Sa voix s'était transformée : la voix du major pouvait changer selon l'interlocuteur et l'intention, selon l'heure et le lieu, et en ce moment elle était amère et brûlante.

— Excusez-moi, Vieux.

— Je ne t'excuse pas, Conde, je ne t'excuse pas. Tu sais comment j'ai la tête moi ? Tu crois que c'est facile de travailler avec une armée de fouineurs du Bureau des enquêtes internes fourrée partout ici au commissariat ? Tu sais combien de questions ils me posent tous les jours ? Tu sais qu'il y a déjà deux enquêteurs expulsés pour corruption et deux autres qui vont être suspendus pour négligence ? Et tu sais peut-être que toutes ces histoires sont aussi mises sur mon compte ? Non, je ne peux pas t'excuser... Et toi, pourquoi tu es en civil ? Je ne t'ai pas dit que tu devais venir en uniforme tant que tu resterais en bas ?

Le Conde se releva et regarda par la baie vitrée du

bureau. Quelques immeubles, quelques arbres et la mer tellement paisible, là-bas au fond, traçant la frontière de tant de rêves, de destins et de pièges.

— Qui a des informations sur l'affaire ? demanda-t-il, avant de poser à nouveau la main à sa ceinture, là où il avait l'habitude de porter le pistolet.

— Personne, ils viennent de le découvrir. Je crois que Manolo t'attend déjà dans le bureau. Allez-y tout de suite.

Le Conde fit demi-tour vers la porte. Il prit la poignée, et s'arrêta. Il se sentait bizarre, mi-flatté, mi-manipulé, mais il supposait que le Vieux devait se sentir encore plus bizarre : à sa connaissance, c'était la première fois que le major levait la suspension d'un subordonné.

— Dommage que tu ne veuilles pas m'excuser et que tu ne puisses pas m'offrir un café. Mais comme moi je t'aime vraiment, si je peux, je te trouverai un bon cigare, dit-il avant de sortir, sans attendre de réponse à sa réflexion ni remercier le major pour lui avoir confié ce travail. Au dernier moment, il décida que lui dire merci pouvait se révéler de très mauvais goût.

Quand le garde souleva la bâche, le photographe en profita pour appuyer à nouveau sur le bouton, comme s'il devait encore s'approprier cet angle précis de la mort de cet être de carnaval qui, d'après sa carte d'identité, s'était appelé Alexis Arayán Rodriguez. Aujourd'hui c'était un paquet rouge, d'où dépassaient deux jambes très blanches, aux muscles bien dessinés, qui contrastaient avec l'herbe brûlée par le soleil. Un visage de femme, violacé et enflé, couronnait le corps. Autour du cou, bien tendu, il portait le ruban en soie rouge de la mort.

Le Conde baissa le bras et le garde lâcha la bâche, franchement ennuyé. Le Conde sortit une cigarette et le sergent Manuel Palacios lui en demanda une. Le Conde la lui donna, de mauvais gré : Manolo disait qu'il ne fumait pas mais, en fait, il se contentait de ne jamais en acheter. Le Conde regarda vers le fleuve.

Le matin, sous le feuillage touffu du Bois de la Havane, on vivait l'illusion que l'été s'était égaré, par bonheur pour la ville. Une brise caressante, qui traînait les odeurs obscures du fleuve, agitait les branches des peupliers et des caroubiers insolents, des amandiers ouverts comme des chapiteaux de cirque et des lauriers roses inondés de lianes qui s'entrelaçaient pour former de longues tresses pendantes. Le Conde se souvint que, jeune garçon, il était venu fêter plusieurs anniversaires dans les clairières aménagées qu'on louait dans le Bois, de l'autre côté du pont, et qu'une fois, se prenant pour Tarzan accroché aux lianes des lauriers, il avait esquinté contre une pierre ces bottes orthopédiques toutes neuves que sa mère lui avait achetées pour aller à la fête. Sur le cuir noir de ses seules chaussures annuelles restèrent deux sillons accusateurs qui lui avaient valu une semaine de punition, avec l'interdiction de regarder la télévision, d'écouter les épisodes du feuilleton *Guaytabó*, et de jouer au base-ball. Le Conde ne l'avait jamais oublié parce que ce matin-là justement l'indien Guaytabó avait connu le vieil Apolinar Matías dans la plantation du Turc Anatolio, et de là datait leur amitié indestructible de justiciers en lutte contre la méchanceté. Et lui, il avait raté cette rencontre mémorable.

En regardant vers le fleuve, le Conde se dit que, heureusement, dans la ville on continuait à voler, à assassiner, à attaquer, à détourner des fonds avec une persistance accrue et, pour lui, salvatrice. C'était terrible, mais c'était comme ça : cette mort par asphyxie que le médecin légiste essayait d'expliquer au lieutenant enquêteur Mario Conde et à son second, le sergent Manuel Palacios, lui avait permis d'étancher sa sensation de vide et de sentir que son cerveau fonctionnait à nouveau et servait à autre chose qu'aux maux de tête et aux gueules de bois à répétition.

— Qu'est-ce que tu en penses, Conde ? Oui, c'est un homme. Habillé et maquillé en femme. C'est notre deuxième travesti assassiné, nous sommes presque un pays développé. À ce train, nous n'avons plus qu'à nous lancer dans la fabrication de vaisseaux spatiaux et à partir pour la lune...

— Arrête de dire des conneries et continue, dit le Conde avant de jeter son mégot dans la rivière. Il aimait parfois parler de cette manière et ce médecin légiste, pour une raison quelconque, aussi indéfinissable qu'inévitable, le faisait réagir avec humeur. Peut-être n'était-ce qu'en raison de sa familiarité vulgaire avec la mort.

— Je continue, mais je ne dis pas que des conneries..., riposta le médecin légiste. En l'écoutant, le Conde essaya d'imaginer ce qui s'était passé.

Il vit Alexis Arayán, femme sans les dons de la nature, tout habillée en rouge, avec une longue robe ancienne, les épaules couvertes d'un châle rouge lui aussi, et la taille marquée par un ruban de soie, marchant avec quelqu'un sous la nuit étoilée du Bois de la Havane. Le Conde pensa que la brise s'était peut-être levée alors, et que la nuit devait être plus favorable et aimable que dans le reste de la ville. Les traces des sandales d'Alexis signalaient qu'elle avait quitté la route pour le sous-bois. Les autres traces appartenaient à son compagnon, un homme corpulent, qui devait regarder avec une grande fascination le visage d'Arayán : des sourcils bien dessinés, des paupières fardées de pourpre pâle, des cils relevés au Rimmel et cette bouche, splendidement rouge comme l'étrange robe venue d'un passé imprécis mais sans aucun doute lointain. Peut-être y avait-il eu des baisers, des jeux de mains provocants, des caresses de ces doigts fins aux ongles vernis d'Alexis Arayán Rodríguez. Ils s'étaient alors arrêtés à côté du tronc abîmé du flamboyant centenaire et en fleurs, où s'était déroulée la tragédie d'amour équivoque.

— Vous savez une chose... le Conde interrompit le récit du médecin légiste et regarda vers le cadavre sous sa bâche. Hier on était le six août, n'est-ce pas ?

— Oui, et alors ? intervint cette fois le médecin légiste.

— Si je vous dis que la fréquentation du catéchisme a ses avantages... Le 6 août, pour les catholiques, c'est la fête de la Transfiguration. D'après la Bible, ce jour-là Jésus s'est transformé devant trois de ses disciples, sur le Mont Tabor, et Dieu, sur un nuage lumineux, a demandé aux apôtres de toujours l'écouter. Avouez que c'est un drôle de hasard de retrouver un travesti mort un 6 août.

Manolo croisa les bras sur sa poitrine d'oiseau mal nourri et regarda le Conde. Le lieutenant prit du plaisir à ce regard légèrement divergent où flottait l'incertitude : il sut qu'il avait surpris son squelettique subordonné, lequel aimait d'ailleurs être surpris de cette manière.

— Et comment diable te souviens-tu de cela, Conde ? Que je sache, ça fait trente ans que tu ne vas plus à l'église ?

— Moins que ça, Manolo, moins que ça. En fait, cette histoire-là m'a toujours plu : au catéchisme j'imaginais Dieu sur son nuage, éclairant tout, comme un projecteur...

— D'accord Conde, mais si Alexis se déguisait tous les jours ?, demanda le médecin légiste, en souriant avec un petit air de triomphe qui fournit au Conde des raisons supplémentaires de le détester.

— Alors, fini le mystère, admit le Conde. Mais ce serait dommage, non ? La transfiguration d'Alexis Arayán... Ça sonnait bien. Bon, continue ton histoire.

Il les vit s'arrêter sous le flamboyant. Un rayon de lune se dessinant doucement à travers le feuillage projetait une lumière argentée sur le couple formé par l'homme de haute taille et la fausse femme. La brise les arrosait d'une pluie de pétales rouges. Ce coup-ci, ils devaient s'être embrassés, se dit le Conde, peut-être caressés, et Alexis s'était agenouillé, comme un pénitent, certainement dans l'intention de satisfaire au moyen de son plus proche orifice le désir ardent de son partenaire : les traces d'herbe sur ses genoux trahissaient sa génuflexion. Alors la tragédie s'était précipitée : à un moment le ruban de soie rouge était passé de la ceinture au cou d'Alexis et l'homme de haute taille avait sans pitié coupé le souffle de cette femme qui n'en était pas une, jusqu'à ce que ses yeux débordants de Rimmel jaillissent des orbites et que tous ses sphincters ouvrent leurs vannes, disloqués par l'asphyxie.

— Et voilà ce qui cloche, Conde. Le grand l'a tué de face, d'après les traces, n'est-ce pas ? Mais on dirait que le travesti ne s'est pas débattu, ne l'a pas griffé, n'a pas essayé de se dégager...

— Alors, il n'y a pas eu de lutte ?

— S'il y en a eu, ça s'est passé seulement en paroles. On ne voit apparemment aucune trace sur les ongles du mort. Je te ferai un rapport pour confirmer... Mais il y a un autre mystère : l'assassin a commencé par traîner le cadavre dans cette direction, tu n'as qu'à regarder l'herbe, comme s'il allait le jeter dans le fleuve... Mais il l'a tout juste déplacé de deux mètres. Pourquoi ne l'a-t-il pas jeté dans la rivière si c'est la première chose à laquelle il a pensé ?

Le Conde observa l'herbe que montrait le médecin légiste et la bâche qui recouvrait maintenant le corps d'Alexis Arayán, et cachait la tache de tissu rouge qui avait alerté le jogger matinal. Ce dernier s'était écarté de son itinéraire de footing quotidien et avait découvert le cadavre sur lequel se pressaient déjà les fourmis, excitées par l'importance du banquet.

— Mais je ne t'ai pas dit le plus bizarre : après avoir

tué le travesti, le grand type lui a baissé son slip et a fouillé dans son anus avec ses doigts... Je le sais parce qu'il s'est ensuite nettoyé sur la robe. Qu'est-ce que vous dites de cette histoire, les gars ? J'en suis là. Quand on fera l'autopsie et que les gens du laboratoire auront fini les autres analyses, peut-être qu'on en saura plus. Là-dessus, je redescends, j'ai un autre petit mort qui m'attend dans la vieille ville...

— Bonne chance, Fleur de mort, lança le Conde avant de lui tourner le dos. Il regarda de nouveau vers la rivière sale, où il s'était baigné une fois. Dans d'autres eaux, en réalité, pensa-t-il tel Héraclite : pas aussi sales, du moins là-bas à la hauteur du pont de La Chorrera, où lui et ses amis avaient l'habitude de pêcher des biajacas et même des carpes chinoises, à l'époque où quelqu'un avait décidé que ces poissons rouges et exotiques pouvaient se multiplier dans les rivières et les lacs de barrage de l'île. Bon, Manolo, reprenons les questions que nous a laissées Fleur de mort. Pourquoi une personne se laisse-t-elle étrangler sans se débattre ? Et pourquoi l'assassin ne l'a-t-il pas jeté à l'eau ? Et pourquoi diable est-il allé fouiller dans son anus ?

Le sergent Manuel Palacios croisa des bras extrêmement minces sur sa poitrine décharnée. Dans toutes les affaires qu'on lui confiait avec le Conde c'était pareil : il était censé jouer le rôle de l'ingénu.

— Je ne sais pas, Conde, dit-il.

Le Conde le regarda, étonné de sa prudence.

— Comment ça, tu ne sais pas ? Tu sais toujours.

— Mais aujourd'hui je ne sais pas... Putain, Conde, qu'est-ce qui t'arrive aujourd'hui ? Tu es insupportable, vieux...

Le Conde le regarda à nouveau, tout en allumant une cigarette. Manolo avait raison. Qu'est-ce qui lui arrivait ?

— Je ne sais pas, Manolo, mais ça sent mauvais. Tu sais, j'étais content quand on m'a dit qu'on m'avait mis sur une histoire d'homicide et que je pouvais sortir du Commissariat. Tu te rends compte à quoi j'en suis réduit, vieux ? À me réjouir quand il y a des morts. Et je te jure que ce médecin légiste m'agace.

Manolo acquiesça d'un signe de tête. Il ne connaissait que trop le goût du Conde pour la confession des péchés, et il décida d'être bienveillant pour cette fois.

— Bon, imaginons qu'un homme respectable, marié et avec des enfants, drague soudain une femme. Lui n'a pas l'habitude de draguer, et elle est très belle, très grande. Il s'enthousiasme de sa conquête, et il vient avec elle au Bois, ils s'embrassent, ils se caressent, la femme se met à genoux pour la lui sucer, comme dit le médecin légiste, et c'est alors que le type découvre que ce n'est pas une femme, mais tout le contraire... Ou alors, le grand est peut-être lui aussi tout le contraire, je veux dire aussi pédé que le mort, et il se venge d'Arayán pour une vieille histoire de pédales. Ou bien le grand est un pervers qui aime aller avec des travestis et les tuer après, parce qu'il déteste les travestis, vu que lui-même en est un, mais frustré par sa grande taille et sa corpulence. C'est la plus jolie de toutes les hypothèses, tu ne trouves pas ?

Le Conde toussa, la cigarette entre les lèvres.

— Tu es de plus en plus intelligent, Manolo, et je ne me fous pas de ta gueule. C'est bizarre. Personne ne se laisse étrangler sans donner au moins un coup de griffe. Et dis-moi, qu'est-ce qu'on peut cacher dans un rectum ? De la drogue ? Un bijou ? Et comment savait-il que c'était là qu'il devait chercher ?... Parce qu'ils se connaissaient, non ? Mais si l'assassin a décidé de ne pas le jeter dans le fleuve, c'est qu'il était sûr que personne ne ferait le lien entre lui et cet endroit, entre lui et ce travesti. Et cette robe rouge qui semble sortir de je ne sais où ? Et pourquoi un travesti aussi élégant porte sa carte d'identité sur lui ? Tu trouves pas ça bizarre ? Tu veux que je te dise quelque chose, Manolo ? Ça ne me plaît

pas du tout. Tout cela a l'air trop mystérieux, et dans ce pays il fait trop chaud et il y a déjà bien assez d'emmerdements pour que par-dessus le marché, il y ait aussi des mystères. En plus, autant que tu le saches, je n'ai jamais aimé les pédés. J'ai des préjugés sur la question...
— Ça c'est bien vrai, admit le sergent.
— Va te faire foutre, Manolo.

Le pire chez les morts, c'est qu'ils laissent des vivants, se dit le Conde après que la femme lui eut confirmé : « Oui c'est mon fils, que s'est-il passé ? » Et il l'avait trouvée si forte, si pleine d'assurance qu'il lui avait dit, sans aucun tranquillisant verbal : « Il a été tué hier soir », et la femme s'était mise immédiatement à se consumer, on pouvait physiquement percevoir la diminution organique de son corps sur le grand fauteuil de cuir confortable, et à travers ses mains crispées sur son visage avait jailli ce cri indécis...
La carte d'identité d'Alexis Arayán signalait cette adresse comme son lieu de résidence permanent : une grande maison à deux étages dans la Séptima Avenida de Miramar, avec un jardin bien soigné et des murs d'un blanc éclatant, de grandes baies vitrées miraculeusement intactes dans la ville aux vitres cassées et deux voitures dans le garage. Une Mercedes et une Toyota, spécifia Manolo, qui savait tout ce qu'il était possible de savoir sur les voitures et les marques... C'était l'image de la prospérité, et il ne pouvait pas en être autrement, car d'après ses papiers, Alexis était fils de Faustino, Faustino Arayán, dernier représentant Cubain à l'UNICEF, diplomate spécialisé dans les missions de longue durée, personnage fréquentant les plus hautes sphères, et de Matilde Rodríguez, cette femme qui avait peut-être la soixantaine mais ne paraissait pas son âge, avec ses cheveux d'un châtain délicat et ses mains si

bien soignées, et qui tout à coup semblait avoir beaucoup plus de soixante ans, et presque plus rien de l'arrogante assurance avec laquelle elle avait reçu les policiers.

À son cri, une femme noire avait fait son apparition, surgie silencieusement de quelque part dans la maison. Elle marchait sans faire de bruit, comme si ses pieds ne touchaient pas le plancher. Le Conde observa son regard rougi, qui jaillissait de deux yeux proéminents et brillants. Sans dire bonjour aux policiers, elle s'assit à côté de Matilde, et se mit à la consoler à voix basse, avec des gestes presque maternels. Elle se releva, sortit par où elle était entrée, puis revint avec un verre d'eau et une toute petite pilule rose qu'elle donna à Matilde. Le Conde avait du métier, ce qui lui permit de percevoir un tremblement fugace dans les mains de la noire quand qu'elle les approcha des mains tétanisées de la mère d'Alexis. Toujours sans regarder le Conde ni Manolo, elle dit :

— Ces derniers temps, elle a été très malade des nerfs. Elle l'aida à se relever et emmena Matilde vers les escaliers.

Le Conde regarda Manolo et alluma une cigarette. Manolo haussa les épaules en disant : Merde alors ! et ils attendirent. Le Conde décida d'utiliser un cendrier bleu et blanc sur lequel on pouvait lire : Granada. Tout avait l'air propre et parfait dans cette maison où, soudain, s'était installée une tragédie inattendue. Dix minutes plus tard la noire redescendit et vint s'asseoir devant eux. Elle les regarda enfin : ses yeux étaient toujours rouges et brillants, comme si elle avait eu de la fièvre.

— Ces derniers temps, elle a été très malade des nerfs, répéta-t-elle, comme si c'était le mot d'ordre invariable ou les seules possibilités de son vocabulaire.

— Et le camarade Faustino Arayán ?

— Il est au ministère des Relations extérieures, il est parti de bonne heure, dit-elle en collant les paumes de ses mains l'une contre l'autre puis en les serrant entre ses jambes, comme si elle priait une image clouée sur le plancher.

— Et vous travaillez ici ?, intervint Manolo.

— Oui.

— Cela fait longtemps ?

— Plus de trente ans.

— Vous savez si Alexis est sorti d'ici hier ?

— Non.

— Il n'habitait pas ici ?

— Non.

— Mais c'était chez lui ici, oui ou non ?

— Oui.

— Oui quoi ? Ça l'était ou ça ne l'était pas, il est sorti ou vous ne savez pas s'il est sorti ?

— C'était chez lui, mais il n'habitait pas ici et donc il n'est pas sorti d'ici. Depuis des mois... Pauvre Alexis.

— Et où habitait-il alors ?

La noire regarda vers l'escalier qui conduisait aux chambres. Elle hésitait. Avait-elle besoin de l'autorisation ? Cette fois elle avait l'air nerveuse, elle baissait ses yeux rouges et se mordait les lèvres.

— Chez quelqu'un d'autre... chez Alberto Marqués.

— Et c'est qui celui-là ? continua Manolo, en ramenant ses fesses maigres sur le bord du siège.

La femme noire regarda de nouveau vers l'escalier et le Conde éprouva cette sensation diffuse qu'une amie à lui, à défaut d'autre mot disponible, appelait la « contagiose » : se sentir honteux pour celui qui se ridiculise aux yeux des autres. Cette femme, même si l'on était en 1989, traînait derrière elle l'atavique instinct de servitude : c'était une domestique qui, ce qui était pire, devait, penser comme une domestique, enveloppée peut-être dans les voiles invisibles mais solides d'une génétique modelée par plusieurs générations d'esclavage et de répression. Le malaise physique se substitua alors à la contagiose, et le Conde eut envie de s'échapper de cet univers de marbre et de dorures.

La noire regarda Manolo de nouveau et finit par dire :
— Je crois que c'est un ami d'Alexis... Un ami chez qui il habitait. Pauvre Alexis, mon Dieu...

Quand il constata l'existence réelle de l'improbable adresse, le Conde referma le carnet où il avait noté plusieurs renseignements pris dans le gros dossier d'Alberto Marqués Basterrechea, et il le rangea dans sa poche arrière. Il observa les bougainvilliers du jardin, miraculeusement gais sous le soleil asocial de deux heures de l'après-midi. Magenta, violettes, jaunes, leurs fleurs comme des papillons ensorcelés s'entrecroisaient dans un petit massif de feuilles, d'épines et de branches qui semblait capable de survivre à n'importe quel cataclysme local ou universel. L'ombre sauvage du jardin, sur lequel se penchaient des palmiers aux panaches arrogants, donnait un ton sombre à la maison qui se dressait quelques mètres derrière, affichant son numéro 7, de la rue Milagros, entre Delicias et Buenaventura. Était-ce une invention d'Alberto Marqués ce numéro et ces trois noms de rues pour placer sa maison dans un coin du Paradis Terrestre, à l'intérieur d'une gloire parfaite et édénique ? Oui, cela devait être l'un des infinis stratagèmes du Démon, car d'après les renseignements qu'il avait notés sur son carnet, résumés du vieux dossier encore à jour que lui avait fourni, avec un splendide sourire, le spécialiste de la sécurité chargé du ministère de la Culture, tout était possible s'agissant dudit Alberto Marqués : homosexuel avec une longue expérience de prédateur, politiquement apathique, idéologiquement tordu, être conflictuel et provocateur, attiré vers l'étranger, hermétique, précieux, consommateur potentiel de marihuana et d'autres drogues, protecteur de pédés paumés, homme à la filiation philosophique douteuse, petit-bourgeois rempli de préjugés de classe, selon la classification sans appel d'un manuel moscovite d'évaluation des techniques et procédés du réalisme socialiste... Cet impressionnant curriculum vitae était l'aboutissement des rapports écrits, conjugués, résumés et même cités textuellement, de plusieurs informateurs, successifs présidents du Comité de Défense de la Révolution, cadres de l'ancien Conseil National de la Culture et de l'actuel ministère de la Culture, conseillers politiques de l'ambassade cubaine à Paris et même un prêtre franciscain qui à une époque préhistorique avait été son confesseur, sans oublier deux amants pervers, interrogés pour des motifs de strict droit commun. Où merde suis-je venu me fourrer ?

Essayant en vain de dégager son esprit des préjugés – j'adore les préjugés, et je ne supporte pas les pédés – le Conde traversa le jardin et gravit les quatre marches du perron, pour appuyer sur la sonnette qui dépassait comme un mamelon au-dessous du numéro 7. Il la caressa deux fois, puis recommença l'opération, car il n'entendit pas la sonnerie. Alors qu'il s'apprêtait à appuyer de nouveau, hésitant entre le timbre et le heurtoir, il se sentit comme assailli par l'obscurité derrière la porte qui s'ouvrait lentement, laissant apparaître le visage pâle du dramaturge et metteur en scène Alberto Marqués.

— De quoi m'accuse-t-on aujourd'hui ?, demanda l'homme, en donnant à sa voix une profonde ironie dénuée d'ambiguïté. Le Conde essaya de surmonter sa surprise devant la porte qui avait semblé s'ouvrir toute seule, la pâleur spectaculaire du visage de l'amphitryon et le caractère provocateur de la question. Il décida de sourire.

— Je cherche Alberto Marqués.

— C'est moi, monsieur le policier, dit l'homme qui ouvrit la porte de quelques centimètres encore, avec une théâtralité appuyée, comme pour donner au Conde le plaisir interdit de le voir en entier : plus que pâle, incolore, maigre, voire squelettique, sa tête tout juste couronnée de quelques rares cheveux raides et tombants. Il était recouvert depuis le cou jusqu'aux chevilles d'un peignoir chinois qui aurait pu appartenir à la dynastie Han : oui, pensa le policier, pas moins de deux mille ans d'angoisses devaient être passés par cette soie aux couleurs égarées comme le visage de l'homme, râpée et rude, comme si ce n'était plus de la soie, mais d'où ressortaient, témoignages de nombreuses batailles, des taches qui pouvaient être de café, de banane, d'iode ou même de sang, et qui formaient un nouveau dessin irrégulier et extrêmement triste sur ce qui avait voulu être un vêtement historique pour empereurs... Le Conde fit un effort pour sourire, il se rappela les terribles renseignements qu'il portait collés à la fesse, et il osa demander :

— Comment savez-vous que je suis policier ? Vous m'attendiez ?

Alberto Marqués cligna plusieurs fois des yeux et essaya de mettre de l'ordre dans les brins flétris sur son crâne.

— Pas besoin d'être Sherlock Holmes... Avec cette chaleur, à cette heure-ci, avec votre tête et dans cette maison, qui d'autre que la police peut venir ? En plus, j'ai appris ce qui était arrivé au pauvre Alexis...

Le Conde acquiesça d'un signe de tête. Ces derniers temps, c'était la deuxième fois qu'on lui faisait remarquer sa tête de policier et il était sur le point de croire que c'était vrai. Il y avait bien des chauffeurs de bus avec une tête de chauffeur de bus, des médecins avec des têtes de médecin et des tailleurs avec des têtes de tailleur, ce n'était donc pas si difficile d'avoir une gueule de policier après dix ans de métier.

— Est-ce que je peux entrer ?
— Pourrais-je ne pas vous laisser entrer ?... Entrez,

ajouta-t-il enfin avant d'ouvrir la porte sur l'obscurité complète.

À l'intérieur, la chaleur n'existait pas. Toutes les fenêtres étaient fermées et pourtant on n'entendait aucun souffle de ventilateur. Le Conde devina la hauteur du plafond et entrevit quelques meubles aussi sombres que l'ambiance, dispersés et disparates vu l'ampleur du salon qui était divisé en deux par deux colonnes peut-être doriques à leurs sommets. Au fond, à quelque cinq mètres, le mur s'ouvrait sur un couloir tout aussi sombre. Alberto Marqués, sans fermer la porte, alla jusqu'à l'un des murs du salon et ouvrit une porte-fenêtre qui répandit la grossière lumière d'août sur le sol carrelé de la pièce, provoquant une luminosité agressive et décidément irréelle : comme celle d'un projecteur orienté vers le plateau. Alors le Conde comprit tout : il était tombé au beau milieu du décor du *Prix*, l'œuvre d'Arthur Miller que trente ans auparavant, avec un succès dont on se souvenait encore (le dossier en parlait aussi), Alberto Marqués avait monté et dont lui-même avait vu, une dizaine d'années plus tôt, une version préparée par les disciples les plus orthodoxes de l'homme de théâtre. Il était entré en scène comme un personnage et... bien sûr. Serait-ce possible ?

— Asseyez-vous, s'il vous plaît monsieur le policier, dit Alberto Marqués, en désignant sans enthousiasme un fauteuil en acajou noirci par la crasse et les transpirations fossilisées. C'est alors seulement qu'il referma la porte.

Le Conde profita de ces quelques secondes pour mieux l'observer : entre le peignoir et le plancher, il aperçut deux chevilles rachitiques et effilées, aussi transparentes que le visage, qui se prolongeaient en deux pieds nus, comme ceux d'une autruche, avec au bout de gros doigts bizarrement écartés, aux ongles comme des crochets ébréchés. Et l'odeur ? Avec son nez ravagé par vingt ans de pratique active du tabagisme, le Conde essayait de discerner les odeurs d'humidité, de vapeur d'huile brûlée et une exhalaison connue mais difficile à identifier, tout en observant de quelle manière l'homme au peignoir de soie chinoise s'installait dans un autre fauteuil, écartait les jambes et posait doucement ses mains de squelette ambulant sur les bras du siège, comme s'il avait voulu les embrasser, les posséder, au travers de ce geste final consistant à plier ses doigts fins sur les rebords de bois.

— Eh bien, je suis à vous.

— Que savez-vous de ce qui est arrivé à Alexis Arayán ?

— Le pauvre... Il a été tué dans le Bois de La Havane.

— Et comment l'avez-vous appris ?

— On m'a appelé au téléphone ce matin. Un ami l'a appris.

— Qui est-ce cet ami ?

— Quelqu'un qui vit dans les environs et a vu toute l'agitation. Il en demandé la cause et il m'a appelé.

— Mais qui est-ce ?

Alberto Marqués soupira ostensiblement, cligna des yeux un peu plus, mais ses mains restèrent posées sur les bras du fauteuil.

— Dionisio Carmona, c'est son nom, puisque vous tenez à le savoir. Vous êtes content ? Et il essaya de souligner combien cet aveu le gênait.

Le Conde songea à demander la permission, mais se dit que non. Si Alberto Marqués était ironique, lui serait insolent. Pour qui ce pédé se prenait-il face à lui qui était policier ? Il alluma une cigarette et souffla la fumée en direction de son interlocuteur.

— Vous pouvez jeter la cendre par terre, monsieur le policier.

— Lieutenant Mario Conde.

— Vous pouvez jeter la cendre par terre, monsieur le

policier lieutenant Mario Conde, dit l'homme, le Conde obéit. Avec moi, tu es foutu, oiseau de merde, pensa-t-il.

— Et que savez-vous d'autre ?

Alberto Marqués haussa les épaules, tout en fermant les yeux et en poussant un autre soupir bruyant.

— Eh bien... qu'on l'a étranglé. Aïe, mon Dieu, pauvre gosse.

Après tout, l'homme était peut-être réellement touché, se dit le Conde qui passa alors à l'attaque.

— Non, en termes techniques, il a été asphyxié. On a serré son cou jusqu'à ce qu'il manque d'oxygène. Avec un ruban de soie rouge. Saviez-vous qu'il était habillé en femme, tout en rouge, avec un châle et tout le reste ?

Alberto Marqués avait lâché les bras du fauteuil et de sa main droite se frottait les pommettes jusqu'au menton. Touché, déduisit le Conde.

— Habillé en femme ? Avec une robe rouge ? Une robe longue, comme une tunique ancienne.

— Oui, répondit le Conde. Qu'en dites-vous ? D'après ce que je sais, il est sorti hier de cette maison.

— Oui, il est sorti, vers sept heures du soir, mais je vous jure que je l'ai vu un moment avant et qu'il n'était pas habillé en Electra Garrigó.

On n'en a jamais fini avec Paris et le souvenir de chaque personne qui y a vécu est différent du souvenir de tous les autres... Cela est bien vrai, même si c'est Hemingway qui l'a dit, l'écrivain le plus égocentrique et narcissique du siècle. Mon souvenir de Paris est empreint du bleu de la nostalgie dont je n'ai pas pu me débarrasser en vingt ans. Parce que lorsque je suis arrivé à Paris, en ce mois d'avril 1969, le printemps pointait déjà, si beau qu'il faisait mal et donnait envie de faire quelque chose pour être plus heureux, si le bonheur existe, pour être plus intelligent et tout embrasser, tout savoir, ou pour être plus libre, si tant est que cela soit possible, que cela puisse l'être ou que cela l'ait été. Et je me souviens d'avoir ressenti la magie d'un soleil caressant comme du velours, qui baignait les Champs-Élysées, les grands palais napoléoniens, les cafés aux airs frivoles, et j'ai mieux compris ce qui s'était passé un an auparavant. Je ressens encore comme une caresse sur la peau la lumière de l'après-midi sur la rosace de Notre-Dame, la rumeur historique et sombre de la Seine à hauteur de la *Cité*, et j'entends encore ce noir qui jouait de l'orgue de Barbarie devant le Louvre, en faisant danser son petit singe africain au rythme d'une valse viennoise. Je me souviens aussi de ce concert des Rolling Stones, à l'époque où ils prétendaient être plus révoltés que les Beatles, et je me rappelle que j'ai pu les voir à deux cents mètres de distance, sous le ciel froid du printemps de Paris, au beau milieu des cris d'adoration de ces petites Françaises blondes et libérées, filles avortées et jeunes mères d'une révolution qui aurait pu être et ne fut pas, même si après ce mois de mai le monde ne fut plus jamais le même, parce que la révolution avait quand même eu lieu, la révolution des mœurs et de la morale, la révolution permanente du XXe siècle que Lev Davidovitch Bronstein, dit Léon Trotsky, n'avait jamais imaginée. Je me souviens de tout, de chaque jour, chaque minute, chaque conversation avec Jean-Paul Sartre et son inévitable Simone de Beauvoir, des dîners avec George Plimton tandis qu'il m'interviewait pour *Paris Review,* de la recherche dans la vie, dans la folie raisonnable et dans les papiers d'Antonin Artaud pour une édition du *Théâtre et son double*, de la nostalgie pour la mort d'un Camus que je n'avais pas connu et que j'ai pourtant toujours connu, de la redécouverte, guidé par les yeux et les pas de Néstor Almendros, des décors réels de tout le cinéma français, et des fouilles, au bras de mon ami Cortázar, dans l'archéologie du jazz d'avant-guerre, cultivé dans des bars qui ressemblaient à des grottes miraculeuses... Je me souviens de tout parce que cela allait être mon dernier voyage à Paris, presque mon dernier tango, et la mémoire a devancé l'histoire – sage mémoire – elle a construit son autodéfense prévoyante, et elle a donc retenu chaque instant heureux de ce dernier voyage à Paris comme si elle savait que cela allait être mon dernier voyage à Paris.

C'est pourquoi je me souviens aussi des heureux hasards et des instants magnétiques qui nous firent nous retrouver, le Recio, l'Autre Garçon et moi-même, du côté de Montparnasse, en apesanteur sur le dernier soupir de l'après-midi, à la recherche d'un restaurant grec qui ne pouvait que s'appeler « l'Odyssée », et dont la spécialité était le chevreau rôti. Nous profitions de l'oisiveté et de la liberté, nous marchions en nous tenant par le bras, telle une armée invincible, lorsque le Recio l'a vu. Ou plutôt l'a vue. C'était une grande femme, d'une élégance éblouissante, une femme au plus haut degré, comme aurait dû l'être la propriétaire de la voix d'Édith Piaf, si Édith n'avait pas été un simple moineau alcoolique : une femme troublante par sa taille, par sa beauté que soulignait le fard, par la projection agressive de ses seins et par sa bouche, sorte de fleur métallique. J'ai ressenti sa classe sur ma peau : elle était habillée en rouge, spectaculaire mais sereine, et dans son allure j'ai découvert la même dignité tragique que j'avais toujours vu dans Electre l'inébranlable : ce fut une révélation, ou une prémonition, habillée de rouge.

— C'est un *travesti*, dit alors le Recio.

Et moi (et aussi l'Autre Garçon, dont je ne veux ni ne dois me souvenir du nom, car il serait du point de vue politique et idéologique inadéquat de révéler son ancienne amitié avec le Recio et avec moi-même, dans ce Paris fantasmagorique où tout était possible, même de me promener dans la rue avec lui), je suis resté figé comme une statue de sel : pétrifié, stupéfait. Mon Dieu, comment est-ce possible ? dit l'Autre, qui se permettait même de mentionner Dieu dans la lointaine et entièrement libre ville de Paris, alors que dans ses conversations à La Havane il affirmait en public son idéologie matérialiste dialectique et historique et sa certitude que la religion est l'opium, la marihuana et même la Marlboro des peuples... Elle est parfaite, ai-je dit, parce que j'avais déjà entendu parler de ces travestis parisiens en avance sur la nuit, qui sortaient dans la rue pour s'y fondre et s'y exhiber ; mais je n'avais jamais pensé à un spectacle pareil : n'importe quel homme aurait succombé devant cette femme, parce qu'elle était plus parfaite qu'une femme, je dirais presque que c'était La Femme. D'ailleurs, je l'ai dit.

— Non, le travesti n'imite pas la femme, a commenté alors le Recio, comme s'il dictait une conférence, avec cette voix et ces mots bien à lui, ceux de quelqu'un qui sait tout sur tout. Il faisait toujours des phrases longues, stratifiées, baroques, dans le style de Lezama Lima, comme des caricatures du pauvre Gros.

— Pour lui, à la limite il n'y a pas de femme, parce qu'il sait (et sa plus grande tragédie c'est qu'il ne cesse jamais de le savoir) que lui, c'est-à-dire elle, est une apparence, que son royaume et la force de son fétichisme contiennent une erreur insurmontable de la nature, pourtant si sage d'habitude.

Puis il nous a expliqué sa théorie selon laquelle la construction cosmétique du travesti, l'agression resplendissante de ses paupières tremblantes et métallisées comme des ailes d'insectes voraces, son intonation décalée, comme si elle appartenait à un autre personnage, toujours en voix off, la bouche prétendue dessinée sur la bouche cachée, et son propre sexe d'autant plus présent qu'il était châtré, formaient toute une apparence, quelque chose comme une parfaite mascarade théâtrale, a-t-il dit, avant de me regarder, comme s'il lui fallait me regarder, comme s'il n'avait pas d'autre choix.

C'est lorsqu'il a dit ce mot, apparence, que j'ai tout compris, que la révélation s'est formée, comme ces fragments épars qui se collent à un aimant, et que je me suis retourné, inquiet, à la recherche du travesti. Mais il avait déjà disparu dans la pénombre magique de Paris, comme un éclat fugace... Une apparence. Une mascarade. J'avais vu passer l'essence même de la représentation, depuis que les danses rituelles sont devenues du théâtre, quand la conscience de la création artistique est née : le travesti comme artiste de lui-même... Mais il n'était plus là, et tout ce que j'ai vu c'est l'Autre Garçon, figé et bouleversé, incapable de bouger, transpercé par la flèche de cette possibilité : c'était ce qu'il avait toujours voulu être – ou faire – et n'avait jamais osé...

Dans le restaurant grec, on voyait par la baie vitrée le flamboiement écarlate du Moulin Rouge. L'Autre, qui était à Paris envoyé par le Conseil National de la Culture parce qu'il venait de publier un mauvais livre à succès exploitant opportunément la mode tiers-mondiste et latino-américaine de cette époque, l'Autre recevait sur son visage l'éclat rougeoyant qui le faisait paraître encore plus excité, tandis que le Redo, qui ne lâchait plus son sujet, écrivait à haute voix les fragments d'un futur essai.

— Prince (c'est ainsi que parfois il m'appelait, me faisant gravir d'un coup plusieurs échelons de noblesse), le travesti humain est une apparition imaginaire et la convergence des trois possibilités de mimétisme. Il fit une pause pour prendre un verre de ce vin âpre des Balkans, servi dans de belles imitations d'anciennes amphores grecques.

— D'abord, le déguisement proprement dit, qui s'inscrit dans la pulsion sans limite de la métamorphose, dans la transformation ne se réduisant pas à l'imitation d'un modèle réel, mais se précipitant à la poursuite d'une réalité infinie (et depuis le commencement du « jeu », acceptée comme telle). C'est une irréalité de plus en plus fuyante et inaccessible (être de plus en plus femme, jusqu'à dépasser la limite et à se retrouver au-delà de la femme)...

Ensuite, le camouflage, car rien ne peut assurer que la conversion cosmétique (ou même chirurgicale) de l'homme en femme n'ait comme finalité cachée une sorte de disparition, d'invisibilité, *d'effacement*, de rature du macho au sein même du clan agressif, de la horde brutale des machos.

Enfin, dit le Recio, il y a l'intimidation, car le côté souvent exagéré ou démesuré des maquillages, le caractère ostentatoire de l'artifice, le masque bigarré, paralysent ou terrifient, comme il arrive avec certains animaux qui utilisent leur apparence pour se défendre ou pour chasser, pour suppléer à des défauts naturels ou à des vertus qu'ils n'ont pas : le courage ou l'habileté. N'est-ce pas ?

L'Autre – toujours aussi vulgaire, camouflé derrière une culture qu'il n'avait pas – sans s'arrêter de sucer bruyamment les côtelettes de chevreau qu'il avait dévorées – c'était le Recio qui payait – a regardé par la fenêtre, comme s'il cherchait quelque chose.

— Mais, enfin, a-t-il alors demandé, ce sont des folles ou pas ?

À vrai dire je n'ai jamais compris pourquoi le Recio insistait pour l'emmener avec nous lors de ces promenades sentimentales et gastronomiques dans Paris. Parce que l'Autre Garçon – et cela tout le monde le sait – ne s'intéresse qu'aux folles, et d'autant plus si elles tortillent du cul et font les pissotières. Et si le Recio avait besoin de quelqu'un avec qui croiser l'épée, il y en avait des milliers à Paris, tout un catalogue, tous plus beaux et plus doux les uns que les autres...

— Pour dire les choses en cubain, mettons que oui, ce sont des folles, dit enfin le Recio, qui manifestait aussi un penchant pour les folles. Comme toi – et il sourit, en désignant l'Autre – mais plus effrontées non ? Et puisqu'on en parle, vous voulez aller demain samedi à un cabaret où se produisent des travestis ?

L'invitation m'a enthousiasmé et j'ai bu plus que de raison de ces amphores de vin, quelque chose que je n'avais jamais fait et, que je ne referai plus de ma vie. Mais à Paris, tout était possible : même boire sans se saouler... Nous sommes rentrés à la maison en marchant dans la ville, et c'est cette nuit-là, dans le studio du Recio, que j'ai commencé à tracer des lignes sur un carton, et au point du jour j'avais déjà dessiné la robe rouge qu'allait porter mon Electre Garrigó, pour cette représentation illuminée mais tragiquement avortée, qui a démontré au pauvre Virgilio Piñera que sa pièce était tellement géniale que lui-même avait peine à y croire.

Le Conde se dit : cet oiseau-là cherche à me bourrer le crâne, et c'est alors qu'il se rendit compte de son irrépressible envie de pisser. L'histoire du travesti parisien jusqu'où le Marqués était remonté à la recherche de la robe rouge de son ami assassiné ressemblait trop à un coup monté pour attraper les naïfs, les envelopper dans une toile d'araignée, puis les avaler, intellectuellement peut-être, ou même physiquement, au moment où, par exemple, ils expriment leur envie de pisser. Il croisa les jambes, et ce fut pire : la pression sur sa vessie augmenta, gonflée par,les liquides ingérés pour apaiser la chaleur, et il comprit que l'urgence ne lui laissait qu'une alternative : se retirer ou demander à l'homme de théâtre de le laisser aller aux toilettes. La première solution était aussi inadéquate que la deuxième, car il ne voulait établir aucune sorte de lien avec ce personnage, mais il ne pouvait pas le quitter juste au moment où il se proposait comme guide irremplaçable pour s'enfoncer dans les mystères les plus scabreux de la double vie d'Alexis Arayán. Ce Marqués déchu était son principal témoin, peut-être, même, l'assassin de l'homme masqué, mais, pensa-t-il, tandis qu'il se sentait tout près d'uriner et étudiait de nouveau l'aspect physique de son hôte, est-ce qu'il était capable d'étrangler quelqu'un avec ces petits bras d'avorton ? Mais le Conde avait toujours trouvé que pisser chez les autres était le premier pas vers la véritable intimité : voir ce qu'il y a dans la salle de bain, c'est comme observer l'âme des gens : un slip sale, une cuvette dont la chasse d'eau n'a pas été tirée, ou un gel de bain parfumé sont aussi révélateurs qu'une confession devant un curé – ou devant un juge.

— Il faut que j'aille aux toilettes, dit-il alors, presque sans en avoir donné l'ordre à son cerveau.

Il supposa que le Marqués allait sourire : il sourit, et laissa tomber sur le Conde un regard qui le fit se sentir toisé, soupesé, trituré dans son intimité.

— C'est par là, troisième porte à gauche. Ah, et pour tirer la chasse, il vous faut tenir la poignée jusqu'à ce que l'eau entraîne toutes les effluves, vous me comprenez ?

— Merci, dit le Conde en se levant, pleinement conscient que sa vessie l'avait trahi de manière honteuse. Il avança vers le couloir sombre et passa devant deux pièces : comme il était dans le champ de vision du Marqués, il regarda à peine sur les côtés, mais il sut que la première était une chambre à coucher, et la deuxième un bureau, avec des livres montant jusqu'au plafond. C'est alors qu'il découvrit l'origine de l'odeur qu'il n'avait pas pu identifier au début : c'était le parfum oppressant et magnétique du vieux papier humide et poussiéreux se dégageant de cette pièce tout aussi sombre qui devait abriter la bibliothèque d'Alberto Marqués, sûrement remplie d'œuvres et d'auteurs mis à l'index, et d'exotiques merveilles de l'édition, inimaginables pour un lecteur ordinaire, et que le Conde essaya d'imaginer avec ce qui restait de son cerveau absorbé par l'incertitude de tenir ou pas jusqu'aux WC.

Il ouvrit la porte et trouva les toilettes : à la différence du reste de la maison, elles avaient l'air propres et rangées, mais il ne s'attarda pas non plus à les observer. Il se planta devant la cuvette, mit à jour son pénis désespéré et se mit à pisser, sentant couler vers la faïence tout le soulagement du monde. Et ça coulait, et ça coulait, lorsque, regardant vers la porte, il crut voir une ombre à travers les vitres dépolies où il manquait un carreau. Était-il en train de l'épier ? Le Conde cacha son pénis sous sa main, et finit de pisser tout en regardant vers la porte. Il ne manquait plus que ça, se dit-il tout en se secouant et en se laissant envahir par le frisson incontrôlable qui marquait la fin de l'expulsion. Rapidement, il remisa son membre rétréci dans son pantalon et il tira la chasse d'eau en suivant les instructions. Adieu, effluves.

Quand il sortit dans le couloir, il vit le Marqués assis sur son fauteuil. Il avança vers lui et reprit sa place.

— Que c'est bon de pisser lorsqu'on en a envie, n'est-ce pas ?, commenta l'homme de théâtre et le Conde eut la certitude qu'il l'avait observé. Qu'il aille se faire foutre, se dit-il, cette fois c'est trop. Et il se disposa à passer à l'offensive.

— Et quel est le rapport entre toute cette histoire de Paris et Alexis Arayán ?

Le Marqués sourit, puis émit de petits gloussements.

— Pardon, dit-il. Eh bien, c'est en rapport avec le costume dans lequel on l'a retrouvé et au fait qu'il n'était pas un travesti. Ou plutôt, qu'il n'était pas ce qu'on appelle un habitué, même si parfois, il le faisait pour jouer. Il se déguisait et montait des personnages. Féminins tout autant que masculins, même s'il n'aurait jamais été capable de monter sur une scène, vous comprenez ? Il était trop timide et cérébral pour cela, et plutôt refoulé, est-ce que je m'explique ?... Mais il a toujours beaucoup aimé ce costume, c'est celui que j'ai dessiné pour ma version d'*Electra Garrigó*, dont la première aurait dû avoir lieu à La Havane et à Paris au Théâtre des Nations en 1971. Même si Alexis était homosexuel, vous êtes sûrement déjà au courant, je n'aurais jamais imaginé qu'il eût l'audace nécessaire pour se travestir et, que je sache, il n'est jamais sorti dans la rue habillé en femme.

— Et pourquoi l'a-t-il fait hier ?

— Je ne sais pas, ça c'est à vous de le découvrir... Vous êtes payé pour, non ?

— Je crois que oui, dit le Conde. Au fait, Alexis était catholique ?

— Oui, tout à fait. Et à moitié mystique.

— Est-ce qu'il vous a parlé du jour de la Transfiguration ?

— De la transfiguration ? Quelle transfiguration ?

— Celle du Christ... qu'on a célébré hier, le 6 août.

— Non, non, il ne m'en a pas parlé... Écoutez, hier il est sorti sans dire au revoir, mais je ne me suis pas trop inquiété, parce qu'il était comme ça : un peu névrosé, très introverti quelquefois. Je l'ai entendu sortir dans le couloir, et c'est pourquoi je sais qu'il est parti à sept heures... Il vous faut savoir aussi qu'Alexis et moi, nous étions seulement des amis. Il avait des problèmes chez lui, ses parents menaçaient tous les jours de le mettre à la porte, et il m'a alors demandé de l'héberger. Mais il n'y avait rien d'autre entre nous, vous comprenez ? Chacun avec sa chacune, moi je suis trop vieux pour jouer au loup...

Le Conde alluma une autre cigarette et se demanda encore une fois où diable il était allé se fourrer. Ce monde-là était trop lointain et exotique pour lui, il s'y sentait définitivement perdu, et mille interrogations dont il ne possédait pas les réponses l'assaillaient. Par exemple : ce vieux pédé aimait-il les pédés ou les hommes ? et l'homme qui est avec des pédés, il est pédé aussi, non ? est-ce que deux pédés peuvent être amis et même vivre ensemble sans baiser l'un avec l'autre ? Il finit par dire :

— Bien sûr que je vous comprends... Et comment avez-vous fait la connaissance d'Alexis ? Vous le connaissez depuis longtemps ?

Le Marqués sourit à nouveau et ajusta les pans de son peignoir.

— Vous ne savez vraiment pas ?... Écoutez, il y a dix-huit ans, au cours de la sainte année 1971, j'ai fait l'objet d'un « paramétrage » et, bien sûr, je ne possédais aucun des paramètres requis. Vous imaginez cela, « paramétrer » un artiste, comme s'il s'agissait d'établir le pedigree d'un chien. Cela serait presque comique, si cela n'avait été tragique. Et par-dessus le marché, c'est un mot si laid... Et dès le début de ces histoires de paramétrage des artistes, j'ai été chassé de la compagnie et de l'association des gens de théâtre, et après avoir vérifié que je n'étais pas doué pour travailler en usine, comme j'étais censé le faire pour me purifier au contact de la classe ouvrière, même si personne ne m'a jamais demandé si j'avais envie d'être pur et si on n'a non plus jamais demandé à la classe ouvrière si elle était prête à entreprendre cette mission de désintoxication, ils m'ont envoyé travailler dans une petite bibliothèque de Marinao, pour classer les livres. Et je vais vous avouer quelque chose, qui j'espère ne m'enverra pas en prison, monsieur le lieutenant : ce fut une erreur. On ne peut pas laisser un artiste trop près des livres qu'il n'a pas parce qu'il les vole... Même s'il n'a pas une âme de voleur, il les vole. Figurez-vous que, dans cette bibliothèque, il y a eu, il y avait, une édition du *Paradis* avec les illustrations de Gustave Doré. Savez-vous de quoi je vous parle ? Eh bien, si vous voulez, je vous la montre...

— Ce n'est pas nécessaire, coupa le Conde.

— Donc moi je travaillais là et Alexis venait étudier à la bibliothèque, parce qu'elle était près du lycée où il était inscrit. Et le fait est qu'il me connaissait et, bien sûr, m'admirait. Le pauvre, il n'osait pas me parler, parce qu'on avait dit tellement de choses sur moi... Mais celles-là vous devez quand même les connaître, n'est-ce pas ? Jusqu'au jour où il a osé, et m'a avoué qu'il avait lu deux de mes pièces et qu'il avait assisté à une répétition d'*Electra Garrigó*, et que c'était l'émotion la plus forte qu'il avait éprouvée de sa vie... Ce pauvre enfant m'adorait, et il n'y pas d'artiste qui résiste à l'adoration d'un jeune apprenti. Et bon, nous sommes devenus amis.

— Encore une question, pour l'instant, dit le Conde en regardant sa montre. Cette dernière histoire lui semblait la plus extraordinaire de toutes celles qu'il avait entendues et lues et il voulut imaginer ce que pouvait avoir ressenti cet homme applaudi et chéri par la critique dans le silence anonyme d'une bibliothèque municipale, où ses expectatives se réduisaient au vol d'un livre attirant. Non, ce n'était pas si facile.

— Alexis avait-il des problèmes avec quelqu'un ? Ou avait-il une relation stable avec quelqu'un ?

Cette fois, Alberto Marqués ne sourit ni ne battit des paupières. Il se contenta de bouger ses très longs doigts posés sur l'extrémité du bras du fauteuil.

— De vrais problèmes, je ne sais pas. C'était un garçon tendre, pour dire les choses comme ça. Il avait besoin de paix et d'affection et chez lui on le traitait comme un lépreux, on avait honte de lui. C'est ce qui l'a changé et l'a transformé en une personnalité renfermée, qui voyait un fantôme dans chaque ombre. En plus, il savait qu'il ne serait jamais un artiste, et c'est ce dont il avait rêvé toute sa vie, mais il a assumé avec courage son manque de talent, et cela en revanche, tout le monde ne sait pas le faire, n'est-ce pas ?

Le Conde se dit que c'était vrai. Puis il se demanda : est-ce que c'est mon cas ? Non, ce n'est pas possible, il ne me connaît pas et moi j'ai du talent. Du talent, merde !

— Il était aimé dans son travail à la Fondation des Biens Culturels, surtout des artistes, parce qu'il les défendait toujours contre les vautours immondes de la bureaucratie, ces sangsues du talent. Par ailleurs, je crois que oui, en ce moment il avait une relation assez stable avec un peintre, un certain Salvador K., que je ne connais pas personnellement. Êtes-vous satisfait ? Avez-vous encore envie d'aller aux toilettes ? Et cette fois, il sourit.

Le Conde se leva : il s'était trouvé un terrible adversaire verbal, se dit-il. Il tendit la main pour y recevoir les os décharnés et mal articulés du célèbre Alberto Marqués : une main de grenouille.

— Non, je n'ai pas envie d'aller aux toilettes, mais je ne suis pas satisfait. Et vous me devez toujours la fin de l'histoire des travestis.

— Bien sûr, Comte, dit le Marqués, sans pouvoir se retenir. Excusez-moi, mais j'ai un penchant pour les titres nobiliaires. Pour vous obliger à revenir je vais vous prêter le livre qu'a écrit le Recio sur les travestis. Il me l'a dédicacé, vous savez ?... Vous allez voir de combien de folie est capable l'être humain, et il sourit, enchaînant sur une série de gloussements et de battements de paupières incontrôlés.

Le Conde observa la couverture du livre : d'une chrysalide jaillissait un papillon au visage humain, divisé de manière grotesque : des yeux de femme et une bouche d'homme, des cheveux féminins et un menton masculin. Il avait pour titre *Le Visage et le Masque* et il était dédicacé de manière pas du tout cryptée au « dernier membre en activité de la noblesse cubaine ». Il eut envie de rentrer chez lui et de se mettre à lire ce livre qui lui donnerait peut-être certaines clés de ce qui s'était passé ou, du moins, lui permettrait d'apprendre quelque chose sur le monde obscur de l'homosexualité.

Il se souvint que dans ses propos sur les travestis, le Marqués avait mentionné trois attitudes possibles chez les transformistes : la métamorphose comme dépassement du modèle, le camouflage comme forme de disparition, et le déguisement comme moyen d'intimidation. Laquelle avait pu pousser Alexis Arayán à s'habiller en Electra Garrigó précisément le soir de la fête de la Transfiguration ? Cette histoire commençait enfin à lui plaire, mais s'il voulait y comprendre quelque chose, il lui fallait en savoir un peu plus. Une chose au moins était sûre : Alberto Marqués ne pouvait physiquement pas être l'assassin d'Alexis Arayán. Avec ces bras il aurait eu besoin de deux heures pour asphyxier le jeune homme, et encore celui-ci aurait dû se boucher le nez avec les doigts. Mais il était certain qu'Alberto Marqués avait beaucoup à voir dans cette mort vêtue de rouge.

Quand il vit Manolo appuyé contre le pare-chocs de la voiture, à l'ombre du premier flamboyant de Santa Catalina, le Conde réalisa à quel point il transpirait. Il avait marché quatre rues et la sueur tachait déjà sa chemise, mais son cerveau, troublé par l'information récemment emmagasinée, n'avait pas assimilé la sensation de chaleur qui se révélait maintenant à lui, sur le mode humide. Il était presque quatre heures de l'après-midi, et la température semblait avoir monté de quelques degrés encore.

— Et alors ?, lui demanda le sergent, et le Conde s'épongea avec le mouchoir.

— Un type très bizarre qui a foutu ma journée en l'air. Une vraie pédale, encore plus qu'un dimanche après-midi, dit-il avant de sourire, parce que la métaphore n'était pas sienne : le copyright appartenait à son vieux copain Mild les belles minettes. Et tu sais bien que je ne supporte pas les pédales... Mais ce type est différent... Ce grand salopard m'a fait réfléchir... Et toi, qu'est-ce que tu as appris ?

Pendant que la voiture avançait sur Santa Catalina en

direction du Commissariat, Manolo lui raconta le premier résultat surprenant de l'autopsie :

— D'après ton ami Fleur de Mort, on ne lui a rien sorti du cul, Conde : au contraire, on lui a mis... Deux pièces d'un peso. Qu'est-ce que tu en penses ? Tu avais déjà entendu une chose pareille ?

Le Conde fit non de la tête. Mais Manolo ne lui laissa pas le temps de digérer son étonnement devant la révélation insolite :

— L'homme qui l'a tué est blanc, son sang est de rhésus AB et il doit avoir entre 40 et 60 ans. Droitier sans doute. C'est-à-dire que nous avons un million et demi de suspects...

Le Conde lui refusa le plaisir de rire de sa plaisanterie et Manolo termina son histoire : la mort avait été en effet provoquée par asphyxie, et l'assassin avait serré de face le ruban du travesti. On n'avait pourtant retrouvé qu'un minuscule débris de peau étrangère sur l'un des ongles d'Alexis. Les traces de pas indiquaient que l'individu de haute taille devait peser entre 80 et 90 kilos, qu'il chaussait du 43, qu'il n'y avait pas de défaut dans sa démarche et qu'il portait sans doute un blue-jean car on avait retrouvé sur le lieu du crime un fil de tissu en jean accroché à un arbuste. La possibilité de la fellation était exclue, ou du moins n'avait-on pas retrouvé de traces de sperme dans la bouche du mort. Il n'y avait aucune empreinte digitale, et le ruban de soie n'offrait pas non plus de données utilisables. Dans la zone du crime on n'avait rien trouvé de particulièrement révélateur : les détritus que l'on retrouve toujours dans ce genre d'endroits : une bouteille, une capote usagée, des mégots, une clé rouillée, des restes de cigares sans marque et avec marque : Rey del Mundo, Montecristo, Coronas, et un peigne en plastique auquel manquaient six dents et même une dent de sagesse...

— Il est donc clair qu'il n'y a pas eu de bagarre, commenta le Conde quand Manolo eut fini de dresser son inventaire. Quant à l'histoire des pièces de monnaie...

— Dur, non? Mais ce que je trouve encore plus bizarre, c'est qu'il n'ait pas jeté le corps dans le fleuve. Tu penses bien que si nous l'avions trouvé dans la mer, nous n'aurions pas su d'où il était sorti, ou les poissons l'auraient peut-être mangé et si nous l'avions trouvé, nous n'aurions pas pu l'identifier. On rentre au Commissariat?

— Non, non, dit le Conde, qui fit une pause pour jeter un regard d'autocompassion vers la maison de Tamara, le plus constant de ses amours perdus, cette femme à la peau toujours parfumée avec des eaux de Cologne fortes, et dont il avait rêvé les derniers deux mille ans de sa vie.

— Continue plutôt vers le Vedado, je viens de penser à un ami et je voudrais lui parler.

— Mais qu'est-ce que tu fais ici, vieille fripouille? Sans en avoir l'air, il regarda vers les autres tables, flairant de possibles réactions devant l'arrivée du Conde. Écoute, si ces gens se rendent compte que tu es flic et que tu te mets à parler tout bas avec moi, ils vont me balancer un seau plein de merde sur la tête...

— C'est toi qui parles tout bas, dit le Conde à haute voix, avant de s'emparer du verre de rhum qui était sur la table et de l'avaler d'un trait.

Miki les belles minettes n'osa pas l'arrêter ni lancer un nouveau regard de côté, et le Conde sourit. Cela faisait presque vingt ans qu'il le connaissait et il n'avait pas changé : un sac à merde. À l'époque du lycée, Miki s'était rendu célèbre comme dragueur et prétendait avoir établi le record absolu de fiancées dans une même classe – bécotage compris, bien sûr – grâce à sa belle gueule sans boutons et à la coupe de cheveux parfaite sur laquelle, par la suite, les années s'étaient particulièrement acharnées : plus de rides que celles prévisibles à 38 ans, des traces de boutons tardifs, de la graisse mal distribuée que Miki – qu'on n'appelait plus jamais les belles minettes – essayait de dissimuler sous une barbe touffue qui contrastait avec les rares cheveux qui lui restaient sur le front, comme les dépouilles mortelles de ce qui avait été un jour son arrogante crinière blonde. Le passage de l'adolescence à l'âge adulte avait été, pour Miki les belles minettes, une mutation dévastatrice. Cependant, envers et contre tout, voilà que Miki était devenu le seul écrivain reconnu parmi ses anciens camarades du lycée attirés par l'écriture : un roman abominable et deux recueils de nouvelles de circonstances lui avaient donné ce statut immérité : il savait très bien, et le Conde aussi, que sa littérature était irrémédiablement condamnée à l'oubli le plus total. Avec un sens aigu de l'opportunisme, encouragé par certains critiques et certains éditeurs, il avait entrepris d'écrire sur les paysans et la nécessité des coopératives quand tous les journaux parlaient des paysans et de la nécessité des coopératives, et sur les « gusanos », les émigrés, apatrides et autres débris, quand toutes les rues du pays résonnaient de ce genre de qualificatifs, durant l'été 1980... Cependant, il était écrit sur sa carte de l'Union des écrivains, « écrivain » et tous les après-midi Miki se réfugiait au bar de l'Union pour y boire quelques verres de rhum que, pensait le Conde, il n'avait en fait pas vraiment mérités.

— Tu veux que nous allions parler ailleurs ?, lui proposa le lieutenant, désolé par le désespoir du soi-disant écrivain.

— Non, oublie, ici personne ne te connaît et il n'y aura bientôt plus de rhum. Tu veux un double ?

Le Conde regarda vers le bar, où l'on servait du Bocoy blanc. Discipliné, il fit celui qui hésitait, peut-être pour se redonner de l'assurance.

— Oui, je crois que ça me ferait du bien.

— Donne-moi quatre pesos, dit Miki en tendant la main.

Le Conde sourit : bien sûr, un sac à merde, pensa-t-il en lui donnant un billet de dix.

— Un triple pour moi et un double pour toi.

En attendant Miki, le Conde alluma une cigarette et essaya d'écouter la conversation de ses plus proches voisins. Ils étaient trois : un mulâtre, jeune mais aux cheveux grisonnants, qui parlait inlassablement ; un gros à la peau mate, avec une barbe et une bosse de dromadaire mal foutu ; et un grand type, avec une tête d'enculeur devant laquelle Lombroso en personne se serait pâmé d'enthousiasme. Quelle image de la littérature. Ils parlaient, mal et avec entrain, d'un autre écrivain qui avait eu apparemment un grand succès avec un roman récent et qui écrivait dans les journaux des articles très lus, et ils le traitaient de populiste de merde. Oui, disaient-ils, laissant couler leur fiel sur le plancher du bar, il écrit des romans policiers, il interviewe des joueurs de base-ball et des musiciens de salsa, il fait des articles sur des macs et sur l'histoire du rhum : c'est ce que je te disais, un populiste de merde, et voilà pourquoi il gagne autant de prix. Ils étaient en train de changer de sujet pour parler d'eux-mêmes, qui, eux, étaient des écrivains préoccupés par les valeurs esthétiques et le reflet des contradictions sociales, lorsque Miki revint avec les deux verres de rhum.

— Je te l'avais dit : nous avons eu la fin de la dernière bouteille. C'est ça qui me rend nerveux. Tous les jours, elles se terminent un peu plus tôt.

— Tu aimes venir ici, n'est-ce pas Miki ?

— L'écrivain goûta son rhum, tout en extrayant une cigarette du paquet du Conde.

— Oui, pourquoi je n'aimerais pas ? Il y a du rhum, on raconte quelques conneries et de temps en temps on peut s'envoyer une folle mordue de poésie. Justement, j'en attends une qui a plus de fric que la Banque Nationale. J'ignore d'où diable elle peut bien le sortir. Donc, si ma poétesse arrive, tu disparais, entendu ?

Le Conde acquiesça d'un signe de tête et songea à lui demander qui étaient ses voisins et qui ils étaient en train de mettre en pièces, mais il eut peur d'être entendu. Il aimerait lire cette histoire du rhum, pensa-t-il, en buvant une gorgée de cet alcool incestueux et hors de l'histoire, dont les molécules charriaient trop d'eau jamais distillée.

— Miki, que sais-tu d'un peintre qui s'appelle Salvador K. ?

Mild sourit et but une autre gorgée.

— Que c'est de la merde.

— Putain ! si j'ai bien compris, ici tout le monde est une merde, un opportuniste, un populiste ou un pédé, pas vrai ?

— C'est exactement cela. Qu'est-ce que tu croyais ? Que c'était le Parnasse ? Qu'en entrant ici on te chuchotait « Chante, oh muse, la gloire d'Achille le Péliade » ou une connerie dans le genre ? Mon cul, oui ! Et si tu veux tout savoir, ce mec-là est les quatre choses en même temps. Le type peint des tableaux avec beaucoup de couleurs qui se vendent très bien, mais il ne fait que de la merde... Tiens, je crois qu'il habite près d'ici, du côté de l'avenue N et de la 17e rue, chez sa femme. Et qu'est-ce que tu lui veux à ce type ?

— Rien, quelqu'un m'en a parlé l'autre jour. Et tu dis qu'il est marié ?

— Non, je t'ai dit qu'il habitait chez sa femme.

— Dac'. Et dis-moi, Miki, toi qui connais le pire de la vie de tout le monde, qu'est-ce que tu sais sur Alberto Marqués ?

— Si là tout de suite, tu te mets à la porte de l'Union des écrivains et que tu te mets à crier : Qui est Alberto

Marqués ? il y aura aussitôt deux cents types qui vont s'agenouiller par terre, qui vont faire des courbettes et qui vont te dire : c'est Dieu, c'est Dieu, et pour peu que tu les laisses faire, ils organiseront une cérémonie en son honneur et se mettront tous à écrire sur son grand courage, sur ma mère je te jure que c'est vrai... Mais si tu avais posé ta question il y a quinze ans, il y aurait eu deux cents types, presque les mêmes que ceux que tu as vus maintenant, qui t'auraient dit, le poing en l'air et les veines du cou gonflées : c'est le diable, l'ennemi de classe, l'apostat, l'apostat de la prostate, bonne métaphore, n'est-ce pas ?... Parce qu'ici c'est comme ça, Conde : avant il valait mieux ne même pas le mentionner, et maintenant il est le monument vivant à la résistance éthique et esthétique, et tout le baratin. À tout moment il se trouve quelqu'un pour raconter qu'il a été le voir et qu'il lui a parlé. Tu les entendrais : c'est comme s'ils étaient allés à la Mecque... Imbéciles ! Maintenant ils disent qu'il est le père du post-modernisme autochtone, que lui, Grotowsky et Artaud sont les trois grands génies du théâtre du XXe siècle, que Virgilio Piñera, Roberto Blanco et Vicente Revuelta lui doivent tout ce qu'ils sont, et que même sa pédérastie est une vertu parce qu'elle lui permet d'exprimer une autre sensibilité. Voilà. T'y comprends quelque chose ? Eh bien, moi oui : quand il fallait le trahir, ils l'ont trahi, et maintenant qu'il n'est plus dangereux, et qu'il est même de bon goût de pleurer sur ceux qui sont tombés dans de vieux combats idéologiques, eh bien ils l'adorent. Et tu sais ce qui reste pour finir ? un type qui en a pris plein la gueule, qui porte plus de haine en lui que si un nazi l'avait fécondé, converti en grand personnage, et pas pour ce qu'il a fait, mais pour ce qu'il n'a pas pu faire, parce qu'ils l'ont cassé et quand ils ont voulu lui donner une chance, le type a dit que non, qu'il ne voulait plus faire de théâtre, ni publier rien du tout, et il a pris sa retraite. Un putain de héros, voilà ce qu'ils voient maintenant... Le plus terrible, c'est que le type a dû s'avaler une dizaine d'années de silence et de solitude. Sur ces deux cents adorateurs d'aujourd'hui, quatre ou cinq peut-être ont continué à le voir après qu'on l'ait anéanti, avec des histoires de pédales et de déviations idéologiques, d'idéalisme, de fascination pour l'étranger, et de tout ce machin du réalisme socialiste et de l'art comme arme idéologique dans la lutte politique... On a mis le type hors circulation et on a l'envoyé avec un aller simple s'occuper d'une librairie ou de quelque chose dans le genre, je ne sais plus très bien. L'horreur : un paquet d'années sans qu'une seule de ses lignes ne soit publiée dans la plus insignifiante des revues, interdiction aux critiques de parler de lui quand ils écrivaient sur le théâtre. Il a disparu des anthologies et même des dictionnaires d'auteurs. Il s'est désintégré en l'air, pfff, pas parce qu'il était mort ou parti du pays, ce qui est presque la même chose. Non. Mais parce qu'on l'a obligé à changer d'habitudes. Il est devenu célèbre dans la queue pour les bananes, pour le pain, pour la polyclinique et pour le lait... Terrible, non ? Mais ce que personne ne dit maintenant, c'est la grande pédale qu'il a été et qu'il est encore. Tu connais l'histoire des noirs qu'il faisait venir chez lui ? Eh bien, écoute, parce qu'elle est géniale. Son truc, c'était de trouver un enculeur noir et de lui dire qu'il allait le payer pour qu'il l'enfile, mais à une condition : qu'il le prenne par surprise, pour qu'il y ait plus d'émotion. Et il disait au noir, par exemple, que n'importe quel jour de la semaine, entre six et neuf heures du soir, il devait entrer chez lui, le surprendre, et le violer. Alors il se mettait à lire, tous les jours à la même heure, jusqu'au jour où le noir arrivait et lui se mettait à courir dans toute la maison, et le noir le poursuivait, l'attrapait, le déshabillait et pif, paf ! l'enfilait. Est-ce que tu as déjà entendu une histoire de pédés pareille ? Et quand il partait à la chasse aux jeunes garçons dans la rue... et mille autres histoires encore. Une tapette pur jus. Mais, tu veux que je te dise ce qui est plus vrai que tout cela, plus vrai que sa pédérastie, que sa ruine, que la trahison de ses anciennes amies, que le culte qu'on lui rend maintenant ? Tu veux ? Eh bien la vérité-vraie c'est que ce pédé qui chie dans sa culotte si on crie trop fort, a des couilles grosses comme ça. Il a tenu bon comme un homme et il est resté ici, parce qu'il a toujours dit que s'il partait d'ici, alors il mourrait pour de vrai, et il n'a pas joué le jeu de ceux de l'intérieur ni de ceux de l'extérieur : il a fermé son bec et s'est retranché chez lui... Si seulement moi j'avais la moitié des valseuses de cette lopette de... Putain, tire-toi mon salaud, voilà ma poétesse qui arrive. Tu sais comment elle m'appelle cette folle dingue ? Miki Rourke. Quelle rigolade. Putain, merde ! Je n'ai plus de rhum. C'est terrible, non ?

Le Conde se lança dans la 17ᵉ rue avec une sensation désagréable dans la bouche – et pas à cause du rhum – la proue pointée vers la mer et la coque prête à ne pas se laisser démonter cette fois-ci par le faste agressif, et apparemment à l'épreuve du temps et autres érosions, de ces palais qui un jour résumèrent l'orgueil d'une classe dans son moment de splendeur créative et qui furent à l'origine du surnom depuis longtemps oublié donné à la rue : l'avenue des Millionnaires. Le succès de ces hommes très riches, qui n'en revenaient pas de leur étonnement d'être riches, et de l'être autant en trois coups d'audace politique, financière ou même contrebandière, avait tellement besoin d'être souligné qu'ils s'étaient tous appliqués à donner à leur fortune une forme éternelle ; et ils avaient acheté tous les talents nécessaires pour perpétuer leur victoire et vanter leur magnificence avec de la pierre, du fer forgé et du verre susceptibles de former les résidences les plus éblouissantes de la ville.

Concentré tel un navigateur fixé sur son cap de l'après-midi, il ne se demanda même pas comment il était possible de vivre dans une maison de quarante pièces ni ce qu'on pouvait ressentir en voyant le jour se lever à travers un vitrail représentant Saint Georges terrassant le dragon ou depuis le jardin tropical d'une gigantesque terrasse débordant de tous les fruits possibles de la nature et de l'imagination. Ce à quoi il pensait, en marchant sur cette avenue, recyclée depuis trois décennies et occupée à présent par des bureaux, des entreprises et quelques maisons collectives bourrées d'habitants, c'est qu'il avait seize ans et écrivait sa première nouvelle lorsque Alberto Marqués avait été condamné à oublier la gloire et les vivas. Son pauvre récit s'appelait *Dimanches*, et il devait être publié dans le premier numéro de *La Viboreña*, la revue de l'atelier littéraire du lycée. La nouvelle racontait une expérience inoubliable : tous les réveils de ces dimanches matins où sa mère l'obligeait à se rendre à l'église du quartier alors que le reste de ses amis profitaient de leur seule matinée de libre pour jouer au base-ball en bas de chez lui. Le Conde avait voulu, ainsi, parler de la répression qu'il subissait, ou du moins de celle qu'il avait subie à l'époque la plus lointaine de son éducation sentimentale, même si pendant qu'il l'écrivait, il ne s'était pas formulé le sujet dans des termes aussi précis. Le plus frustrant cependant avait été la répression qui s'était abattue sur la revue, qui n'atteignit jamais le numéro un, et sur sa nouvelle par la même occasion.

Chaque fois qu'il s'en souvient, le Conde retrouve un vague sentiment de honte, ineffaçable, très personnel, qui l'envahit physiquement : il ressent une étrange envie de dormir, des envies étouffantes de crier ce qu'il n'a pas crié le jour où on les a convoqués pour fermer la revue et l'atelier littéraire, en les accusant d'écrire des récits idéalistes, des poèmes évasifs, des critiques inadmissibles, des histoires étrangères aux besoins actuels du pays plongé dans la construction d'un homme nouveau et d'une société nouvelle (avait dit le directeur, le même directeur qui un an après devait être révoqué, accusé d'innombrables fraudes qu'expliquait son ambition d'être reconnu comme directeur du meilleur lycée de la ville, du pays, du monde, même si sa direction était basée sur le mensonge : tout ce qui importait c'était que les autres pensent qu'il était le meilleur directeur et qu'on le reconnaisse comme tel, avec tous les privilèges que la reconnaissance pouvait engendrer...) Qu'avait à voir sa nouvelle avec tout ce qu'on lui avait dit ? se demande-t-il encore, en descendant la rue, vent dans le dos. Oui, cela s'était passé quand il avait seize ans et Alberto Marqués presque cinquante, ce récit était son premier et il avait cru mourir, mais Alberto Marqués lui, était habitué à vivre entouré d'applaudissements, de louanges et de félicitations qui lui avaient été soudain refusés parce qu'un beau jour lui et ses œuvres ne remplissaient plus certains paramètres tout à coup considérés comme inviolables. Qu'avait éprouvé cet homme d'aspect diabolique et à la langue acérée, en se voyant mis à l'écart de tout ce qu'il aimait, connaissait et pouvait faire, et en se sachant condamné à un silence dont la durée pouvait être perpétuelle ? Le Conde essaya de l'imaginer, comme il avait essayé d'imaginer d'autres fois le lever du jour dans ces palais, et il n'y parvint pas : il lui manquait l'expérience, mais il se rappela sa vieille honte, sa colère primaire de seize ans, et il pensa qu'en la multipliant par cent, il pourrait peut-être approcher les proportions de cette frustration majeure, enfermée entre les quatre murs d'une bibliothèque municipale. Était-il à ce point nuisible qu'il méritait ce châtiment brutal et l'exercice castrant de la rééducation, pour entendre dix ans plus tard que tout cela résultait d'erreurs stratégiques, de malentendus « d'extrémistes » qui n'avait plus ni noms, ni bureaux ? L'idéologie nouvelle, l'éducation des masses nouvelles, le cerveau nouveau de l'homme nouveau pouvaient-ils être contaminés et même détruits par des aspirations et des exemples comme ceux d'Alberto Marqués ? L'opportunisme d'une littérature du genre de celle pratiquée par son ancien camarade Miki les belles minettes, n'était-elle pas plus nuisible, lui qui était toujours prêt à pervertir son écriture et, du coup, à vomir sa frustration sur tout ce qui écrivait, peignait ou dansait avec un vrai talent ? Non, cela ne pouvait pas être comparable et le monde, même s'il était gris, ne pouvait l'être de la façon dont le colorait Miki, plus jamais surnommé les belles minettes. Alors le Conde comprit que toute cette histoire le ramollissait encore, lui qui était de plus en plus ramolli, et il comprit aussi que la pédérastie d'Alberto Marqués commençait à moins l'inquiéter et qu'une furtive solidarité de rebelle le rapprochait de l'homme de théâtre. Et il commença même à regretter la possibilité qu'un élément puisse l'impliquer dans le meurtre et l'expédie, lui et sa pédérastie et sa frustration et sa dignité et son visage si laid dans une prison où ses fesses deviendraient un pot de fleur et où le service des enculeurs, même sans le coup de la surprise, allait être gratuit, c'était garanti... Enfin, il arrivait à la mer.

Cuisine-le sérieusement, vas-y à fond, fourre-lui le doigt dans l'œil, avait-il ordonné à Manolo après lui avoir expliqué qui était Salvador K. et lui avoir confié ce premier entretien avec le peintre. Et en le voyant, le Conde eut un espoir qui semblait confirmer son parti-pris : le type avait un peu plus de quarante ans et devait peser autour de quatre-vingt-dix kilos. Deux grands pieds le supportaient – chaussait-il du 43 ? – et il exhibait des bras d'haltérophile parfaits pour serrer un ruban de soie jusqu'à étrangler un homme, peut-être sans lui laisser le temps de se débattre.

Assis dans le salon de l'appartement, les policiers refusèrent d'insistantes propositions d'eau, de thé et même de café, ainsi qu'ils en étaient convenus par avance. Non, même pas un verre d'eau.

Salvador K. avait l'air nerveux et essayait de s'attirer les bonnes grâces des policiers.

— C'est une simple vérification, n'est-ce pas ?

— Non, non, dit Manolo avant de s'asseoir sur le bord du fauteuil. Le Conde aimait le style agressif de son subordonné rachitique.

— C'est bien plus sérieux que cela et vous le savez. Voulez-vous parler ici ou voulez-vous que nous allions ailleurs ?

Le peintre sourit nerveusement. Il réagit comme un imbécile, chuchota l'expérience du Conde.

— Mais de quoi... ?

— Nous parlerons donc ici. Quels étaient vos rapports avec Alexis Arayán ?

Comme il lui était déjà antipathique, le Conde se réjouit de voir les derniers espoirs de Salvador K. faire naufrage avec le sourire qui déserta ses lèvres.

— Je le connais, dit-il, en essayant de feindre une certaine dignité surprise. Il travaille à la Fondation des Biens culturels. Pourquoi ?

— Pour deux raisons. La première, c'est qu'hier Alexis Arayán a été tué. La seconde, c'est qu'on nous a dit que vous étiez de très bons amis.

Le peintre essaya de se lever, mais y renonça. De toute évidence il lui manquait un plan d'action. Ou peut-être était-il vraiment surpris.

— Quoi ? Il a été tué ?

— Hier soir dans le Bois de la Havane. Asphyxié.

Le peintre regarda vers l'intérieur de la maison, comme s'il craignait une présence inattendue. Le Conde accrocha le regard de Salvador et une question lui vint alors à l'esprit, mais il décida d'attendre.

— Vous êtes sûr que vous voulez que nous parlions ici ? insista Manolo.

— Mais oui, mais oui, pourquoi pas... Il a donc été tué. Mais, moi, qu'est-ce que j'ai à voir là dedans ?

Manolo se permit de sourire.

— Écoutez, Salvador, c'est un point très délicat, mais il y a des gens qui racontent que votre amitié était plus qu'une amitié.

Cette fois-ci il se leva, l'air très vexé, avec une tension perceptible dans ses bras musclés.

— Qu'est-ce que vous dites là ?

— Ce que j'ai entendu dire. Voulez-vous que je sois plus clair ? Eh bien, on dit que vous aviez des rapports homosexuels.

Toujours debout, le peintre essaya de surmonter le désastre :

— Je ne vous permets pas...

— D'accord, vous ne permettez pas, mais allez dans la rue et criez-le en public, vous verrez ce qu'on vous dira.

Salvador eu l'air d'y réfléchir et l'idée ne lui plut pas. Ses muscles commencèrent à dégonfler, et il regagna l'infériorité du siège.

— Ce sont des envieux. Les ragots, les mauvaises langues, les frustrés...

— Bien sûr, bien sûr... Mais Alexis a été retrouvé mort habillé en femme, dit Manolo, et sans donner de temps à Salvador, il prit une autre direction. Quand l'avez-vous vu pour la dernière fois ?

— Hier matin, à la fondation. J'y ai amené des tableaux pour les vendre. Il était habillé en femme ?

— Et de quoi avez-vous parlé ? Essayez de vous rappeler.

— Des tableaux. Il ne les a pas beaucoup aimés. Il était comme ça, il se mêlait de ce qui ne le regardait pas. Peut-être est-ce pour ça qu'on l'a tué.

— Et sur vos rapports, qu'avez-vous à me dire ?

— Que c'est une calomnie. Qu'on vienne me dire en face qu'on m'a vu...

— Vous avez raison, c'est sûrement plus difficile. Donc vous niez ?

— Bien sûr que je nie, dit-il d'un air plus assuré.

— Quel est votre groupe sanguin, Salvador ?

Son assurance s'estompa de nouveau. Le Conde compta un point pour Manolo. Lui n'aurait jamais posé cette question à ce moment-là, mais l'autre, qui lui tournait dans la tête. Définitivement, Manolo était meilleur.

— Je ne sais pas, dit-il, et en effet il semblait perdu.

— Ne vous inquiétez pas, nous pouvons le demander à la polyclinique. Quelle est la vôtre ?

— Celle qui sur la 17e rue et l'avenue J, au coin de la rue.

— Et vous ne l'avez pas vu le soir ?

— Je vous ai déjà dit que non. Mais quel rapport avec mon sang ?

— Et où étiez-vous hier soir, entre 8 heures et minuit ?

— Je peignais, dans mon studio, au coin de la 21e et de la 18e. Écoutez, moi je ne sais rien...

— Ah oui... et qui vous a vu là-bas ?

Salvador regarda par terre, comme pour chercher un point d'appui qui lui échappait constamment. Sa peur et sa confusion étaient aussi apparents que ses muscles.

— Je ne sais pas, qui peut m'avoir vu ? Je ne sais pas, je travaille seul, mais je suis arrivé vers 6 heures et j'ai travaillé jusqu'à minuit, à peu près.

— Et personne ne vous a vu. Pas de chance.

— C'est un garage, essaya-t-il d'expliquer, il est à l'extérieur de l'immeuble, et s'il n'y a personne de stationné à côté...

— 21e et 18e, c'est tout près du Bois de la Havane, n'est-ce pas ?

L'homme ne répondit pas.

— Dites, Salvador, intervint alors le Conde. Il se dit que c'était le bon moment pour changer un peu l'orientation du dialogue. Que signifie K ?

— Mon nom de famille est Kindelán, c'est pour cela que je signe K.

— Logique. Autre chose que je veux vous demander depuis un moment. Je vois ici des reproductions de tableaux célèbres, mais aucune de vos œuvres. N'est-ce pas étrange ?

Le peintre sourit enfin. Il semblait se retrouver à nouveau sur ses plates-bandes et il respira bruyamment.

— Vous n'avez jamais entendu l'histoire des amis de Picasso qui vont déjeuner chez lui et ne voient dans toute la maison aucun tableau de Picasso ? Intrigué, l'un d'eux lui demande, dites-moi, maître, et pourquoi n'avez-vous ici aucune de vos œuvres ? Alors Picasso lui répond : Je ne peux pas me payer ce luxe. Les Picasso sont bien trop chers...

Le Conde imita un sourire, pour accompagner celui de Salvador.

— Je comprends, je comprends... Laissez-moi vous demander encore quelque chose. On m'a dit qu'Alexis était catholique. Vous savez s'il allait à l'église ?

— Oui, je crois que oui.

— Et hier, quand vous l'avez vu, ou un autre jour, vous a-t-il dit quelque chose au sujet de la Fête de la Transfiguration ?

Le peintre baissa les yeux, pour rendre plus évident son effort de mémoire. Le Conde sut qu'il devait réfléchir à la meilleure réponse.

— Je ne sais pas, cela ne me dit rien. Mais ce dont je me souviens, c'est qu'hier il avait une Bible sur le bureau... Est-ce que cela a un rapport ?

— Non, simple curiosité de policier... Autre chose, Salvador. Pourquoi croyez-vous qu'Alexis s'est habillé en femme hier soir ?

— Est-ce que je sais, moi... Pourquoi devrais-je le savoir ? Je vous ai dit que ce sont des ragots...

— Bien sûr, bien sûr, vous n'avez pas à le savoir. Eh bien, c'est bon pour aujourd'hui, dit alors le Conde, comme s'il était épuisé, et le plus surpris par ce dénouement fut Manolo. Le Conde poussa un gémissement fatigué en se levant et regarda le peintre dans les yeux : Mais nous allons revenir, Salvador, et mettez-vous ceci dans votre tête : vous avez intérêt à être nickel, parce que vous avez l'air d'être bien placé pour le gros lot.

Ils sortirent dans la rue accompagnés par les dernières protestations du peintre et ils montèrent en voiture. Manolo démarra en faisant brutalement demi-tour et tourna dans la première rue.

— La Transfiguration... Tu peux me dire pourquoi nous sommes partis, Conde ? Tu n'as pas vu comme je le tenais ?

Le Conde alluma une cigarette et baissa la vitre.

— Du calme, du calme dit-il au sergent avant d'ajouter : Qu'est-ce que tu voulais, qu'il te dise que oui, qu'il encule les mecs et qu'il profitait de l'autre pour vendre tous ses tableaux et qu'hier soir il l'a tué parce qu'Alexis lui avait dit que sa peinture était de la merde ? Ne fais pas chier, Manolo, tu en as tiré tout ce qu'on pouvait en tirer. Maintenant il faut qu'on vérifie l'histoire du groupe sanguin et qu'on enquête sur lui à la Fondation et dans ce studio qu'il a au coin de la 21e et de la 18e, voir si quelqu'un l'a vu là-bas hier soir. Demande au Commissariat de te donner deux types en plus, tant mieux si c'est Crespo et le Greco, et dépose-moi chez moi, demain matin il faut qu'on aille voir Faustino Arayán et une dizaine d'autres en plus... Et tu veux que je te dise quelque chose ? Tu es meilleur flic que moi... Dommage que tu sois si maigre et qu'il t'arrive de loucher.

Le Conde s'aperçut qu'en lisant, il ne pouvait s'ôter de la tête le masque d'Alexis Arayán, son travesti le plus familier. Et qu'il recherchait non seulement les clés d'un mystère mais d'une évidence : il avait très envie de retourner parler avec Alberto Marqués. Chaque paragraphe du livre se transformait en argument pour un possible duel verbal avec Marqués, en idée pour s'élever à sa hauteur et rendre, par sa connaissance du sujet, le dialogue plus équilibré. Ce qui lui permettait de s'approcher du noyau de cette histoire sordide qui commençait enfin à l'attirer selon son goût : comme un défi intelligent à son apathie et à ses préjugés. En tant que policier, Mario Conde avait la mauvaise habitude d'avoir des idées fixes et de rechercher, dans chaque affaire, ses propres obsessions. L'histoire de ce travesti mort (et peut-être symboliquement transfiguré, en une éphéméride pleine de sens) possédait tous les condiments susceptibles de l'attirer et de l'entraîner, jusqu'au dénouement. C'est pourquoi le faux visage de femme d'Alexis Arayán lui revenait à chaque instant comme une illustration supplémentaire de ce traité du transformisme et de l'autocréation corporelle qu'avait écrit le Recio. Grâce à lui, plusieurs éléments devenaient clairs pour le Conde : le transformisme était quelque chose de plus essentiel et de plus biologique que la simple pédérastie ou l'exhibitionnisme consistant à sortir dans la rue habillé en femme, comme il l'avait toujours cru, à l'abri de son machisme élémentaire et viscéral. Il n'avait jamais été tout à fait convaincu par l'attitude de base du travesti qui change son physique pour mieux draguer. Draguer qui ? Les hommes-hommes, les vrais, hétérosexuels, avec des poils sur la poitrine et puant des aisselles, n'allaient jamais avoir une liaison consciente avec un travesti : ils coucheraient avec une femelle, et pas avec cette version limitée de la femme, dont l'orifice le plus appétissant était définitivement clos par la capricieuse loterie de la nature. Un homosexuel actif, caché derrière une apparence impénétrable d'homme « homme » – vulgairement : un enculeur ; littérairement : un bougre – n'avait pas besoin de cette exagération pour sentir se réveiller en lui ses instincts sodomites et pénétrer *per angostam viam*.

Le livre essayait de donner des explications philosophiques à cette contradiction : le problème, croyait comprendre le Conde, n'était pas d'être, mais de paraître ; ce n'était pas l'acte, mais la représentation ; ce n'était même pas la fin, mais le moyen comme sa propre fin : le masque pour le plaisir du masque, le déguisement comme vérité suprême. C'est pourquoi il trouva logique l'identification du transformisme humain avec le camouflage animal, non plus pour chasser ou pour se défendre, mais pour réaliser l'un des rêves éternellement poursuivi par l'homme : la disparition. Parce qu'il n'était définitivement pas plausible que la transformation morphologique ait pour seul objet d'attirer le mâle-proie, à l'instar des belles fleurs aimantes dont les proies troublées tombent dans le piège mortel ; et le déguisement n'avait pas non plus pour but de tromper, comme chez certains insectes au physique agressif, dont l'apparence tient en respect de possibles attaquants. C'était, au contraire, cette volonté de se masquer et de se fondre, de nier la négation et de se joindre à la tribu ordinaire des femmes, qui guidait peut-être un transformisme si souvent grotesque en apparence.

Mais, si l'effacement était l'ultime raison du transformisme, les résultats pratiques de son exercice pouvaient être quantifiés en les comparant avec le monde animal – encore et toujours des comparaisons –, par rapport au destin triste de ces travestis toujours découverts malgré tous leurs efforts : l'inévitable pomme d'Adam, les mains que la nature avait laissées trop grandir, le bassin étroit, étranger à toute étincelle de maternité... Le livre citait une expérience réalisée sur quarante-sept ans, qui montrait comment dans l'estomac des oiseaux l'on retrouvait autant de victimes mimétisées que non mimétisées, en mêmes proportions que dans la région étudiée. Le déguisement était-il donc inutile, vulnérable et n'offrant pas de garanties de sécurité ? Le Recio concluait, en citant pour une fois quelqu'un qui devait en savoir plus que lui, que le travesti constate seulement « qu'il existe dans le monde vivant une loi de déguisement pur, une pratique qui consiste à se faire passer pour quelqu'un d'autre, clairement démontrée, incontestable, et qui ne peut être réduite à aucun besoin biologique découlant de la concurrence entre les espèces ou de la sélection naturelle ». Et à quoi diable cela tenait-il donc ? Tout cela pour dire qu'il s'agissait d'un simple jeu d'apparence ? Non, bien sûr que non. Mais, était-il totalement fortuit qu'un travesti catholique, qui en plus n'était pas un travesti, se transforme précisément le jour signalé par la liturgie comme celui de la Transfiguration ? Ou peut-être après tout était-ce trop élaboré pour être autre chose qu'un hasard, se dit le Conde en refermant le livre. Il regarda par la fenêtre d'où l'on voyait le vieux château anglais, en pierres blanches et tuiles rouges apportées depuis Chicago, qui se dressait devant les carrières, sur la colline la plus proéminente du quartier. Tout à coup il se souvint du pauvre Luisito l'Indien, le seul petit pédé avoué et reconnu de sa génération dans le quartier. Il se rappela que Luisito était une sorte de pestiféré pour les gamins qui jouaient au base-ball, aux billes et à saute-mouton parmi lesquels le Conde avait grandi. Personne ne l'aimait, personne ne l'acceptait et, plus d'une fois, ils avaient été plusieurs à lui jeter des pierres jusqu'à ce que sa mère, Domitila la mulâtresse sorte à son secours, le balai à la main, en insultant les mères, les pères et tous les ancêtres des agresseurs. C'étaient des attitudes cruelles, une suite de surnoms – Luisita, le premier et le plus durable, Luisito le Canard ; Cul de Caoutchouc (à propos de ses grosses fesses, déjà prédestinées à ce qu'on en use et en abuse) ; ou Fleur de Canelle, à cause de la couleur foncée de sa peau – un mépris permanent et la marginalisation historique et culturelle décrétée pour toujours. Il n'a qu'à pas être pédé, disaient-ils, et les autres mères aussi, qui apprenaient à leur fils à ne pas fréquenter cet enfant différent, inverti et pervers, malade du mal le plus abominable qu'on puisse imaginer. Cependant, le Conde apprit que certains, parmi ceux qui lui jetaient des pierres et l'insultaient en public, avaient franchi le deuxième degré de leur initiation sexuelle, au cours de nuits propices, dans le cul accueillant de Luisito : après avoir fait l'expérience avec des chèvres et des truies, ils avaient essayé le trou sombre de Luisito, dans les trous, plus sombres encore, creusés dans la carrière. Et comme aucun d'eux n'avait jamais admis qu'il y ait eu des baisers et des caresses complémentaires, pour faire monter la température (ça oui ! c'est des trucs de pédés prétendait-on sérieusement quand on en parlait), pour tous ceux qui l'avaient expérimenté, la relation avec Luisito avait été acceptée comme la preuve de leur virilité, gagnée à la sueur de leur queue... Luisito oui, eux non : comme si l'homosexualité ne pouvait être définie que comme l'acceptation d'une chair étrangère, similaire à la réception féminine. Après, quand ils commencèrent à avoir des fiancées et qu'ils cessèrent de jouer tous les jours au base-ball et à saute-mouton au coin de la rue, ils oublièrent Luisito et Luisito les oublia. Le garçon se mit alors à circuler du côté de La Rampa et d'El Prado, accompagné d'autres invertis aussi jeunes que lui, en bandes disciplinées se déplaçant lentement, comme des canards du parc de La Florida, à la recherche de lacs favorables où s'ébattre, jusqu'à ce qu'en 1980, grâce à son incontestable condition d'homosexuel et donc, de scorie antisociale et jetable, on lui permit de monter tranquillement sur un bateau dans le port de Mariel et de partir vers les États-Unis. Les dernières nouvelles que le Conde avait eues de Luisito l'Indien, ce furent deux photographies qui circulèrent dans le quartier. On y décrivait un avant et un après, comme dans les publicités où un gringalet se transforme en athlète : sur l'une, on le voyait assis sur un canapé, plus pédé que nature – tous les deux : Luisito et le canapé, rose perle – les sourcils dessinés et de très longs cheveux relevés sur la tête. Sur l'autre, assise sur le même canapé, il y avait une mulâtresse un peu grosse et plutôt laide, qui n'était nulle autre que Luisa Indira : la femme en laquelle, après opération chirurgicale, s'était transformé le seul pédé reconnu de sa génération dans le quartier. Et le Conde se demanda si un jour petit Luis l'Indien avait eu des fondements philosophiques ou psycho-naturels pour étayer son homosexualité, d'abord, et pour mener à bien sa transfiguration irréversible, ensuite. Ou peut-être, tout simplement, depuis sa plus tendre enfance avait-il éprouvé ce besoin irrépressible de s'habiller avec des robes à rubans et de jouer à la poupée, besoin qui avait tourné ensuite à l'obsession de se mettre des choses dans le cul ?

Le Conde s'éloigna de la fenêtre et de ses souvenirs lorsqu'il sentit l'appel sauvage de son estomac rendu furieux par l'inactivité. Le soir tombait et hormis deux poissons sombres réfugiés au fond du congélateur et dont il se méfiait, il n'y avait pas d'autres provisions mangeables chez lui. Il regarda sa montre : il était huit heures moins le quart. Il composa alors un numéro de téléphone.

— Jose, c'est moi.

— Je sais bien que c'est toi, mon petit Conde.

— J'ai faim.

— Et c'est à cette heure-ci que tu m'appelles ? Tu fais toujours la même chose... Tu l'as échappé belle.

Aujourd'hui je me suis compliqué la vie pour chercher des petites choses de-ci de-là et je me suis mise en retard. Voyons voir...

— N'importe quoi fera l'affaire.

— Tais-toi, je réfléchis. J'ai des haricots rouges sur le feu et j'étais en train de trier le riz... Eh bien, amène-toi, j'ai une idée.

« Bandeja paisa », annonça Josefina, et ses yeux brillèrent avec l'orgueil et la satisfaction que devait avoir le regard d'Archimède peu avant de sortir de sa baignoire. Le Flaco Carlos et le Conde, tels deux élèves peu doués, écoutaient l'explication de la femme : se laisser surprendre faisait partie du jeu, l'impossible deviendrait possible, ce dont ils avaient rêvé deviendrait réalité, et alors la passion cubaine pour la nourriture submergerait sans attendre la frontière de la réalité avec ses cartes de rationnement et ses absences irrémédiables, grâce au tour de magie que seule Joséphine était capable de provoquer et était en train de provoquer.

— Mon oncle Marcelo, qui comme vous le savez a été marin, est tombé un jour amoureux à Cartagena de las Indias, et il a vécu plusieurs années en Colombie. Mais la femme était une *paisa*, comme ils appellent là-bas les gens de Medellin, et elle lui a appris à préparer la *bandeja paisa*, dont Marcelo dit, ou plutôt disait, la paix soit avec lui, le pauvre homme, que c'était le plat typique des « paisas ». Alors, comme j'avais déjà des haricots rouges sur le feu, lorsque tu as appelé je me suis mise à réfléchir et j'ai eu l'idée : une *bandeja paisa*, pardi ! Quand les haricots ont commencé à épaissir, j'ai jeté dedans une demi-livre de hachis pour qu'il finisse d'y cuire, vous me suivez ? Et alors j'ai fait frire de gros morceaux de lard avec de la couenne, des bananes bien mûres, un œuf pour chacun de vous – moi à cause de mes histoires de vésicule, je ne supporte plus l'œuf –, un chorizo et un beefsteack, avec beaucoup d'ail et d'oignon. Puis j'ai préparé du riz blanc revenu dans un peu de saindoux pour qu'il ne colle pas. On peut manger les haricots à part ou les mettre sur le riz. Qu'est-ce que vous préférez ?

— Les deux dirent-ils d'une même voix, et le Conde se plaça derrière le fauteuil roulant de Carlos. Sur les pas de la mère du Flaco, ils se dirigèrent vers la salle à manger, avec toute la solennité requise pour la visite des endroits les plus sacrés.

— Jose, dit le Conde à la femme, tout en avalant des cuillerées de haricots à la viande, tu m'as sauvé la vie.

— Chère vieille, dit Carlos en allongeant la main pour caresser celle de sa mère, tu pulvérises les records. C'est le paradis. Parole d'honneur, je me naturalise *paisa*.

— Dommage que je n'aie que six bières...

Tout en mangeant le Conde dut raconter l'histoire de la levée temporaire de sa punition et de la nouvelle affaire sur laquelle il travaillait. C'était un autre rituel nécessaire que de raconter ces histoires au Flaco et à Josefina, et de leur en livrer les chapitres jour après jour, jusqu'au dénouement.

— Mais tout cela est horrible, petit Conde.

— Alors il, je veux dire elle, ne s'est pas débattu, pas le plus petit marron, rien du tout ? Alors là je n'y crois pas.

— Et ce peintre, avec une femme et tout, quelle horreur ! De mon temps on ne voyait pas ce genre de choses... Ce que je ne comprends pas, c'est pourquoi tu as mêlé le pauvre Jésus-Christ à une histoire aussi laide.

Le Conde sourit, tout en léchant ses doigts dégoulinants de graisse. Il s'essuya avec son mouchoir, puis alluma une cigarette, après avoir bu avec gourmandise une gorgée de sa deuxième bière.

— Au fait, Flaco, dit-il enfin, tu gardes toujours ce vieil exemplaire de *La Viboreña* ?

— Bien sûr que oui.
— J'ai besoin que tu me le prêtes.
— D'accord, mais tu le lis ici.
— Déconne pas, laisse-moi l'emmener.
— Je ne suis pas fou, dis. Tu l'avais déjà jeté et moi je l'ai ramassé.
— Je te jure par ta mère que j'y ferai attention, promit le Conde, en souriant et en faisant le signe de croix avec les doigts. Josefina sourit aussi, parce que la joie visible de ce fils invalide depuis dix ans, et celle de cet autre homme tourmenté et toujours affamé qui était aussi comme son fils, représentaient sa seule ration de bonheur dans un monde rempli de choses horribles et où les vésicules s'arrêtaient de fonctionner. Le bonheur semblait une chose du passé, un passé où son fils et le Conde s'enfermaient l'après-midi pour étudier et écouter de la musique, où elle espérait qu'un jour la maison se remplirait de petits enfants et que Carlos accrocherait son diplôme d'ingénieur dans le salon, et que le Conde lui offrirait son premier livre. Mais l'évidence de son erreur ne l'empêcha pas pour autant de continuer à sourire lorsqu'elle dit, avant de quitter la pièce :
— Je vais préparer du café.
— Au fait, Conde, Andrés m'a appelé cet après-midi. Il m'a demandé de tes nouvelles.
— Et qu'est-ce qu'il devient celui-là ?
— Il a dit qu'il était très occupé à l'hôpital, mais qu'il viendrait me voir demain.
— Dis-lui de ma part d'acheter une bouteille et de passer nous voir un de ces soirs, non ?
Le policier termina sa deuxième bière et regarda vers l'obscurité au-delà de la fenêtre. Son estomac, son corps et son esprit respiraient, soulagés, et il eut la sensation que ses muscles et son cerveau se relâchaient, devenaient moins électriques, et qu'il était au bord de ces moments de confidences et de sentimentalisme dont il

avait l'habitude avec le Flaco Carlos quand il était chez lui. Tous les boucliers, les cuirasses, les casques et même les masques avec lesquels ils devaient se traîner dans le monde – comme n'importe quel insecte pourchassé – tombaient par terre, et une légèreté spirituelle, nécessaire et ardemment désirée, se substituait aux peurs, aux précautions et aux mensonges quotidien, aussi banals que le blue-jean quotidien de tous les jours qui réclamait à corps et à cris d'être lavé d'urgence. Et il dit alors :

— Je n'arrive pas à chasser cette histoire de Transfiguration de mon esprit... Tu sais que je me souviens encore de la première fois où on me l'a raconté ? En plus, Flaco, je ne sais pas, mais je crois que je recommence à avoir envie d'écrire.

— Merde ! s'exclama Carlos en frappant la table avec ses mains de poids lourd. Qu'est-ce qui s'est passé ? Tu es retombé amoureux ?

— Espérons.

— Espérons, répéta l'autre, qui regarda avec des yeux incrédules sa bouteille de bière : comment diable s'était-elle vidée ? Et le Conde attendit tranquillement la proposition manquante.

— Eh, grosse brute, va acheter un litre de rhum, il faut fêter ça.

Vingt-huit ans, calcula le Conde.

Il le dit à voix haute pour essayer d'y croire, se servant de ses doigts pour refaire l'addition si outrageusement gonflée, capable d'amasser à ce point les années, et il commença à l'admettre quand il se sentit envahi par l'anxiété de l'irréparable. Alors le temps devint pour lui une sensation âpre et localisable, comme une douleur qui s'étendait à partir de l'estomac et commençait à lui serrer la poitrine : à côté de lui se trouvait sa mère, avec un fichu léger sur les cheveux si noirs et cette robe en coton – en coton ? – qui craquait à cause de l'eau de yucca macérée dans laquelle elle la plongeait avant de lui faire subir la rigueur du fer à repasser, et sur ses doigts il percevait à nouveau le contact antagonique de la bave douce et bleuâtre de l'amidon et de la sévérité finale du tissu une fois repassé, tel qu'il l'avait ressenti avant d'entrer à l'église, tandis que sa mère étreignait son fils d'une façon qu'il ne devait jamais oublier. Tu vas être un saint, lui dit-elle, et la pureté blanche des tissus qui les enveloppaient ce dimanche matin-là traversa ses pores et toucha son âme : Je suis pur, pensa-t-il, pendant qu'il avançait vers la première rangée de bancs pour écouter la messe qu'allait dire le père Mendoza avant de recevoir, enfin, cette grosse pastille au goût millénaire qui devait changer sa vie : quand elle tomberait sur sa langue, il appartiendrait définitivement à un clan privilégié : ceux qui avaient droit au salut, pensa-t-il, il se retourna pour la regarder, et elle lui sourit, tellement belle avec son fichu et sa robe blanche, vingt-huit ans auparavant.

Le père Mendoza sauta de l'autel du souvenir à la porte de la réalité où le Conde avait frappé deux fois. Même si leurs rapports spirituels ne s'étaient jamais renoués après ce lointain dimanche de pureté jamais retrouvée, le curé et le dissident avaient toujours conservé des rapports affables ; l'homme d'église insistait pour traiter le Conde de mystique sans foi et celui-ci pour dire que le père Mendoza était un vieux malin, capable de faire n'importe quoi pour gagner – ou récupérer – un croyant. Durant ces années, cependant, les dialogues entre eux avaient toujours eu lieu en pleine rue, au hasard des rencontres, car le Conde n'avait plus jamais fréquenté l'église du quartier ni la maison contiguë où habitait le père, et dans laquelle on lui avait enseigné le catéchisme nécessaire pour accéder à la communion avec le sacré et l'éternel.

— Mon Dieu, serait-ce un miracle ? dit le père Mendoza quand ses yeux encore rouges de sommeil et brouillés par les années lui permirent de resituer dans son esprit l'image du visiteur matinal.

— Il n'y a plus de miracles, mon père. Comment allez-vous ?

Le curé sourit, en le faisant entrer.

— Il y a toujours des miracles. Et moi, je suis devenu une ruine. Ou est-ce que toi aussi tu es aveugle ?

— Je vois, mais il ne faut pas exagérer. Tous les deux nous vieillissons à la même vitesse.

— Mais j'ai une quarantaine d'années d'avance sur toi. Et qu'est-ce qui t'arrive ? Tu viens enfin confesser tes multiples péchés ?

Le Conde s'installa sur le canapé de bois et de paille,

car il n'avait pas oublié que le fauteuil à bascule au très haut dossier était le seul bien que le curé défendait avec une véhémence de marchand. Et le père Mendoza, comme toujours, s'installa dans son fauteuil et se mit à se balancer sur un rythme frénétique.

— Ne vous emballez pas, mon père : ma décision est irrévocable.

— C'est là ton plus grand péché, petit Conde : l'arrogance. Et l'autre, je le sais bien, c'est que tu as peur de toi-même... Tu sais qu'un jour tu finiras par revenir...

— Ne soyez pas si sûr, mon père. Savez-vous depuis combien d'années je n'étais pas entré ici ?

— Vingt-huit, dit le curé comme s'il n'avait pas eu besoin de réfléchir, et le Conde le soupçonna d'avoir lancé un chiffre au hasard et d'être tombé sur le bon numéro.

— Vingt-huit exactement, mais dispensez-vous des miracles bon marché.

Le curé sourit de nouveau.

— N'aies pas peur, ce n'est pas à cause de toi que je m'en souviens... Le jour de ta première communion mon père est mort. Je l'ai su dix minutes avant de dire la messe. Cela a été la pire messe de ma vie, ou la meilleure, je ne le sais toujours pas. Et cela a été aussi la dernière fois où j'ai eu un doute sur la bonté de Dieu.

— Et pourquoi ce jour-là avez-vous parlé de la Transfiguration ?

Le curé ferma les yeux, comme s'il avait eu besoin de regarder à l'intérieur.

— Je ne suis pas le seul à me souvenir de ce jour-là, n'est-ce pas ?

— Non, admit le Conde.

— Attends, laisse-moi t'offrir du café. Et laisse-moi te dire que je n'offre pas de café à tout le monde. Tu penses, une vingtaine de personnes viennent me voir ici tous les jours, et je n'ai pas encore appris le miracle pour multiplier les petits sachets de café qu'on me donne sur mon livret de rationnement...

Le père Mendoza quitta le fauteuil, comme expulsé par le balancement, et le Conde ressentit profondément cette sensation de vitalité que dégageait le vieux curé. Il observa alors le salon de la maison, les murs de bois sur lesquels étaient peintes plusieurs scènes du Chemin de Croix – toutes les chutes étaient là – et la statue brillante de saint Raphaël archange, réplique exacte de celle de l'église, sous laquelle s'asseyaient – vingt-huit ans auparavant – les garçons qui assistaient au catéchisme pour écouter les leçons de Mlle Mercedes et du père Mendoza. Fabuleux, pensa-t-il, lorsque le père revint avec une tasse de café que son estomac, ravagé par l'alcool et le manque de sommeil, remercia pieusement.

— Tu fumes toujours ? demanda-t-il au Conde, qui acquiesça d'un signe de tête. Alors offre m'en une, aujourd'hui je vais me permettre ce plaisir.

Le Conde sortit deux cigarettes de son paquet, approcha le briquet de celle du curé et alluma ensuite la sienne. Ils exhalèrent en même temps la fumée, qui les enveloppa dans un nuage commun.

— Je veux parler de la Transfiguration avec vous. Il m'est arrivé quelque chose qui m'a rappelé ce passage, mais je suis ignare en histoire biblique.

Le curé, qui avait retrouvé la vitesse de son balancement, contempla sa cigarette avant de parler.

— Je savais bien que tu voulais m'utiliser... Tu sais pourquoi ce jour-là j'ai dit à la messe le passage de la Transfiguration ?

Le Conde, les yeux fatigués de suivre le balancier du visage du père, regarda vers le tableau ou était représentée l'arrivée au Calvaire.

— Vous voulez vraiment que je le devine ?
— Excuse-moi, c'est que je deviens un vieil imbé-

cile, qui pose des questions imbéciles... Je l'ai fait parce que je me sentais très mal, et dans ce passage, lorsque Dieu apparaît devant les apôtres, Jésus comprend comme rarement l'âme humaine et dit à ses disciples : « Relevez-vous et n'ayez pas peur »... Tout le monde n'est pas capable de comprendre la dimension de la peur. Et ce jour-là, comme tu peux le comprendre, j'ai eu très peur de la mort.

Six jours après, Jésus prit avec lui Pierre, Jacques, et Jean son frère, et les mena à l'écart sur une haute montagne. Et il fut transfiguré devant eux ; et son visage resplendit comme le soleil, et ses vêtements devinrent blancs comme la lumière. Et voici, Moïse et Élie leur apparurent, parlant avec lui. Et Pierre dit à Jésus : Il est bon que nous soyons ici ; si tu veux, je ferai ici trois tentes : une pour toi, une autre pour Moïse, et une pour Élie. Comme il parlait encore, une nuée lumineuse les recouvrit ; et une voix de la nuée leur dit : Celui-ci est mon Fils Bien-Aimé, qui a toute ma faveur, écoutez-le. Et à ces mots les disciples tombèrent le visage contre terre et furent saisis d'une très grande peur. Et Jésus, s'approchant, les toucha et leur dit : Relevez-vous, et n'ayez pas peur. Et eux, levant leurs yeux, ne virent personne sinon Jésus seul. Et comme ils descendaient de la montagne, Jésus leur fit cette défense : Ne parlez à personne de cette vision, jusqu'à ce que le Fils de l'homme soit ressuscité d'entre les morts. »... C'est le chapitre dix-sept de Matthieu. Marc et Luc racontent aussi la Transfiguration, et, écoute comme c'est intéressant, voici comment Marc l'a vu : « Ses habits devinrent resplendissants et très blancs, comme ne pourrait les blanchir aucun foulon sur terre ».

Les spécialistes disent que cela s'est passé au mont Tabor, qui est à une soixantaine de kilomètres de Césarée.

C'est une montagne bizarre, qui surplombe de trois cents mètres la plaine d'Esdrélon et règne en solitaire, comme si elle avait jailli de la terre ou était tombée du ciel. Au sommet de la montagne les byzantins ont édifié une basilique avec deux chapelles, qui plusieurs siècles après a été reconstruite par les Croisés, qui l'ont confiée aux bénédictins. Après les croisades, en l'an 1212, les musulmans l'ont transformée en forteresse. La dernière chose que je sais c'est qu'en 1924 la basilique actuelle a été consacrée, elle comporte un fronton central et deux tours latérales.

Mais le plus important, c'est que le mont Tabor a été le cadre de la première révélation publique de la condition divine de Jésus, reconnu par son père et présenté comme le Messie. C'est pourquoi les disciples ont vu comment l'aspect de Jésus, qui devait être sale après le long chemin effectué sur mer et dans le désert, s'est transformé profondément : ses habits, sa peau, ses cheveux ont brillé, mais en réalité tout était le fruit d'une clarté intérieure nécessaire pour recevoir la révélation du père. C'est alors que se manifeste la grandeur de Jésus : étant qui il est, présenté comme un être divin, il ne perd pas son humanité et comprend la peur de ses adeptes, qui ont été témoins de quelque chose qui les dépasse infiniment. Et tu sais pourquoi ? Parce que je crois que Jésus a eu le pressentiment de sa propre peur quand il leur parle de la manière dont son œuvre se réalisera : sa gloire tiendra à une résurrection, mais auparavant il devra passer par la souffrance et le sacrifice qui l'attendent sur la croix, qui est la preuve nécessaire pour que ce miracle majeur se produise. Déchirant et beau, n'est-ce pas ? Et si lui, il a eu peur et il a compris alors ce qu'était la peur, pourquoi renierions-nous un sentiment aussi humain ? Peut-être le plus humain de tous, Conde.

Les antipodes, se dit le Conde, disposé à oublier les histoires de transfigurations bibliques, trop éloignées du sordide travestissement terrestre, tandis qu'il observait de nouveau la maison de Faustino Arayán et la comparait à la grotte humide et sombre où vivait Alberto Marqués et d'où était sorti Alexis travesti, lors de sa dernière incursion nocturne. Entre ces deux espaces vitaux il existait un abîme, insurmontable, sans ponts, où s'accumulaient les petits ou les gros intérêts, les mérites reconnus ou oubliés, les services demandés ou rendus, les opportunités saisies ou non, qui les éloignaient et les distinguaient, comme la lumière et les ténèbres, la pauvreté et l'opulence, la douleur et la joie. Cependant, par sa vie et par sa mort, Alexis Arayán avait fondu ces deux extrêmes, et tendu un lien improbable entre ses origines et son destin.

Dès que la voiture fila sur la Septième avenue de Miramar, sous le soleil encore indulgent de ce matin d'août, le Conde sentit qu'il s'enfonçait dans un autre monde, au visage plus aimable et mieux lavé que celui de l'autre ville, la même ville, qu'ils venaient de traverser. Et maintenant, devant la maison de Faustino Arayán, il achevait son idée : les antipodes, en se disant que les propriétaires originaux de cette fastueuse demeure aux vitres encore invaincues, avaient certainement prétendu marquer une différence radicale entre deux mondes, dont ils avaient voulu magnifier le meilleur – pour eux en tout cas – dans la construction de la maison : cette récurrente prétention bourgeoise à la permanence... Peut-être à Miami, à Union City, où qu'ils puissent se trouver maintenant – s'ils s'y trouvaient encore, trente ans après – languissaient-ils encore de la beauté précise de cette construction dans laquelle ils avaient investi des rêves et de l'argent à pleines mains, croyant que c'était pour toujours. Mais les gens ont l'habitude de se tromper, se dit le Conde, tandis qu'il avançait dans le labyrinthe de son esprit déchaîné, et qu'il pensait que si lui vivait dans une maison comme celle-là, il aimerait avoir trois chiens courant dans le jardin. Et qui se chargerait de ramasser la merde ? se demanda-t-il, levant un pied dans l'imaginaire pour ne pas marcher sur les déjections canines, et il décida de se passer de la meute et de consacrer son temps – cette fois il s'y tiendrait – à prendre soin de la bibliothèque qu'il aurait au deuxième étage, juste au-dessus du jardin.

Durant le trajet le Conde avait aussi appris, de la bouche de Manolo, deux nouvelles très inquiétantes : le sang de Salvador K. était rhésus AB, comme celui de l'assassin, et personne aux alentours de son atelier à l'angle de la 21e et de la 18e ne l'avait vu le soir du crime, même si plus d'une fois on l'y avait vu entrer avec Alexis Arayán. Selon les comptes du Conde, avec ces deux billets supplémentaires, il ne couperait pas au gros lot.

Manolo appuya sur la sonnette et la bonne ouvrit la porte.

— Entrez, dit-elle, sans dire bonjour, avant de leur indiquer les grands fauteuils du salon. Je vais prévenir tout de suite Faustino. Elle disparut sur ses pieds de fantôme.

Le Conde et Manolo se regardèrent en souriant et s'apprêtèrent à attendre. Dix minutes plus tard, Faustino Arayán fit son apparition.

Il portait une *guayabera*, une chemise à plastron plissé tellement blanche et fine que le Conde n'aurait pas osé la mettre une seule minute : elle était resplendissante, plus que blanche, avec ses petits plis ornés de fils brillants et la marque d'origine discrète mais visiblement brodée dans la poche supérieure droite. Le pantalon, gris perle, affichait le pli précis d'un repassage expert, et les mocassins, en cuir noir et vernis, avaient l'air confortables et légers.

— Bonjour, leur dit-il, en leur tendant la main : c'était une main forte, solide et rose, comme toute l'allure de son propriétaire, dont le seul symptôme de soixantaine était un crâne presque entièrement dégarni qui marquait la rondeur, éclatante elle aussi, remarqua le Conde, de son énorme tête.

— Nous sommes désolés de vous déranger aujourd'hui, camarade Arayán. Nous savons qu'hier a été un jour malheureux pour vous, mais...

— Ne vous inquiétez pas, ne vous inquiétez pas...

— Lieutenant Mario Conde, se présenta-t-il, puis signalant son collègue, et voici le sergent Manuel Palacios.

— Je vous disais, lieutenant, de ne pas vous inquiéter. C'est votre travail, et moi-même je dois me rendre aujourd'hui au mien, parce que la vie continue...

— Merci, dit le Conde. Il observa le cendrier de Grenade, de nouveau propre, comme s'il n'avait jamais été utilisé.

— Un instant, je vais demander un petit café, non ? dit Faustino Arayán, et sans attendre de réponse, il chuchota : Maria Antonia.

La Noire apparut en un éclair, avec un plateau et trois tasses de café, comme si elle avait attendu le coup de feu derrière la ligne de départ. Ma parole, elle flotte cette salope, se dit le Conde, qui fut servi en premier. La distribution faite, la femme posa le plateau sur la table et vola vers l'intérieur de la maison.

— Je peux fumer ?

— Bien sûr. Aimeriez-vous un cigare ? J'ai d'excellents Montecristo.

Le Conde réfléchit : non, il ne devait pas, mais il osa. Bah... se dit-il.

— J'en accepte un, mais pour le fumer plus tard.

— Bien sûr, dit leur hôte. De sous la table du salon, il prit une boîte en cèdre dans laquelle dormaient, parfaitement alignés, une douzaine de Montecristo à la robe pâle et au parfum prometteur, et il tendit la boîte au Conde.

— Merci, dit à nouveau le Conde avant de ranger le cigare dans la poche de sa chemise.

— Eh bien, lieutenant, je suis à vous.

Ce fut seulement alors que le Conde comprit qu'il n'avait rien à dire ou qu'il avait oublié ce qu'il pensait dire : tant d'éclat l'avait ébloui et il ne voyait pas bien quel chemin prendre. Il était revenu dans cet endroit pour accomplir la routine et cette maison parfaitement rangée, aux chemises plissées et aux têtes chauves éblouissantes, aux bonnes noires avec des ailes aux chevilles, et aux cendriers de Grenade sans la moindre molécule de poussière, n'avait l'air d'avoir aucun rapport avec l'histoire scatologique d'un pédé étranglé et retrouvé avec deux pièces de monnaie dans le cul, après s'être exhibé à travers la ville dans une robe de théâtre qui devait finir maculée d'émanations majeures et mineures comme aurait dit Alberto Marqués.

— Comment va votre femme ? dit-il alors, cherchant un sentier pour entrer dans le sujet.

Faustino secoua la tête avec insistance.

— Très mal. Hier, quand nous sommes rentrés de l'enterrement, le docteur Pérez Flores, je vous dis le nom parce que tout le monde le connaît, Jorge donc, lui a prescrit des calmants et des hypotenseurs. En ce moment elle dort. La pauvre, elle ne se résigne pas, mais je savais qu'un jour ce garçon allait nous causer des ennuis, et voyez comment ça s'est terminé... L'homme fit une pause et le Conde décida de ne pas l'interrompre. Allez savoir dans quelle histoire il était mêlé. Depuis son enfance, il nous donnait des migraines. Non seulement à cause de... son problème, mais de son caractère.

Parfois je suis même arrivé à penser qu'il nous haïssait, moi et sa mère, il se conduisait en despote, surtout avec elle. Il lui a toujours jeté à la figure nos longs séjours à l'étranger pendant que lui était obligé de rester ici avec Maria Antonia et ma belle-mère. Il n'a jamais voulu comprendre que mon travail ne me permettait pas de faire autrement. Il ne pouvait pas être avec nous, où aurait-il fait ses études ? Et c'est un exemple. Six mois à Londres, trois à Bruxelles, un an à New York, puis retour à Cuba... Vous vous imaginez ? J'aurais voulu lui donner une vie plus stable, l'avoir élevé moi-même, et je vous assure que je l'aurais vissé, mais dans mon travail on m'a toujours confié des missions importantes et ma femme et moi avons toujours fait en sorte qu'il ait tout ce dont il avait besoin : la maison, sa grand-mère, Maria Antonia qui l'aimait comme sa propre mère, l'école, le confort dont il pouvait avoir envie... tout. Je vous assure, on dirait un châtiment... Je vais vous avouer quelque chose, pour que vous me compreniez mieux : mon fils et moi ne nous sommes jamais compris. Je crois que cela a été surtout de ma faute, je n'ai jamais cédé, même si au début j'ai beaucoup parlé avec lui, j'ai essayé de l'aider. Maintenant je pense que cela n'a fait qu'empirer les choses. Et voyez ce qui s'est passé, comment tout cela s'est terminé. Je me sens coupable, je ne le nie pas, mais lui aussi s'est très mal conduit avec moi et avec sa mère, depuis qu'il était adolescent. Et puis après, quand il est devenu l'ami de ce sale type, cet Alberto Marqués, il est devenu impossible de s'entendre avec lui. Cet homme lui a lavé le cerveau, lui a mis tout son poison dans la tête, l'a changé pour toujours et en tout. Ce n'est même pas qu'il se soit mis en tête d'écrire du théâtre ou de gâcher du papier à dessin en voulant devenir peintre. Non, c'est quelque chose de pire. C'était sa conduite morale et même politique. Et cela je ne pouvais pas le permettre, vous me comprenez ? Mon prestige de tant d'années de lutte, de travail, de sacrifice, n'allait pas être entamé par Alexis ni par personne d'autre, j'ai donc dicté bien clair mes règles du jeu : pour vivre sous ce toit et avoir tout le confort que petit à petit on a pu gagner, on ne pouvait pas penser certaines choses sur le pays, ni se mettre à tout critiquer, ni passer son temps comme un imbécile dans une église, ni se lier à un homme plein de ressentiment comme Alberto Marqués... Ici il fallait que ce soit tout ou rien, et c'est ce que je lui ai dit un jour, parce qu'il n'était plus un enfant, et alors il est devenu furieux, je voudrais que vous l'ayiez vu, et les choses qu'il m'a dites, que j'étais un dogmatique et un extrémiste et un troglodyte et je ne sais combien de choses encore... Et c'est là qu'il a dit qu'il partait de la maison. Je sais qu'il venait voir fréquemment sa mère et Antonia, après la mort de sa grand-mère, et si j'arrivais il partait, et moi, je me réjouissais presque, parce que je ne voulais pas rediscuter avec lui. Ces discussions me touchaient beaucoup, vous me comprenez ?... Maintenant, je le regrette, bien sûr, peut-être aurais-je pu faire quelque chose encore pour Alexis, l'obliger à continuer d'aller chez le médecin, être plus radical avec lui, ou que sais-je ? Mais il ne m'a pas donné cette possibilité. Il se pencha vers la boîte de cigares. Il en prit un, mais le reposa aussitôt, comme si soudain il trouvait incongrue la possibilité d'allumer ces beaux Montecristos.

— Faustino, est-ce que vous ou votre femme avez une idée de ce qui a pu se passer l'autre soir ?

Le propriétaire de la maison regarda ses mains, comme s'il y voyait une vérité, et il affronta le regard du Conde.

— Que vous dire, lieutenant ? Tout cela a été la conséquence d'un choix erroné... Alexis a choisi son chemin et regardez comment il a fini. C'est ce que je vous dis, c'est comme un châtiment... Je meurs de honte rien que d'y penser. Déguisé en femme... Voulez-vous que je vous dise une chose ? Le Conde hocha la tête, comme un élève dans l'expectative. Ni sa mère ni moi ne méritions d'en passer par là. La seule chose que je veux c'est que le temps passe pour voir si nous nous réveillons de ce cauchemar. Bien sûr que vous me comprenez...

— Bien sûr, affirma le Conde, et il regarda ses mains à lui, à la recherche, peut-être, d'une autre vérité, tout aussi possible.

— C'est une honte, répéta Faustino et le Conde crut percevoir une vraie douleur et des larmes que son sens de la virilité l'empêchait peut-être de verser. Même si c'était difficile, s'agissant d'un homme aussi puissant et aussi sûr de lui, le policier se surprit à penser qu'il pourrait arriver à éprouver de la pitié pour lui.

— Faustino, peut-être n'en savez-vous rien. À cause de votre relation avec Alexis, je veux dire... Mais peut-être votre femme, je ne sais pas... Demandez-lui, s'il vous plaît, si elle a entendu Alexis dire quelque chose à propos de la fête de la Transfiguration. C'est un point qui m'intéresse, même si je ne saurais pas vous expliquer pourquoi. C'est une idée que je ne parviens pas à m'ôter de la tête.

Mario Conde commença à se sentir soulagé lorsque la voiture traversa le tunnel du fleuve et avança sur le Malecón vers le centre ville. La mer avait le pouvoir de l'apaiser, de provoquer en lui un sentiment de fascination. Et ce matin la mer était une invitation à la tranquillité : bleue et paisible, comme la brise qui entrait par les vitres baissées.

— Qu'en penses-tu, Manolo ? demanda-t-il enfin au sergent, et il alluma une cigarette.

Manolo prit la file de droite et ralentit un peu.

— C'est difficile pour lui. Il doit être la fable d'au moins la moitié du corps diplomatique, non?... Mais, tu veux que je te dise quelque chose? Je trouve que d'une certaine manière il s'en réjouit. C'est comme quand un malade du cancer meurt : si c'est sans remède, le mieux c'est d'en finir vite.

— Oui, c'est possible, admit le Conde, sans savoir exactement ce qui était possible.

— Et maintenant?, demanda Manolo, prêt à augmenter la vitesse.

— Je ne sais pas trop... Salvador K. semble le mieux placé, n'est-ce pas?, mais il est vrai aussi que nous n'avons rien de définitif contre lui... Cent fois merde, dit-il en jetant son mégot par terre.

— Conde, Conde, Manolo secouait la tête, comme s'il n'arrivait pas à y croire. Tu te mets encore dans des états pareils... Sans déconner, s'il faut qu'on cherche quelque chose pour coincer le peintre, eh bien allons le chercher, non?

— Ne parle pas comme ça. Aujourd'hui au moins, ne parle pas comme ça.

— Et pourquoi ça?

— Parce que je suis inquiet. Est-ce que tu as pu savoir ce qui s'était passé avec Maruchi?

Le sergent ralentit un peu plus.

— Non, non, je n'en ai rien su... Mais ce matin je ne t'ai pas raconté une autre chose qui s'est passée hier. Ils m'ont convoqué aujourd'hui à trois heures. Ceux des Enquêtes Internes...

— Et qu'est-ce qu'ils te veulent ces gens-la?

Manolo secoua la tête, et le Conde observa qu'il s'essuyait les mains sur son pantalon.

— Je ne sais pas, je ne sais vraiment pas.

Le Conde regarda vers la rue, de plus en plus remplie de nids-de-poule avec ses poubelles débordantes, ses maisons rongées par le salpêtre et la négligence.

— Si tu n'as pas de problèmes, ne t'inquiète pas, mais fais attention à ce que tu dis, d'accord ? Tu n'es pas un con, Manolo, donc pense à chaque réponse. Mais ne te prends pas la tête avec ça, ça doit être une bêtise quelconque.

— C'est bon, Conde. Quelle chaleur, non ?

Sur le Malecón, à cette heure claire du matin, les pêcheurs se rassemblaient avec le mince espoir que la chance jette sur leur hameçon un bel exemplaire, capable de procurer une joie justifiée à la table familiale. En voyant ces silhouettes sur la mer calme, le Conde les envia. Il savait que c'était bien plus sain d'être là, le fil dans l'eau et l'esprit occupé seulement par le poisson possible et par le repas rêvé, et non par des histoires sans fin de meurtres, de vols, de détournements de fonds, de viols, d'agressions graves et moins graves, mais qui pouvaient l'empêcher de mourir d'ennui, pensa-t-il aussi et, pour comble, ces enquêtes internes qui semblaient destinées à sortir au grand jour des histoires que le Conde n'imaginait même pas et qui avaient déjà coûté leur emploi à plusieurs de ses collègues. Trouveront-ils quelque chose sur moi ? pensa-t-il, et il essaya de se rappeler une action punissable dans sa carrière. Va-t'en savoir... Et Maruchi ? Que diable s'était-il passé avec elle ?

— Quelle merde, non ? dit-il, avant d'ajouter : tourne-là au coin, je veux aller au Bois de la Havane.

Sans voitures de police, sans ambulances feignant d'être pressées, sans l'indécent cordon de badauds, sans les photographes, les médecins légistes et les policiers convoqués par la mort, ce bosquet de fantaisie, au milieu de la ville et à côté du fleuve sale, exhalait une harmonie que le Conde essaya de respirer par tous les pores, en gourmand qui se dépêche. La violence lui semblait tellement éloignée de cet endroit que même sa présence paraissait incongrue, vexatoire et, comme toujours, il pensait au pouvoir malsain de la mort, capable de tout bouleverser. Cette herbe si verte, la rumeur inlassable de la rivière, l'ombre bienveillante des arbres, avaient constitué, quelques heures plus tôt, le décor macabre d'un meurtre dont le policier tentait de saisir la préhistoire et la post-histoire, avec cette manie si peu professionnelle de se sentir personnellement impliqué. Aussi était-il maintenant face à l'endroit, pour d'autres anonyme – on n'y élèverait jamais un arrogant monument funéraire au premier travesti cubain mort au combat sexuel – où s'était achevée la vie d'Alexis Arayán et où avait commencé le travail eschatologique de Mario Conde. Au-delà du simple fait biologique radical qu'aucune science exacte, médicale, naturelle ou surnaturelle ne pourrait plus annuler, la mort était devenue un événement social : à présent seul le délit importait, et le châtiment possible pour le transgresseur d'une loi, fixée depuis la Bible et le Talmud, et le Conde savait que sa mission dans le monde se terminerait par une victoire à la Pyrrhus, sous la forme d'une accusation, nécessaire et attendue, mais tout de même impuissante à réparer le véritable irréparable.

— À quoi penses-tu ? Manolo arracha un brin d'herbe et le porta à sa bouche.

— À la forêt et aux fauves, répondit le lieutenant avant de se diriger vers le fleuve. Ce travesti ne s'est pas habillé pour s'exhiber ni pour partir en chasse, Manolo. Il recherchait quelque chose de plus difficile à trouver. La paix, peut-être. Ou la vengeance, va savoir... S'il n'était pas travesti, que cherchait-il ici, travesti des pieds à la tête et précisément le Jour de la Transfiguration ? Tout cela m'a l'air de plus en plus bizarre...

— Ce que je ne comprends pas, c'est pourquoi il faut que tu compliques tout. Pourquoi veux-tu toujours voir ce que personne ne voit ?... C'est à toi qu'il arrive quelque chose de bizarre, Conde. Et je vais te dire une bonne chose : j'ai parfois l'impression que ça ne t'intéresse plus d'être flic.

— Tu es un génie, Manolo.

Les policiers suivirent le sentier qui descendait vers le lit du fleuve, serpent lent et décidément malade. Le Conde s'approcha de la rive et déplora l'agonie accélérée qu'il percevait : des traînées de pétrole, des écumes acides, des animaux crevés, des déchets innommables flottaient sur l'eau lente de l'Almenares, le seul vrai cours d'eau de la ville. Et c'est alors qu'il eut le pressentiment :

— Mais bien sûr, merde ! Alexis possédait une Bible.

— Ah, vous voilà de nouveau, monsieur le policier lieutenant Mario Conde. Dites-moi tout, vous devez déjà avoir trouvé l'assassin. Moi, il m'arrive de regarder ces feuilletons où les policiers tirent immédiatement tout au clair. Ah ! les policiers, ça c'est vraiment des as...

Le Conde encaissa la lourdeur de la plaisanterie et entra dans le salon, aussi sombre, aussi frais que la veille ; il reprit son fauteuil, tandis qu'Alberto Marqués s'installait dans le sien. Il sentit que tous deux se déplaçaient avec la préméditation de deux comédiens conscients de leurs mouvements scéniques.

— Je vous offre un thé ? Je peux vous le proposer bien frais, avec des glaçons et tout...

— Oui, je crois que cela me ferait du bien, accepta le Conde, et le Marqués disparut dans le couloir situé au fond de ce décor très particulier installé dans ce salon sombre. Aujourd'hui, en l'observant marcher, le policier s'aperçut que l'homme de théâtre avait la démarche incongrue d'un tout jeune homme : il se déplaçait avec une légèreté élastique, ne posant sur le plancher que la pointe du pied, ce qui lui donnait à chaque pas un nouvel élan, comme un lapin ou un échassier pressés. Il n'a pas l'air si vieux, se dit le Conde, mais ses pensées dérivèrent sur l'entretien qui attendait cet après-midi le sergent Palacios. Que diable voulaient-ils savoir ? Une légère mais gênante sensation de peur se logea dans son estomac. L'expérience lui criait qu'une enquête pointue permettait de trouver des indices embarrassants, de fragiliser des certitudes, de confirmer des soupçons improbables, et c'est pourquoi il avait commencé à se demander ce que diable ils voulaient savoir tandis qu'il décidait de revenir chez le Marqués, poussé par le besoin d'en savoir davantage : il lui fallait fouiller maintenant les affaires d'Alexis, à la recherche d'un pressentiment. Entre-temps Manolo devait s'enquérir auprès de la Fondation des Biens culturels du travesti et de son lamentable ami Salvador K. et y chercher la Bible dont leur avait parlé le peintre. Mais, que diable voulaient-ils savoir ? se demanda-t-il encore lorsque le Marqués revint avec sa démarche de jeune héron et d'énormes tasses dans les mains. Il en donna une au Conde puis retourna à son fauteuil.

— Vous voulez que j'ouvre la fenêtre ?
— Si cela ne vous dérange pas...

L'homme de théâtre posa sa tasse par terre et ouvrit la fenêtre qui était derrière lui. Toutes les très hautes fenêtres du salon étaient munies de grilles et le Conde se demanda comment pouvaient bien faire les amants dont Miki lui avait parlé pour prendre d'assaut cette maison. Quand le Marqués regagna son fauteuil, le Conde comprit que tout avait été à nouveau préparé : le soleil faisait un contre-jour parfait qui ne laissait voir que la silhouette de l'homme. Il m'attendait, pensa-t-il.

— Allez, ne me torturez plus... Vous savez déjà quelque chose ? Il cligna des yeux, avec insistance.

— Vraiment pas grand-chose... Mais il y a plusieurs éléments étranges dans cette histoire. Alexis a été étouffé sans opposer de résistance.

— Aïe, s'exclama à voix très basse le vieux dramaturge, en touchant son cou comme pour éviter l'arrivée des mains étouffantes.

— Puis, après l'avoir tué, l'assassin lui a mis deux pièces de monnaie dans l'anus.

— Aïe, aïe, aïe, répéta l'homme de théâtre et il serra les jambes comme pour éviter de possibles pénétrations monétaires.

— Avez-vous déjà entendu une histoire pareille ?

— Non, jamais de la vie... On dirait une histoire de mafia au cinéma.

— Oui, à peu près... L'autre chose que j'ai faite hier, c'est que j'ai lu un peu le livre que vous m'avez prêté et que j'ai appris plusieurs choses sur les travestis.

— Intéressant, n'est-ce pas ?

— Oui, mais peut-être trop conceptuel. Les travestis partagent-ils vraiment tous cette philosophie du mimétisme et de la disparition ?

Malgré l'intensité du contre-jour, le Conde crut voir le Marqués sourire.

Nulle autre ville dans le monde – même La Havane – ne peut révéler le miracle de l'harmonie comme le fait Paris. À Paris, le soir et la nuit se fondent en une symphonie douce, le lever du jour semble une conséquence nécessaire, timide mais irrévocable, et si l'esprit de l'homme peut pénétrer par osmose cette sensibilité de l'air, des pierres, des odeurs de Paris et de ses couleurs, vivre dans cette ville peut être un cadeau des dieux : et c'est ainsi que je le ressentais, ce printemps-là.

Baignés et parfumés nous sommes montés dans le

taxi et durant le trajet mes mains n'ont pas cessé de transpirer, tandis que mes yeux recevaient par deux fois la silhouette éclairée de la Tour Eiffel, la structure de l'Opéra, la joie éclairée du Café de la Paix. Nous avons enfin remonté des petites rues pavées de ces pavés qui étaient devenus célèbres l'année précédente, lorsque l'amour, l'intelligence et l'idéologie s'étaient accouplés de manière révolutionnaire derrière les barricades faites de ces mêmes pavés, ces rues sinueuses du quartier Latin, puis nous nous sommes arrêtés devant une boîte avec un néon jaune qui annonçait : « LES FEMMES », portique et but final ardemment désiré. Le Recio a payé et a dit quelque chose au chauffeur de taxi – un Marocain, qui lui a remis une petite enveloppe – pendant ce temps, l'Autre Garçon et moi-même contemplions l'aspect délabré de l'endroit, et alors s'est ouverte la porte douillette, aux ressorts grinçants, et nous avons eu la première vision du cabaret : un éclair bleu.

Le Recio s'est approché de nous et pour la première fois ce printemps de mon dernier voyage à Paris, j'ai vu une lueur de bonheur dans son visage rond de paysan encore mal dégrossi. Quelques jours plus tôt, quand j'étais arrivé à Paris, il m'avait raconté la fin de son histoire avec Julien, le jeune anthropologue avec qui il avait vécu les deux dernières années dans une lune de miel permanente – Le Recio, si friand autrefois d'images poétiques, pouvait dire ce genre de choses – et qui l'avait quitté – en l'humiliant – pour une femme : ni plus ni moins qu'une danseuse russe – du corps de ballet, même pas étoile – qui avait déserté le Bolchoï. « L'idéologie se mettant en travers de l'amour », lui ai-je dit alors, et je lui ai demandé : cette danseuse puait des aisselles et avait une tête de matrone, comme presque toutes nos chères sœurs soviétiques, non ? Que les femmes sont dégoûtantes, avons-nous dit en chœur et le Recio a bien été forcé de rire... Mais, à présent, devant ce cabaret bleu aux lettres jaunes, le Recio semblait retrouver le désir de vivre.

— Allons-y, a-t-il dit. Il nous a pris par le bras (moi à gauche, et l'Autre Garçon à droite), et nous avons pénétré dans l'éclair bleu.. La lumière jaillissait du plancher et dessinait des volutes de fumée trop sucrée même pour des cigarettes blondes, qui mêlait ses effluves hypnotiques aux vapeurs de transpirations acidulées et à l'entêtant parfum d'essences arabes, de celles que l'on vendait en gros dans les faux marchés persans de Paris. Nos oreilles, entre-temps, recevaient le rythme sauvage qu'imposait la voix de Miriam Makeeba (l'invasion du tiers monde), amplifiée depuis une cabine encastrée dans le mur. J'ai eu une étrange sensation de peur en me retrouvant dans le tourbillon de cette agression de tous les sens, mais le Recio et l'Autre Garçon semblaient être entrés dans un lieu connu, dans lequel ils se déplaçaient avec naturel. J'ai commencé alors à voir de fausses valkyries remplissant leur ancestrale fonction de verser de la bière. Elles semblaient flotter dans le bleu, comme des chrysalides phosphorescentes à peine nées, parées d'organdis amidonnés et de jupes droites plissées qu'elles exhibaient comme le triomphe d'une mode rétro. Chaque valkyrie portait d'une main un plateau avec des verres et de l'autre des fleurs jaunes (étaient-elles jaunes ?). Je regardais ces mains trop grandes même pour une valkyrie, même originale et scandinave, lorsque l'une d'elles m'a frôlé du bord coupant de sa jupe et j'ai eu la sensation d'avoir été touché par un insecte préhistorique.

Stupéfait, j'ai remercié le Recio de me pousser vers une table, où se trouvait déjà assis l'Autre Garçon, en train de boire un liquide ambré qui, comme j'ai eu tôt fait de le découvrir, n'était pas de la bière. Lui et son habileté innée pour arriver toujours le premier... Alors le disc-jockey a changé la voix de Makeeba pour celle de Doris Day et j'ai découvert que comme tout bon cabaret, « LES FEMMES » possédait un plateau sur lequel se sont posées – elles ont dû s'y poser – sept versions parfaites, et même améliorées, de Doris Day qui chantaient en play back pour un public en extase et respectueux, où j'ai commencé à distinguer des hommes et des femmes dont j'ai mis tout le temps en doute la filiation : trop de blondes oxygénées et opulentes dans le meilleur style Marylin Monroe, de brunes sorties du cinéma italien de l'après-guerre, de noires à grandes mains, frappées de gigantisme, avec des lèvres métalliques comme des robots de bandes dessinées qui offraient des baisers à leurs compagnons de tables en cadence avec la balade de Doris Day.

J'étais toujours pétrifié lorsque le Recio m'a invité à le suivre aux toilettes, me montrant l'enveloppe que le chauffeur de taxi lui avait remise. Il savait que je ne viendrais pas, et c'est pourquoi il n'a pas insisté, mais l'Autre Garçon en revanche l'a suivi... Ce n'est pas que je sois un puritain. Au contraire, j'ai dû être assez hardi dans ma vie, j'ai tout essayé, mais ma lucidité naturelle m'a toujours été plus utile, et ce jour-là, elle était en fête, alerte, en attente, désireuse d'avaler tout ce qui arrivait à mes yeux. Et grâce à cette lucidité j'ai compris que j'avais pénétré dans un gigantesque happening de transmutation, de transformisme et de masques, moins célèbre mais plus intense et plus réel qu'un carnaval à Venise. Avoir pensé à des chrysalides et avoir senti le frôlement d'un insecte gigantesque m'a donné la clé de ce que j'étais en train de vivre : une fête d'insectes. Au beau milieu de tous ces travestis en avance, pionniers courageux du mouvement, je me souviens d'avoir pensé que l'homme peut créer, peindre, inventer ou re-créer des couleurs et des formes dont il dispose à l'extérieur de lui-même, puis les imprimer sur un tissu, qui est au-delà de son corps, mais qu'il est parfaitement incapable de modifier son propre organisme. Seul le travesti parvient à le transformer radicalement et, comme le papillon, il peut se peindre lui-même, faire de son corps le support de son grand œuvre, transformer ses émanations sexuelles en couleurs, à travers les étourdissantes arabesques et les teintes incandescentes d'un apparat physique. C'est une auto-plastique essentielle, bien que ces œuvres, infiniment répétées – sept Doris Day, quatre Marylin Monroe, trois Ana Magnani sur vingt mètres carrés – ne puissent pas empêcher, dans le meilleur des cas, une froide et nostalgique perfection. Le plus inquiétant a été de comprendre que tout cela n'était que la consommation du théâtre conscient rêvé depuis l'époque de Périclès : le masque devenu personnage, le personnage taillé sur le physique et l'âme de l'acteur, la vie comme représentation viscérale de ce qu'on a rêvé... C'était comme une révélation qui m'aurait attendu depuis toujours, tapie dans ce recoin sale de Paris, et en quelques minutes j'ai projeté et mis en forme dans mon esprit la solution que je cherchais pour mon *Electra Garrigó*... Ce que je n'ai jamais imaginé c'est que cette idée géniale allait être le début de mon dernier acte comme metteur en scène de théâtre. La fin comme début, sans les moyens...

Lorsque j'ai voulu raconter au Recio cette révélation, j'ai découvert que lui et l'Autre Garçon avaient disparu, je ne sais avec lequel de ces insectes pervertis. Le plus sympathique c'est que le lendemain, on m'a accusé de m'être évaporé au bras d'une Sara Montiel. De toute façon j'ai raconté au Recio ce que j'avais ressenti là-bas, et le grand ingrat ne m'a même pas mentionné dans son livre sur les travestis, et je crois que je suis encore capable de mettre entre guillemets les paragraphes que je lui ai dicté lors de cette conversation... Et en fait, comme je n'avais pas assez d'argent, j'ai dû rentrer à pied à la maison, car jamais je ne serais parti avec une Sara Montiel, parce qu'à vrai dire, je n'ai jamais supporté la grande Sara.

— Ça, c'est de Salvador K., n'est-ce pas ?
— Oui, c'est comme ça qu'il signe, SK. Quel mauvais goût... on dirait un médicament, non ?
— Une bière.

Le Marqués l'avait conduit dans la chambre d'Alexis Arayán, qui se trouvait être l'ancienne chambre de bonne de la grande maison. Elle disposait d'une petite salle de bain indépendante, et on pouvait avoir accès à la pièce sans entrer dans la maison principale. Il y régnait un ordre précis, comme si son propriétaire avait tout rangé avec un soin particulier avant de sortir, deux jours plus tôt : la bibliothèque bien classée, les tableaux dépoussiérés, le linge propre et suspendu dans la petite armoire, deux caleçons lavés et déjà secs, à la fenêtre de la salle de bain, les cendriers sans mégots. Le Conde commença par observer les livres, laissant courir un doigt plein d'envie sur les volumes de tailles et de textures diverses, parmi lesquels il repéra certains titres appétissants.

— Alexis fumait ?
— Non, la cigarette le dégoûtait même. Le cigare encore plus.
— Comment trouvez-vous ce dessin de Salvador K. ?

Le dessin, encadré et sous verre, représentait quelque chose comme une tête de femme sous une ombrelle. Les angles étaient tranchants et les couleurs agressives.

— Il emploie une très vieille technique pour ajouter le papier et pour organiser les figures comme ça. C'est une sorte de gravure sur papier, ou de collage, même s'il se vantait d'avoir découvert l'eau tiède. Et ce dessin c'est une merde, pour parler le cubain, comme dirait le

Recio. L'intérêt de ce genre de composition a été déjà épuisé par les expressionnistes et les cubistes, cela fait soixante ans. Cela a signifié quelque chose autrefois, mais aujourd'hui...

— Et vous êtes sûr qu'ils avaient des rapports ?

Cette fois, le Conde vit le Marqués sourire.

— Les murs de cette pièce sont quasiment en papier. Si vous voulez, sortez, je vais pousser un petit cri, et vous allez me dire...

— Ce n'est pas nécessaire, ce n'est pas nécessaire... Le Conde essaya de chasser l'image que lui proposait le Marqués. Alexis avait l'air très soigneux.

— C'était un scrupuleux, comme je le lui disais. Et le pire c'est qu'il voulait me convaincre moi, mais il a toujours échoué. En plus, une fois par semaine venait Maria Antonia, une dame qui travaille comme bonne chez ses parents, et elle l'aidait à laver et à nettoyer, et parfois elle nous laissait de la nourriture préparée pour plusieurs jours. Vous savez une chose ? Elle volait aussi quelques bonnes choses de la maison d'Alexis et nous les amenait : de petits chorizos espagnols, du saumon fumé, deux queues de langouste, des choses qui n'existent plus que dans l'imagination ou dans les magasins pour diplomates, vous comprenez ?

— Qu'est-ce que vous savez d'autre sur Maria Antonia ? Cette femme a quelque chose de...

Le Marqués essaya en vain de peigner avec ses doigts les restes de sa chevelure.

— Il va vous falloir me pardonner, mais hier je vous ai dit un mensonge... Celle qui m'a appelé pour me dire ce qui était arrivé à Alexis, c'est Maria Antonia. Vous m'excusez ? Elle m'a prévenu que vous viendriez me voir.

Le Conde choisit de passer outre.

— Qu'est-ce qu'Alexis vous racontait sur Maria Antonia et sur sa famille ?

Le Marqués s'assit sur le bord du lit impeccablement fait, et coinça les plis du peignoir chinois entre ses jambes.

— Depuis la mort de sa grand-mère, il pensait à partir. Alexis l'aimait beaucoup, parce qu'elle l'avait élevé, avec Maria Antonia... Et vous allez trouver incroyable ce que je vais vous dire, mais c'est la pure vérité : vous savez déjà qu'Alexis était très calé en peinture italienne de la pré-renaissance. Eh bien Maria Antonia en connaît autant que lui sur le sujet. Oui, authentique. Alexis étudiait avec elle, lui prêtait ses livres, et lui apprenait ce qu'il apprenait. Si vous y arrivez et que cela vous intéresse, parlez un jour avec elle des madones italiennes et surtout du Giotto, et préparez-vous à entendre une dissertation remarquable... C'est son père qu'Alexis ne supportait pas, pour mille raisons, mais je crois que c'était surtout parce qu'un jour à la plage, il avait sept ans, il a failli se noyer, et c'est quelqu'un d'autre qui l'a sorti de la mer, parce que son père était saoul. Alexis ne lui a jamais pardonné et il disait même que le père l'avait sciemment abandonné pour qu'il se noie... Je ne sais pas à quel Grec on peut attribuer ce complexe... En outre, son père le haïssait parce qu'il était..., parce qu'il était pédé, en somme. Chaque fois qu'il le pouvait, il lui signifiait son mépris de façon évidente. Vous pouvez vous imaginer, pour un homme aussi respectable, c'était pire qu'un malheur... C'est Dieu qui l'a puni en lui faisant porter cette honte. Vous connaissez ça : ces hommes qui ont des fils qui vont être comme eux, forts, coureurs de filles, redoutables, et tout à coup... Voilà, c'est un homosexuel. Mais Alexis souffrait beaucoup, il souffrait pour tout, et si on ne l'avait pas tué, j'aurais dit qu'il s'était suicidé.

— Alexis parlait du suicide ?

Le Marqués se releva et montra la bibliothèque du doigt.

— Regardez : Mishima, Zweig, Hemingway, mon pauvre ami Calvert Casey, Pavese... il éprouvait une certaine fascination, tout à fait morbide, pour le suicide et les suicidaires. Il passait son temps à dire que tout dans sa vie avait été une erreur : son sexe, son intelligence, sa famille, son époque, et il disait que si l'on était conscient de ces erreurs, le suicide pouvait être une solution : peut-être de cette manière obtiendrait-il une seconde chance. Je crois que ce genre de mystique a été l'une des choses qui l'ont poussé à devenir catholique.

— Il allait à l'église.

— Oui, souvent.

— Et vous ? demanda le Conde, pris par la curiosité.

— Moi ?, sourit le Marqués avant de cligner des yeux. Vous me voyez moi, moi ! agenouillé sur un prie-Dieu ?... Non, pas du tout, je suis trop pervers pour m'entendre avec ces messieurs... pire encore, c'est vous les flics que je préfère...

Le Conde observa le sourire parfaitement pervers du Marqués, et décida de lui faire plaisir, car d'une certaine manière il se faisait plaisir lui aussi. Il vérifia son parachute et se jeta dans la Mer des Sarcasmes.

— Vous haïssez les policiers ?

Le rire du Marqués fut authentique et inattendu. Son corps ratatiné eut d'un coup l'air d'un cerf-volant prêt à s'envoler par la fenêtre la plus proche, poussé par les petits gloussements qui le secouaient.

— Mais non, mon fils, non. Vous n'êtes pas les pires. Écoutez, les policiers font leur travail de policiers, ils interrogent et mettent les gens en prison, et ils le font même bien, vraiment. C'est une vocation répressive et cruelle, pour laquelle il faut certaines aptitudes, et vous me pardonnerez. Comme, par exemple, être prêt à frapper une autre personne pour la faire obéir, ou anéantir sa personnalité par la peur et la menace... Mais ils sont socialement indispensables, tristement indispensables.

— Et alors ?

— Les salauds ce sont les autres : les policiers pour leur propre compte, les commissaires volontaires, les poursuivants spontanés, les délateurs sans salaire, les juges par goût, tous ceux qui se croient maîtres de la vie, du destin et même de la pureté morale, culturelle voire historique d'un pays... C'est ceux-là qui ont voulu en finir avec des gens comme moi, ou comme le pauvre Virgilio, et ils y sont parvenus, vous le savez. Rappelez-vous que pendant ses dix dernières années, Virgilio n'a plus vu un seul de ses livres publiés, plus une seule de ses pièces de théâtre représentée, plus un seul essai sur son travail publié dans aucune des six provinces magiques qui tout à coup sont devenues quatorze, plus une municipalité à statut particulier. Et moi on m'a transformé en fantôme coupable de mon talent, de mon œuvre, de mes goûts, de mes mots. Toute ma personne était une tumeur maligne qu'il fallait extirper pour le bien social et politique de cette belle île dont la monnaie est le peso. Vous rendez-vous compte ? Et comme il était très facile de me paramétrer, chaque fois qu'on me mesurait un côté, le résultat était le même : bon à rien, bon à rien, bon à rien...

Le Conde se rappela à nouveau la réunion dans le bureau du directeur du lycée, où on les avait informés que *La Viboreña* était une revue inadéquate, inopportune et inadmissible et où on avait exigé d'eux une rétractation, littéraire et idéologique.

— Comment vous a-t-on dit tout cela ? voulut-il savoir alors, avec un certain sadisme d'historien, prenant le risque de se faire agresser avec des couteaux empoisonnés d'ironie et de ressentiment.

— Depuis plusieurs années j'ai même réussi à trouver du plaisir à raconter cette histoire. À présent cela ne me fait presque plus mal, vous savez ? alors qu'avant... Et pourquoi êtes-vous si intéressé ?

— Pure curiosité, lâcha le Conde, incapable d'avouer ses vraies raisons. J'aimerais avoir votre version, non ?

— Eh bien je vais vous faire plaisir. Ils avaient déjà rayé de l'affiche les autres œuvres que nous représentions pendant que je répétais *Electra Garrigó*. Un jour, ils nous ont convoqué au théâtre. Tout le monde y est allé, sauf moi. Je n'étais pas disposé à entendre ce qu'à la fin je savais qu'il me faudrait entendre. Mais après on m'a raconté qu'ils ont rassemblé les gens dans le hall et les ont appelés l'un après l'autre, comme chez le dentiste. Vous savez ce que c'est que d'attendre trois ou quatre heures dans le cabinet d'un dentiste, et d'entendre la fraise et les cris de ceux qui entrent ? Ils avaient mis une table sur le plateau, où était resté une partie du décor de *Yerma*, avec son ambiance de deuil, ses étoffes noires... Ils étaient quatre, comme une sorte de tribunal de l'Inquisition, et sur la table ils avaient mis un de ces gros magnétophones à usage professionnel. Ils expliquaient aux gens leurs péchés et leur demandaient s'ils étaient prêts réviser leur attitude dans l'avenir, s'ils étaient d'accord pour commencer un processus de réhabilitation, et à travailler dans les endroits qu'on leur désignerait. Et presque tout le monde a admis qu'ils étaient des pécheurs, ils y ajoutaient même des torts que leurs accusateurs n'avaient pas mentionnés, et acceptaient le besoin de cette purge purificatrice qui allait nettoyer leur passé et leur esprit de son lest pseudo-intellectuel et pseudo-critique... Et moi, je les ai compris, vraiment, parce que beaucoup ont pensé qu'il y avait des fondements à ces accusations-là et ils se sentaient même coupables de ne pas avoir fait des choses qu'on leur disait qu'ils auraient dû faire, et ils devenaient les plus féroces critiques... d'eux-mêmes. Ensuite, ils ont organisé une sorte d'assemblée générale : les protagonistes sont restés derrière la table, sur le plateau, et les gens de la troupe assis dans les fauteuils d'orchestre, avec toutes les lumières allumées... Vous avez vu un théâtre avec toutes les lumières allumées ? Vous avez vu comme il perd de sa magie et comme tout ce monde a l'air faux, privé de sens ? C'est alors qu'ils ont parlé de moi, comme principal responsable de la ligne esthétique du théâtre. J'ai d'abord été accusé d'être un homosexuel qui affichait sa condition, et ils ont prévenu que pour eux le caractère antisocial et pathologique de l'homosexualité ne faisait pas de doute, et que ce qui faisait encore moins de doute, c'était l'accord conclu pour refuser et ne pas admettre ces manifestations de mollesse ni leur propagation dans une société comme la nôtre ; qu'on les avaient autorisés à empêcher que la « qualité artistique » (et on m'a raconté que celui qui parlait a ouvert et fermé des guillemets, tout en souriant), serve de prétexte pour faire circuler impunément certaines idées qui corrompaient notre dévouée jeunesse. (Au fait, celui qui parlait avait toujours été un médiocre qui avait essayé d'être acteur et n'était pas allé au-delà de la figuration, et sa célébrité dans le milieu ne tenait qu'au fait qu'il en avait une minuscule, ce qui lui valait le surnom de Petite Croquette). Et qu'on n'allait pas permettre que des homosexuels notoires dans mon genre puissent avoir la moindre influence et sapent la formation de notre jeunesse et que c'était pourquoi on allait analyser « attentivement », (cette fois, les guillemets sont de moi) la présence des homosexuels dans les organismes culturels, et qu'on allait déplacer tous ceux qui ne devaient pas être en contact avec la jeunesse, et qu'on n'allait pas les autoriser à sortir du pays dans des délégations représentant l'art cubain, parce que nous n'étions pas et ne pouvions être d'authentiques représentants de l'art cubain.

Le Marqués soupira, comme pour dissiper une grande fatigue et Mario Conde sentit qu'il se réveillait après un long sommeil. Les mots du dramaturge lui avaient permis d'entrer dans ce théâtre de la cruauté. Il avait écouté les paroles des protagonistes et s'était senti enveloppé par la densité de cette tragédie réelle, dans laquelle on décidait des destins et des vies avec une tranquillité qui faisait horreur.

— Je n'aurais jamais imaginé que cela s'était passé comme ça. J'ai cru...

— Ne croyez rien encore, coupa le Marqués, avec une agressivité verbale qui surprit le policier. Vous vouliez entendre l'histoire ? Eh bien, je vais continuer l'histoire, parce qu'il manque le meilleur... Oui, parce qu'après est venu le procès esthétique : ils ont dit que mes œuvres et mes mises en scène ne visaient qu'à transformer le snobisme, l'extravagance, l'homosexualité et autres aberrations sociales en sujet esthétique unique, que je m'étais détourné du chemin des aspirations les plus pures avec toute cette philosophie de la cruauté, de l'absurde et du théâtre total, et qu'on n'allait pas me permettre cette « arrogance de grand seigneur » (les guillemets sont encore de lui, c'est une citation littérale d'une grande utilité) avec laquelle je m'attribuais le rôle de critique exclusif de la société et de l'histoire cubaines, alors que j'abandonnais le théâtre des vraies luttes et me servais des peuples latino-américains comme sujets pour des créations qui transformaient ces peuples en phénomènes de mode pour les théâtres bourgeois et les maisons d'édition de l'impérialisme... Je ne sais pas très bien ce que cela voulait dire, mais c'est ce qu'il a dit, mot pour mot, et il a dit aussi que ma personne, mon exemple et mon œuvre étaient, comme nul ne l'ignorait, incompatibles avec la nouvelle réalité... Finalement, ils sont passés au vote. Ils ont demandé de lever la main à tous ceux qui étaient d'accord pour que l'artiste participe à la lutte pour critiquer sévèrement les horreurs du passé et contribue par son œuvre à l'éradication des vestiges de la vieille société qui subsistaient encore dans la période de construction du socialisme. Adopté à l'unanimité. On a voté contre les manifestations d'élitisme, de mollesse, d'hypertrophie critique, de manque d'enthousiasme et pour l'élimination des résidus petit bourgeois dans l'art. Vote unanime là encore. On a voté pour tout ce qu'on pouvait voter, toujours à l'unanimité, jusqu'à ce qu'ils demandent de voter sur mon appartenance à la compagnie, cette même compagnie que j'ai fondée, à laquelle j'ai donné un nom et toute ma vie, et sur les vingt-six qui étaient présents, vingt-quatre ont levé la main pour demander mon exclusion, et deux, deux seulement, n'ont pas supporté et ont quitté le théâtre. Alors on a voté sur leur appartenance à la compagnie et ils ont été exclus par vingt-quatre voix pour et aucune contre... Finalement, il y a eu le discours final, lu par celui qui présidait la table, et qui n'avait pas parlé jusqu'alors, et comme vous pouvez vous imaginer, il n'a quasiment rien dit de nouveau : il a répété que c'était une lutte ouverte contre le passé, l'impérialisme et les serviteurs de la bourgeoisie, et pour un avenir meilleur, dans une société où l'homme ne devait pas être un loup pour l'homme. Bref, un mauvais final pour la représentation historique de cette après-midi de 1971, où on a même applaudi et crié de joie... Et puis, ils ont laissé tomber le rideau sur mon cou...

Sur cette dernière phrase du Marqués, le policier éprouva le besoin urgent d'une dose de nicotine. Il toucha son paquet de cigarettes puis regarda à nouveau la propreté de l'endroit, et décida d'endurer son manque : il voulait toucher le fond de cette blessure ouverte qu'Alberto Marqués avait consenti à lui montrer. Tout cela s'était produit dans ce pays où lui-même habitait ?

— Et qui vous a raconté tout cela ?

Le Marqués sourit, puis soupira à nouveau, l'air las.

— D'abord, les deux qui ont vaincu leur peur et sont partis lors du dernier vote. Ensuite, quelques mois après, l'un après l'autre les vingt-quatre qui étaient restés jusqu'à la fin sont venus me voir... Et environ dix ans plus tard, l'un de ceux qui étaient sur le plateau me l'a raconté et m'a demandé de lui pardonner pour ce qu'il avait fait. Mais je ne lui ai pas pardonné, c'était une infamie... Aux autres oui, enfin, à presque tous, parce qu'ils ont agi par peur et je sais ce que c'est que la peur, mais infamie non... Au fait, d'après ce qu'on m'a dit celui qui a prononcé le discours de clôture est à présent un partisan résolu de la perestroïka et revendique la glasnost comme besoin social. Que dites-vous du changement de masque ?

Le Conde le regarda dans les yeux, et se sentit à nouveau dans le théâtre, au milieu des accusés, saisi par la peur et la culpabilité, et il se demanda s'il aurait voté contre le Marqués. Il se dit que c'était trop facile maintenant de se dire que non et de se sentir en condition de brandir la dignité. Mais ce jour-là ?

— Si vous croyiez en Dieu, vous pourriez pardonner, n'est-ce pas ?

— Peut-être, et c'est pour ça que je ne veux pas y croire, monsieur le policier...

Le Conde sentit qu'il ne pouvait retenir une seconde de plus le besoin d'allumer une cigarette. Il était gêné de le faire justement dans cet endroit, mais il ne put se retenir, et il décida de se servir de sa main comme cendrier.

— Mais vous-même, vous avez dit qu'après beaucoup de choses ont changé et qu'on vous a même réinvité à travailler dans le théâtre, non ?

Le Marqués lissa ses trois cheveux moches sur son crâne. À présent il ne souriait plus.

— Oui, c'est vrai aussi, mais ce qui s'est d'abord passé, c'est que plusieurs des exclus de certaines compagnies ont décidé d'entamer un procès en justice et que, étrange et juste justice de mon pays, ils ont gagné leur procès devant la Chambre des garanties constitutionnelles de la Haute Cour et donc ils ont été réintégrés dans leurs compagnies, on leur a payé leurs salaires, mais beaucoup de temps s'est écoulé avant qu'ils ne travaillent de nouveau, car il est plus simple qu'un directeur décide librement avec qui il souhaite travailler, n'est-ce pas ? Moi non, moi je n'ai voulu intenter aucun procès, ni à cette époque, ni après, ni maintenant. Parce que ce n'était pas un problème juridique : c'était un jugement historique, et je n'ai pas non plus accepté le salaire : j'ai préféré être bibliothécaire que vivre d'une rétribution susceptible d'acheter mes décisions. Aussi, lorsqu'on m'a demandé de revenir, je n'ai pas non plus accepté, parce que je n'y étais pas obligé. Quelque chose qui ne pouvait pas être réparé s'était cassé. Si j'étais revenu, cela aurait été par vanité ou par : vengeance, plus que par besoin de dire des choses, pour des raisons extra-artistiques en somme. Dix ans c'est beaucoup, et je me suis habitué au silence, et j'ai presque appris à y prendre du plaisir, à ce qu'on parle de moi à voix basse, à ce que de loin on me montre du doigt. En outre, personne ne pouvait garantir que ce qui s'était passé en 1971 n'allait pas se répéter, n'est-ce pas ? Et je n'aurais pas eu la force de purger une nouvelle peine, après être revenu au spectacle et à l'exhibition.

Mario Conde eut le sentiment d'avoir écouté une déclaration superflue... Il aurait préféré garder l'image de fierté et de courage que Miki lui avait décrite ou l'arrogance provocatrice et amorale dépeinte dans le gros dossier qu'on lui avait remis deux jours plus tôt sur cet homme condamné parce qu'en révolte. Il préférait même la sensation d'ironie agressive et moqueuse qu'il avait gardé de sa première rencontre avec cet Alberto Marqués qui maintenant avouait ses vraies raisons : la peur.

— Et ça ne vaudrait pas mieux d'oublier tout ça ?

Le vieil homme de théâtre sourit et regarda au plafond, comme s'il attendait quelque chose qui devait lui tomber du ciel.

— Vous savez, c'est très facile à dire, parce que le manque de mémoire est l'une des qualités psychologiques de ce pays. Son autodéfense et la défense de beaucoup de gens... Tout le monde oublie tout et se dit toujours qu'il est possible de recommencer de nouveau, et voilà : l'exorcisme a eu lieu. S'il n'y a pas de mémoire, il n'y a pas de culpabilité, et s'il n'y a pas de culpabilité, il n'y a même pas besoin de pardon, vous voyez quelle est la logique ? Et je le comprends, bien sûr que je le comprends, parce que cette île a la mission historique de toujours recommencer, de recommencer tous les trente ou quarante ans, et l'oubli est le baume habituel de toutes les blessures qui restent ouvertes... Moi, ce n'est pas que je veuille pardonner ou trouver un coupable : non, c'est juste que je ne veux pas oublier. Je ne veux pas. Le temps passe, les gens passent, les histoires changent, et je crois qu'on a déjà oublié trop de choses, bonnes et mauvaises. Mais ce qui est à moi est à moi, et je n'ai pas envie de l'oublier. Vous me comprenez ?

— Oui, je vous comprends aussi, dit le Conde avant de sortir dans le patio jeter le mégot et la cendre accumulés dans sa main. Il voulait aussi échapper au tour ténébreux pris par la conversation et revenir à son intuition. – Vous savez où Alexis rangeait sa Bible ?

Le Marqués le regarda d'un air ennuyé, comme s'il trouvait cette insistance policière absurde et maladive.

— Non. Vous avez bien fouillé dans la bibliothèque ?

— Elle n'est pas là, c'est pour ça que je vous demande.

— Et bien, fouillez-moi si vous voulez, proposa-t-il en levant les bras et en acculant le Conde au bord de l'horreur : le peignoir remonta presque jusqu'aux genoux, et les boutons manquèrent de sauter...

— Ce n'est pas nécessaire. Je crois qu'il faut que j'y aille maintenant. J'ai encore du travail, se hâta d'expliquer le Conde, puis voyant que le Marqués gardait la même posture de détenu prêt pour la fouille, il ne put s'empêcher de rire.

— Mais j'aimerais bien reparler avec vous.

— Quand tu voudras, mon prince, dit le Marqués qui seulement alors baissa les bras.

— Une dernière question, et pardon si je suis indiscret... Quels étaient vos sentiments à l'égard d'Alexis Arayán ?

Le Marqués regarda la pièce vide.

— De la pitié. Oui. Il était trop fragile pour vivre dans ce monde cruel. Et je l'aimais aussi.

— Et qu'est-ce qui a bien pu le pousser à s'habiller avec le costume d'Electra Garrigó ?

Le Marqués eut l'air d'y réfléchir, et le Conde s'apprêta à entendre quelque chose qui peut-être pouvait éclairer d'un coup toute cette histoire.

— Parce que la robe était très belle, et qu'Alexis était pédé. Vous ne pensez pas que c'est suffisant ?

— Mais si lui n'était pas un travesti...

Le Marqués sourit comme s'il s'avouait vaincu.

— Aïe !, vous n'avez encore rien compris.

— C'est ce qui m'arrive dernièrement : je ne comprends jamais rien.

— Écoutez, ne prenez pas ça pour de l'insolence, je sais avec qui je peux être insolent... Mais comme je vois que vous êtes tellement intéressé par le sujet... Voulez-vous venir ce soir à une fête avec moi, vous y rencontrerez peut-être quelques travestis et d'autres gens dans le genre, des plus intéressants ?

Tout plein de nostalgie, le Conde regardait l'inaltérable paysage qui s'offrait à lui de la fenêtre de son bureau : des cimes d'arbres, le clocher d'une église, les étages supérieurs de plusieurs immeubles, et l'éternelle promesse de la mer comme un défi, toujours en toile de fond, toujours insaisissable, comme cette circonstance malheureuse, toute cette eau de toutes parts, dont avait parlé le poète grand ami du Marqués. Il aimait ce paysage découpé par le cadre de la fenêtre, bucolique et amène, aujourd'hui diffus sous la lumière rase et calcinante d'août, parce qu'il lui permettait de penser et, surtout, de se souvenir, lui le grand imbécile amateur de souvenirs. Et à présent il se souvenait comme il avait voulu se consacrer à la littérature et être un vrai écrivain, à l'époque de plus en plus lointaine du lycée et des premières années de sa carrière universitaire interrompue. Il sentait qu'Alberto Marqués, possesseur de pouvoirs méphistophéliques, avait réveillé cet espoir cyclique, dont il se croyait définitivement à l'abri, mais qui, à nouveau, au moindre contact, revenait l'obséder comme un virus récurrent dont en réalité il n'avait jamais guéri. Alors Mario Conde sentait que ce déchirement prématuré, par lequel il s'était laissé vaincre, ne fonctionnait peut-être que comme un malin prétexte de sa conscience pour se décharger dans un port étranger d'une culpabilité qui n'était qu'à lui : il n'avait jamais insisté sérieusement, peut-être parce que la seule vérité était son incapacité à écrire quelque chose qui fût émouvant et dépouillé. Il avait toujours pensé qu'il aimerait écrire des histoires de gens ordinaires, sans grandes passions ni aventures notables, des petites vies qui pouvaient traverser le monde sans laisser une seule encoche sur la face de la terre, mais qui portaient sur leur dos le fardeau impressionnant de devoir vivre chaque jour. Lorsqu'il pensait à ses goûts littéraires, et qu'il lisait Salinger, les nouvelles de Hemingway, certains romans du XIXe siècle, et quelques textes de Sartre et de Camus, il croyait encore que oui c'était possible, que cela pouvait être possible. Besoin exhibitionniste ?, se demanda-t-il, sans savoir s'il devait regretter cet accès de sincérité qui l'avait poussé à avouer à l'homme de théâtre ce penchant artistique toujours ajourné, tellement inadéquat pour quelqu'un voué de par son métier à la répression et non à la création, aux vérités sordides et non aux fantaisies sublimes... Le rire et les gloussements, comme seule réponse du Marqués qui en même temps humait une inexistante fleur de bougainvillier, lui faisait mal à présent, comme une raillerie. Cependant, les histoires de ce personnage qui n'arrêtait pas de lui lancer des piques allaient bien au-delà de tous les préjugés et il ne pouvait plus le voir comme le sale pédé qu'il était allé voir à peine vingt-quatre heures plus tôt. Mille fois merde, se dit-il avant d'entendre la porte s'ouvrir tandis que se matérialisait la figure attendue du sergent Manuel Palacios.

— Pourquoi tu as mis tout ce temps, vieux ?

Manolo s'écroula sur sa chaise et le Conde craignit de le voir tomber en morceaux. Qui diable avait pu vouloir de lui comme policier ? Sans doute le même fou qui m'a recruté moi.

— Laisse-moi respirer. L'ascenseur est de nouveau en panne.

Le Conde regarda à nouveau son paysage avec mer, et en prit congé, jusqu'à la revoyure.

— Bon, qu'est-ce qu'il y a ?

— Rien, Conde, j'ai dû attendre le chef d'Alexis, et je crois que j'ai bien fait, parce que l'affaire se complique.

Manolo respira à fond avant de parler.

— Alexis n'était plus avec Salvador K. Son chef à la fondation, un certain Alejandro Fleites, qui a lui aussi une bonne tête de pédé, dit qu'Alexis et Salvador ne se voyaient plus dernièrement et qu'il a vu Alexis deux fois en compagnie d'un mulâtre qui travaille à l'ICAIC, l'Institut de cinéma, il s'appelle Rigofredo López. Tu vois d'ici le tableau... Et il dit qu'on lui a dit, tu sais comment ils sont, que Rigofredo et Salvador K. ont eu une discussion dans le bureau d'Alexis. Conclusion de Fleites : jalousie. Alors, je suis allé à l'ICAIC et j'ai appris que Rigofredo est au Venezuela depuis dix jours... Qu'est-ce que tu en penses de ce poulailler en émoi ?

Le Conde s'assit sur sa chaise et seulement alors demanda :

— Et qu'est-ce qu'il t'a dit d'Alexis ?

— Rien de très nouveau... Que c'était un bon travailleur, qu'il s'entendait très bien avec les peintres, que c'était une personne très cultivée et qu'il ne l'imaginait pas vêtu d'une robe rouge dans le Bois de la Havane. Également que c'était un type complexé et très timide...

— Et la Bible ?

— La Bible ? Ah oui, merde, la Bible... Il fit une longue pause, comme s'il pensait à quelque chose et dit enfin : La voilà, en cherchant dans la serviette qu'il avait posée par terre.

— Donne, donne, exigea le Conde. Il chercha dans l'index des évangiles. Matthieu démarrait page 971, et d'après ce que lui avait dit le père Mendoza, l'épisode de la Transfiguration figurait au chapitre 17. Parcourant les titres des pages le Conde feuilleta le premier des Évangiles. Il trouva le chapitre 16 et juste après le 19, un saut périlleux qui le surprit comme un cri d'alarme. Il chercha alors les numéros de pages et découvrit l'ellipse : les pages 989-990, où devaient se trouver les chapitres 17 et 18 de Matthieu, étaient manquantes.

— Merde, Alexis le savait. Il pensait bel et bien à la Transfiguration... Regarde, il manque la page où cela se passe. Laisse-moi voir si dans les autres il en manque une aussi.

Lentement le Conde entreprit la recherche des versets

de Marc et de Luc, et découvrit que tous deux avaient conservé toutes leurs pages. Il trouva l'histoire de la Transfiguration dans le chapitre 9 de Marc – « Ses habits devinrent resplendissants et très blancs, comme ne pourrait les blanchir aucun foulon de la terre » – et aussi dans le chapitre 9 de Luc : « Et pendant qu'il priait, son visage prit un autre aspect et son vêtement devint blanc et resplendissant ».

— Où était la Bible, Manolo ?

— Dans le bureau d'Alexis. Dans le tiroir d'en bas, il n'était pas fermé à clé.

— Et les gens savaient qu'il la rangeait là ?

— Le chef dit qu'il ne savait pas... Tu ne m'as pas dit...

— Non, ne t'inquiète pas. Le problème c'est que quelqu'un a arraché la page manquante. Et regarde : il l'a fait avec beaucoup de soin, on ne remarque pas la déchirure, tu vois ? Peut-être est-ce Alexis lui-même qui l'a fait... Tu imagines ce que cela veut dire ?

— Qu'il y avait quelque chose d'écrit.

— Quelque chose qui dérangeait ou nuisait à quelqu'un, et ce quelqu'un a arraché la page. Ou alors, qu'elle signifiait quelque chose de spécial pour ce garçon et qu'il est allé jusqu'à l'arracher. Si c'est cela, nous pourrons tirer beaucoup de choses au clair, Manolo : ce type était fou et il s'est transfiguré pour son propre compte pour entrer dans son propre Calvaire. Je te parie sur mes fesses que c'est cela.

— Parie sur autre chose, collègue. Je crois que certaines influences ne sont pas pour toi... Écoute, rappelle-toi que Salvador, lui, savait que cette Bible était là.

— Tu penses que ça peut être lui ?

— Je ne sais pas, mais moi je l'amènerais ici et je lui serrerais le K jusqu'à ce qu'il dise Q.

— Je ne sais pas Manolo, je ne sais pas... Si c'était lui, pourquoi aurait-il parlé de la Bible ? Non, je ne crois pas que Salvador soit con au point de paraître coupable de quelque chose de si grave, et d'être en plus le vrai coupable. Tu ne trouves pas ?... Maintenant, il faut que j'aille parler au Vieux. Attends-moi ici.

— Je passe mon temps à t'attendre, Conde.

Le lieutenant ignora le trait et sortit dans le couloir. Il monta de deux paliers, jusqu'au dernier étage. Il prit un autre couloir et entra dans l'antichambre du bureau du major Rangel. Derrière la table de Maruchi – elle avait toujours une fleur dans un petit vase qui n'était plus là, peut-être était-il parti avec la jeune femme – se trouvait toujours le lieutenant qui l'avait tant surpris la veille. Le Conde dit bonjour et lui annonça qu'il voulait voir le Major.

— Il m'a dit qu'il ne voulait être dérangé par personne, l'avertit le lieutenant.

— Dites-lui que c'est urgent, riposta le Conde. Je vous en prie...

Elle ronchonna, bruyamment, quel emmerdeur ce type, pensait-elle de toute évidence, mais elle appuya sur la touche de l'Interphone et dit au Major que le lieutenant Conde était là et qu'il disait que c'était urgent. Faites-le entrer, dit la voix que le Vieux envoya depuis son bureau.

Le Conde ouvrit la porte et le vit avec un cigare aux lèvres. C'était encore un cigare d'Holguín, le même aspect aplati et infâme que celui de la veille.

— Qu'est-ce qui s'est passé, Mario ? dit le Vieux, et sa voix de ce jour-là était lente et terne.

— Je t'apporte quelque chose, c'est pour ça que c'était urgent. Il sortit de la poche de sa chemise le long et brillant Montecristo que lui avait donné Faustino Arayán.

— Et d'où tu as sorti ça, jeune homme ?

— Je vous l'avais promis, non ?

— Putain que c'est bien, dit-il et presque sans regarder il jeta par la fenêtre le cigare d'Holguín et se mit à renifler le Montecristo. Il est un peu sec, tu sais ?

— Il est dans de bonnes mains.

— Et qu'est-ce que tu veux encore ? Tu sais que je te connais...

Le Conde s'assit et alluma une de ses cigarettes.

— Manolo a été convoqué. Qu'est ce qu'il y a sur lui ?

Le Major ne répondit pas. Il flaira encore son nouveau cigare et le rangea très doucement dans un tiroir.

— Pour après déjeuner...

— Vous allez me dire ?, insista le Conde.

— C'est à cause de toi, dit le Vieux et il se redressa.

— À cause de moi ?

— Oui, c'est logique. Officiellement tu es suspendu et c'est pourquoi les Enquêtes Internes s'intéressent à toi...

— Putain de merde, je..

— Écoute, rugit alors Rangel, changeant sa voix fatiguée pour une modulation rauque et autoritaire qui allait jusqu'à la pointe de son doigt tendu vers le lieutenant. Tu as intérêt à te tenir tranquille... Si tu fais, dis, commentes ou penses quelque chose et que je l'apprends, je t'arrache les couilles pour de vrai, tu m'entends ? Ça chauffe et je ne veux pas un seul problème de plus. Manolo, on va lui poser des questions sur toi, et qu'est-ce qu'il va dire ? Rien. Que tu t'es bagarré avec Fabricio parce que vous aviez une dent l'un contre l'autre, rien d'autre. Rien...

Le Conde éteignit sa cigarette et eut d'un coup très envie d'être très loin. C'était déjà assez compliqué de chercher des violeurs, des voleurs, des détourneurs de fonds et maintenant même des assassins de travestis mystiques, pour qu'on ait en plus des soupçons sur lui.

— Parle avec Manolo et dis-lui de quoi il retourne. Mais parle en dehors d'ici. Tu comprends ? Si quelqu'un apprend que je t'en ai parlé, c'est à moi qu'on arrachera les couilles. OK ?

Le Conde ne répondit pas.

— OK, Conde ?, insista le Major.

— OK, Vieux... Je m'en vais... Il se leva.

— Attends, attends. Comment va ton enquête ?

Le Conde haussa les épaules. L'enquête soudain ne l'intéressait plus guère.

— Comme ça... J'ai un mort qui se prenait parfois pour l'illuminé de Dieu et un suspect trop suspect, mais je n'ai aucune preuve contre lui.

— Et alors ?

— je vais continuer à chercher.

— Merde alors, dit le vieux en ouvrant le tiroir du bureau pour sortir le Montecristo. Il cassa le bout du cigare avec les dents, à la mode ancienne et mâchonna le bout arraché. Il le cracha ensuite dans la corbeille à papiers et alors qu'il approchait la flamme du briquet de l'extrémité du havane, quelque chose l'arrêta, et il fit non de la tête. – C'est trop bon pour l'allumer maintenant. Cela mérite au moins un vrai café, et il remit le cigare dans le tiroir. Ah, laisse-moi te dire autre chose, Conde. Quelqu'un m'a appelé pour me demander de la discrétion dans tout ce qu'on fait dans cette enquête. Il m'a dit quelque chose que je ne savais pas : que le mort était le fils du vieux Arayán, et tu sais ce que cela signifie. Ils veulent que tout cela reste étranger à la famille pour qu'on fasse le moins possible le rapport entre elle et toute cette saloperie de transvestis et de pédés où le fils était mêlé. Donc maintenant tu sais : d'abord je dis transvestis parce que ça me chante, ensuite n'embête pas trop la famille et essaie de résoudre cette histoire vite fait et sans faire trop de scandale, OK ?

— Dac, comme tu voudras, répondit-il tout de suite avant de quitter le bureau, sans dire au revoir au Major. Il avait encore plus envie de tout laisser tomber. Quelle merde, se dit-il. Il n'y a même plus de café pour un bon cigare.

— Qu'est-ce que tu en penses ?

Le Conde sourit, regardant les feuilles fanées et desséchées de ce qui avait prétendu être la revue littéraire du lycée, et il trouva que tout cela pouvait appartenir à une autre vie, trop lointaine pour être celle qu'il vivait encore : sa nouvelle, ce dessin sur stencil de l'église de Jesus del Monte, et le titre pompeux de *La Viboreña*, derrière lequel se dissimulaient tant d'anxiétés et d'espoirs mutilés par le coup de hache brutal de l'intolérance et de l'incompréhension.

— Naïf et sans densité. Dans son souvenir il était plus émouvant et dépouillé, dit-il en s'allongeant sur le lit du Flaco Carlos. Il a une bonne dizaine de « que » en trop et il manque de virgules...

— Et pourquoi tu voulais le lire ?

Le Conde reversa du rhum dans son verre et approcha la bouteille de celui du Flaco.

— Je ne sais plus si je voulais me rappeler ce que disait la nouvelle ou ce qu'on m'a dit sur la nouvelle.

Carlos but de son rhum et fit une grimace bien trop spectaculaire pour le possesseur d'un gosier blindé à petit feu par une pratique quotidienne soutenue.

— Et qui s'en souvient encore, Conde...

— Moi, affirma-t-il, avant de boire une longue gorgée, presque excessive.

— Doucement, grosse bête... Bon Dieu qu'est-ce qui t'arrive aujourd'hui, hein ? Hier tu étais très bien et aujourd'hui...

Le Conde regarda son ami : une masse de plus en plus amorphe dans le fauteuil roulant. Il ferma les yeux, comme le faisait son personnage dans la nouvelle. Il aurait voulu que le Flaco soit toujours maigre, et pas ce gros qui penchait, comme un bateau s'enfonçant et entraînant dans son naufrage les dernières possibilités de joie de Mario Conde. Il voulait jouer encore au coin de la rue et que tous ses amis de l'époque soient là et que personne ne puisse l'écarter de cet endroit qui lui appartenait tellement. Et il voulait en même temps tout oublier, une bonne fois pour toutes.

— Tu ne vas pas me dire ce qui t'arrive, dis ? insista Carlos en déplaçant son fauteuil jusqu'au bord du lit où se trouvait son ami.

— Je suis foutu, Flaco. On ne veut pas de moi, même comme flic... Aujourd'hui ils vont parler de moi avec Manolo. Peut-être même qu'on me mettra à la retraite. Qu'est-ce que tu en penses ? Retraité à 35 ans...

— C'est sérieux ?

— Plus sérieux que le cul d'une poule.

Le Flaco rit. Ce con, il ne pouvait pas s'empêcher.

— Ton cas est désespéré.

— C'est ce qu'ils disent. Donne-moi encore du rhum. J'ai peur.

— Pourquoi, grosse brute ? Il y a des problèmes ?

— Je ne sais pas, mais je ne peux pas éviter la peur... Donne-moi encore du rhum.

— Allez, oublie... Conde, tu es un grand emmerdeur, mais tu es foncièrement bon. Je sais que tu ne dois rien à personne, donc n'aie pas peur, d'accord ?

— D'accord, admit l'autre, sans conviction.

— Je t'ai dit qu'Andrés était venu me voir ce matin ?

— Hier tu m'as dit qu'il allait venir. Qu'est-ce qu'il voulait en fin de compte ce fou ?

Carlos se reversa du rhum, avala une gorgée dévastatrice, et rapprocha le fauteuil roulant, pour se placer devant son ami.

— Dulcita arrive, dit-il alors.

— Dulcita ? fit le Conde étonné : Dulcita ?

Cela faisait plus de dix ans que Dulcita était partie aux États-Unis, et le Conde se rappela le nombre de fois où ils avaient parlé lui et le Flaco du départ de la fille qui, pendant deux années au lycée, avait été la fiancée de Carlos. Dulcita l'intelligente, Dulcita la parfaite, la bonne copine, qui était partie, les laissant se demander pourquoi elle partait, pourquoi précisément elle. Et maintenant elle revenait :

Et comment ça se fait, grosse bête ?

— Elle vient voir sa grand-mère, qui est paraît-il en train de mourir. Andrés le sait parce qu'on lui a demandé de fournir le certificat médical que demande la Croix Rouge pour s'occuper de son permis de voyage.

— Génial, enchaîna le Conde qui ne revenait pas de son étonnement.

Le Flaco finit son verre et posa ses mains sur les genoux du Conde, qui sentit la chaleur profonde et humide de ces extrémités volumineuses.

— Plus que génial, grosse bête. Tu sais ce que la sœur de Dulcita a dit à Andrés ? Que si cela ne nous embêtait pas et ne nous portait pas tort, elle voulait nous voir. Mais que surtout elle voulait me voir moi.

Le Conde ébaucha un sourire, mu par une inévitable joie qui aussitôt s'éteignit et tua le sourire avant qu'il ne naisse.

— Dis-moi, Conde, tu crois que c'est juste que Dulcita me voie comme ça ? De ses grosses mains il fit le geste qui montrait son corps débordant dans le fauteuil roulant.

Mario Conde se releva, s'approcha de la fenêtre et cracha avec force. Ce n'était pas juste, pensa-t-il, et il se souvint en même temps de cette photo où l'on voyait Pancho, Tamara, Dulcita, le Flaco et lui-même, descendant le perron du lycée, le jour où ils avaient rempli leurs demandes d'inscription pour l'université. Le Flaco, qui à cette époque était très maigre et marchait sur ses deux jambes, était au centre du groupe, les bras ouverts et la tête penchée de côté, comme s'il était prêt pour la crucifixion : Carlos et Dulcita avaient été le couple le plus beau et le plus sain qui soit, enthousiastes du sexe et de la vie et de la joie et de l'amour... Non, ce n'était pas juste, continua-t-il à penser, mais il dit :

— Écoute, si elle vient te voir et si tu veux la voir, qu'elle te voie : tu es toi et tu ne cesseras jamais de l'être, et qui t'a aimé doit continuer à t'aimer, ou alors il peut aller se faire foutre.

— Ne dis pas de conneries, Conde, ça ne se passe pas comme ça.

— Ça ne se passe pas comme ça ? Eh bien pour moi si, c'est comme ça, parce que tu es mon frère et il faut que ça se passe comme ça... Mais si tu ne veux pas la voir, eh bien ne la vois pas, c'est tout.

— C'est ça qui m'emmerde, Conde, moi, je veux la voir. Mais de toute façon ce n'est pas bien gai qu'elle me voie comme ça. Tu comprends ?

Le Conde alluma une cigarette et regagna le lit. Il rapprocha encore plus le fauteuil roulant et le visage de Carlos se trouva à quelques centimètres du sien.

— Ne sois pas lâche, Flaco, lui dit-il. Ne te laisse pas abattre, aie des couilles, si tu renonces, c'est vraiment qu'on est foutus. Fais-le pour toi, pour moi, et pour la vieille Josefina : ne te laisse avoir par rien : ni par une balle, ni par le passé, ni par la guerre, ni par cette saloperie de fauteuil roulant, lâcha-t-il d'un trait. Et, contrairement à son habitude de penser deux fois les choses, il prit le visage de Carlos entre ses mains et l'embrassa sur la joue. Ne renonce pas, frère.

— Mais c'est quoi ça, merde ?

Évidemment. Il fallait que ce soit l'été le plus chaud qu'il ait jamais vécu, conclut-il en se déshabillant pour prendre une douche. Cela faisait plusieurs jours que le Conde se pressait la mémoire et la peau pour essayer de se rappeler d'autres températures d'août capables de dépasser celles de cette année cruelle, mais le soleil qui calcinait les murs, la vapeur qui se dégageait du plafond, l'humidité qui l'enveloppait dans son lit et cette dépression profonde, capable de vaincre sa volonté et ses muscles, lui confirmaient que non, il n'était pas possible de se rappeler une chaleur pareille. Ou alors c'est que la chaleur venait de son corps plus que de l'ambiance infernale qui s'était emparée de l'île ? Il regarda sa montre : oui, il était encore tôt pour que Manolo l'appelle et il ne savait pas encore s'il oserait appeler le Marqués.

Quand il sortit de la salle de bain, dégoulinant d'eau et la serviette sur les épaules comme un boxeur vaincu, le Conde décida de terminer de sécher son corps contre la rafale statique du ventilateur. Il s'écroula sur le lit chaud et prit un moment du plaisir à ce privilège minimum de la solitude, sentant comment l'air massait ses testicules pendants et fouillait son anus, avec une particulière véhémence. Il serra un peu les jambes. Alors, pour aider le courant d'air, et aussi par simple manie onaniste, il se mit à relever son pénis mouillé, laissant glisser ses doigts, de manière chirurgicale, jusqu'à la tête découverte, pour le relâcher ensuite, dans une chute libre qui petit à petit se transforma en érection qui transmit à ses doigts la dure tiédeur. Il hésita un instant s'il devait ou non se masturber : puis il décida qu'il n'y avait pas de raison de ne pas essayer. Aucune femme possible n'attendait précisément cette éjaculation jetable, et tandis qu'il se caressait, même la chaleur ambiante semblait céder du terrain. Mais la décision déboucha sur un nouveau doute : à qui le tour ? Sans lâcher son membre mais réduisant le rythme du frottement, le Conde ouvrit le livre souvent tripoté de ses souvenirs érotiques et commença à passer en revue les femmes aimées, tout en les maintenant à distance suffisante pour se protéger des successifs abandons, tromperies et disparitions dont il avait été victime : à la dernière page – il commençait toujours par la fin, comme lorsqu'il lisait la revue *Bohemia*, il surprit Karina, nue, avec à la bouche un saxophone tout reluisant qui, au paroxysme d'un morceau, caressait la pointe de ses seins et s'agitait entre ses jambes ouvertes, mais il la quitta, l'humilia de l'indifférence de son esprit pour se venger en quelque sorte de cette femme dont la proximité était trop douloureuse pour être convoquée – il pouvait encore respirer son odeur de fruit mûr, appétissant, entre la goyave et la prune, mêlée à cette vapeur animale et profonde qui jaillissait de son sexe gonflé de désir : – Non, pas toi.

Il délaissa de la même façon Haydée, essayant de ne pas se rappeler les exhalaisons de l'alcool bu en commun, avalé avec le désespoir de misérables assoiffés, ces verres de rhum versés ensuite sur la nuque, les seins et le pubis, doublement humidifié, et c'est cela même qui le fit fuir, il essaya de ne même pas la frôler – même s'il n'avait pas triomphé de l'angoissante tentation – parce qu'elle avait été sa meilleure maîtresse, si vaillante au lit que la productivité du Conde n'avait pas suffi et qu'elle l'avait remplacé, traîtreusement, par quelque soldat d'avant-garde de la jouissance (quel anus était-elle en train d'embrasser en ce moment précis, avec cette langue de reptile, perçante et scatologique ?) ; mais il traversa sans aucun sursaut le souvenir de Maritza, sa première femme ; l'usure et l'éloignement la rendaient inutile même pour une masturbation estivale, l'odeur rosée de sa peau de vierge était déjà à peine perceptible, toujours baignée pour affronter l'amour de manière propre et inquiète ; il respira avec plus de nostalgie que de désir le parfum de femme essentielle que lui avait offert cette infirmière nymphomane et maigre, dont il avait oublié le nom mais qui restait dans son souvenir parce qu'elle l'avait initié au plaisir de la main étrangère qui caresse, qui frotte, qui fait découvrir la valeur d'une autre peau et donne une dimension inattendue à l'acte de masturbation, seulement parce qu'il est effectué par d'autres mains, par le contact d'une autre peau ; et en arrivant à Tamara, il faillit rester avec elle, il le sentit dans la pointe de ses doigts et dans la gaine ridée de ses testicules, en voyant à nouveau le cul de danseuse de rumba et ses mamelles caractéristiques, la profondeur sombre de ses poils frisés, en respirant le parfum fort de ses eaux de Cologne pour hommes – Canoé c'est ma préférée, avait-elle l'habitude d'admettre, allergique à d'autres parfums féminins et subtils – et il arrêta alors sa main sur l'album – et sur son gland déjà enflé et prêt à cracher pour parvenir à une conclusion définitive : aucune d'elles...

Sans changer de position, il allongea le bras, le glissa sous le lit et en tira le *Penthouse* que Peyi avait prêté au Flaco et que le Flaco lui avait prêté à lui, et il alla sans la moindre hésitation chercher cette blonde impudique – beaucoup de poils en haut, peu en bas – qui dans la même position que lui – couchée, les jambes ouvertes à la brise ou à d'autres choses possibles – faisait rebondir sa nudité professionnelle contre les draps rouges prévus pour la photographie : s'il y avait de la brise dans la photo – il fallait qu'il y en ait – elle devait sentir la terre humide et labourée, et la femme s'était sûrement approprié ce parfum fertile et primaire. Je te préfère, toi, qu'une « pour de faux » faite de souvenirs, dit-il à la blonde, et il se pencha en avant et continua à frotter, jusqu'à ne plus voir de femme tout en sentant comment sa vie s'en allait dans ces gouttes blanches qui pleuvaient en désordre sur les carreaux poussiéreux de la chambre, qui exhalaient maintenant, comme un inquiétant parfum de douloureuse solitude, cette buée douceâtre de l'éjaculation...

Mais le soulagement sexuel ne soulagea pas la sensation de chaleur : son corps et son cerveau brûlaient, et il comprit que tout avait été vain : il n'y avait pas d'autre remède contre cette chaleur spécifique qu'une vraie femme, pas faite de souvenirs ni de parfums récupérés ni de papier glacé, mais une femelle tangible, capable de briser cet abandon accablant qui le brûlait cellule par cellule, sans merci, sans remèdes et sans techniques dilatoires plus ou moins individualistes.

De son lit il observa alors Rufino, le nouveau poisson combattant qui habitait la rondeur du bocal. C'était son camarade depuis une dizaine de jours, quand il avait dû sortir le chercher pour le substituer au vieux Rufino, qu'il avait trouvé le matin le ventre en l'air, les nageoires disloquées, comme à l'affût d'un vent inexistant, pâle dans le violet foncé profond de la mort d'un poisson combattant. À présent Rufino le jeune s'était arrêté, comme épuisé par l'effort de naviguer dans une mer de lave, le Conde pouvait presque voir les gouttes de sa transpiration, tandis que, les yeux fixés sur la paroi de son bocal, le poisson bougeait à peine ses toutes petites ouïes d'animal de combat : il se mit alors à descendre avec lenteur, sans combattre, sans agiter les nageoires comme définitivement vaincu et le Conde identifia cette descente à la sienne, reflet amer du miroir d'une chute libre à laquelle on ne veut ni ne peut échapper, comme le déclin annoncé de l'Occident ou l'inévitable redescente à présent de son pénis épuisé et vide. Des instincts suicidaires ?

Le Conde alluma une cigarette et recommença à se suicider, lentement et complaisamment.

— Mais merde, c'est quoi cette connerie ? dit-il, prêt à reprendre une douche, juste au moment où le téléphone sonna.

— C'est moi, Conde.

Attends, Conde, attends, ne va pas si vite. Non, c'est justement pour ça que j'ai voulu qu'on parle tranquillement dans la rue, toi et moi. Donne-moi une cigarette à moi aussi. Attends... Écoute, je ne sais pas ce qui peut les intéresser sur toi, parce qu'ils savent tout et rien, je crois qu'ils balancent des cailloux contre toutes les marionnettes pour voir celle qu'ils touchent. Je n'invente rien, Conde, laisse-moi parler, vieux. Merde ! il fait encore plus chaud aujourd'hui qu'hier, non ? Ils m'ont questionné sur tes faits et gestes, et sur les miens aussi, tu vois le tableau, mais ils connaissaient déjà les réponses, pour sûr qu'ils les savaient. C'est incroyable, vieux : ils savent même combien de cigarettes nous fumons par jour, mais je suis pas idiot et j'ai bien vu qu'ils avaient rien de solide. C'est pas par hasard qu'on est flic, non ? Sur toi, ils voulaient savoir tes rapports avec le Vieux, si vous étiez amis ou pas, et ça tout le monde le sait au commissariat, si je croyais que le Vieux te favorisait et s'il n'avait pas caché déjà des choses sur toi, et des trucs dans le genre. Ils ont beaucoup insisté là-dessus, je ne sais pas si c'était toi ou le major Rangel qui était visé. Il faut pas croire, ils mènent une enquête sur lui aussi, tu sais... Alors ils m'ont demandé si ta bagarre avec le lieutenant Fabricio avait été motivée par des problèmes de travail ou par des bisbilles personnelles, ce que nous pensions des enquêtes qu'ils menaient, si je pensais que tu étais alcoolique, pourquoi tu vivais seul, tu vois le tableau. Ils m'ont aussi posé des questions sur tes informateurs, et ils ont même mentionné le nom de Candito, si tu les protégeais pour monter des business clandestins et des choses dans le genre, comme si personne ne faisait ce genre de trucs, non ? Ah, et écoute celle-là, ils savaient que tu avais eu une histoire avec Tamara et que vous aviez arrêté de vous voir, même ça ils le savaient. Ils savaient mille autres conneries, mais rien d'important : ils m'ont demandé pourquoi tu aimais entrer dans les églises, pourquoi tu disais aux gens que tu voulais vivre dans une maison près de la mer, si tu voulais toujours être écrivain et ce que tu aimais écrire. Rien de grave je te dis, je leur ai dit que tu aimais écrire des choses émouvantes et dépouillées, là je les ai eus. Mais tu te rends compte qu'ils savent tout ? C'est ce qui est effarant, Conde, on sent tout à coup qu'on vit dans un bocal transparent, ou dans une éprouvette, je ne sais pas, et qu'on te voit chier, pisser et même te tirer les crottes du nez, parce que je crois qu'ils savent même si on en fait une petite boule pour les jeter ou si on les colle sous la table : ça m'a vraiment terrifié. Ils ont pris des photos de nous et savent tout ce que nous faisons et ne faisons pas, et tout les intéresse. Peut-être que je suis con, mais je n'imaginais pas que c'était comme ça. Réellement, ça me fait peur, Conde, réellement. Non, ils étaient trois, je ne les connais pas, un capitaine et deux lieutenants, ils m'ont dit, mais ils portaient l'uniforme militaire de campagne, sans grades. Dans un bureau au deuxième étage, à côté de la salle de réunions. Ils m'ont fait entrer, m'ont servi du café et tout était doux, comme une conversation entre amis, ils jouaient les amis curieux, intéressés par n'importe quoi, n'importe quelle connerie. Et ce sont des salauds quand ils posent des questions, je voudrais que tu vois les détours qu'ils font pour revenir à ce qui les intéresse, mais en faisant semblant de ne pas trop s'y intéresser, tu vois le tableau, mais avec moi ils sont baisés : d'abord parce que je connais par cœur ce petit jeu, pour ça je suis un vieux renard, comme tu dis, ensuite parce que j'ai pas la queue d'une idée sur ce qui peut les intéresser. Oui, ils disent que c'est un travail nécessaire, qu'ils ont découvert beaucoup d'irrégularités, d'indiscipline, de violations aux règlements et qu'on ne peut pas le permettre, que c'est pour ça qu'on leur a demandé d'intervenir et de mener une enquête sur tout le monde et que celui qui se révélera coupable de quelque chose d'incorrect devra en assumer la responsabilité. Et laisse-moi te dire quelque chose, Conde : réellement ils n'ont rien de sûr ni contre toi ni contre moi, mais ils sont prêts à passer la faux partout s'il le faut, personne n'est à l'abri, donc tu as intérêt à faire attention où tu mets tes pieds ces jours-ci, parce que ça chauffe pour de vrai. Et pour que tu vois où en sont les choses : tu sais qui a été renvoyé du Commissariat ? Le Gros Contreras... Non, bien sûr qu'ils ne m'ont pas dit pourquoi et je n'ai pas non plus insisté pour le savoir, je ne vais pas me brûler comme ça, par pur plaisir, comme un con, mais s'il a été renvoyé, c'est qu'ils ont des choses contre lui, je t'en fiche mon billet, Conde, tu peux même parier sur tes fesses qu'ils ont des choses contre lui... Pauvre Gros, non ?

C'est Afón qui l'a fait, lui ont dit Pancho et El Conejo, presque dans un murmure, quand il s'est aperçu que dans son casier manquaient deux boîtes de lait condensé qu'il conservait comme son plus grand trésor pour les nuits de faim et de froid. Une méchante colère s'est alors emparée de son visage, lui martelant les tempes et lui desséchant la gorge, mais il y a réfléchi à deux fois avant de se décider : il n'avait pas d'autre choix que de se battre. Si je laisse courir, ils vont finir par m'enculer, et je suis un homme, putain de merde ! s'est-il aussi dit, et il s'est dit qu'il allait perdre cette bagarre, qu'Afón le Negro avec ses biceps d'haltérophile, allait le réduire en bouillie, et que cela n'avait pas de sens, en plus de se faire voler, de finir les lèvres fendues et les yeux enflés devant le conseil de discipline, mais dans cette jungle les règles étaient clairement écrites sur le dos des tigres, et la première de toutes signalait que les hommes sont des hommes le matin, l'après-midi et le soir, et la deuxième disait : « Plutôt mort que discrédité », et que si on se faisait voler de la nourriture, en connaissant le voleur, et qu'on préférait s'écraser plutôt que de réclamer comme on le devait dans ces cas-là (à coups de poings), c'était le premier pas assuré vers un discrédit sans fond : si aujourd'hui on a volé la nourriture de ton casier, demain cela pourra être les vêtements, après-demain l'argent et dans trois jours tu seras en train de rincer les plateaux de trois ou quatre types ou, comme Bertino, en train de faire les lits de la moitié du dortoir tout en prétendant que s'il se laissait mettre le doigt dans le cul, c'était par jeu et que lui n'avait vraiment pas de complexes. Dans ce genre de camps, condamnés à une cohabitation forcée, loin des protections paternelles et obligés de décider chacun de sa propre vie et de sa sécurité, les adolescents se voyaient obligés de se défendre et de retrouver leurs instincts primaires, et de mener en même temps une lutte permanente pour la nourriture, l'eau, le meilleur matelas, la douche propre et le travail le plus confortable, dans une compétition sans fin capable de développer une agressivité qui n'était contrebalancée que par une surenchère d'agressivité. Cri pour cri, vol pour vol, coup pour coup, telle était la troisième règle fondamentale de cette chimie cruelle qui ignorait la relativité. D'un coup il a refermé le couvercle en bois de son casier violé et il est sorti dans la cour où Afón jouait tranquillement au volley-ball, renvoyant des smatches imparables avec ses mains d'haltérophile.

Le Conde a pénétré sur le terrain de jeu et a attrapé le ballon qui passait à sa portée. Il l'a mis sous son bras et, au milieu des protestations des joueurs, il s'est avancé vers Afón, tout en se disant, il ne faut pas que la voix me manque, merde ! et sa voix ne lui a pas manqué lorsqu'il a dit : rends-moi mes deux boîtes de lait. Les joueurs ont fait silence, et se sont préparés pour le show qui s'annonçait. Afón a regardé les spectateurs et a souri à son public adoré, avec ce regard si sûr de lui qu'il faisait peur lui aussi. « Qu'est-ce qu'il y a, gamin ? » lui a-t-il dit. « Il y a que tu m'as volé mes boîtes de lait, sale pédé », a crié le Conde tout en se disant – il avait tout prévu – qu'il ne devait plus parler, et il a envoyé le ballon en pleine figure d'Afón le Negro, avant de s'élancer, sans réfléchir, juste derrière la balle, à la recherche du visage surpris du voleur. Il a réussit à le frapper deux fois, à hauteur du cou, jusqu'à ce que le poing d'Afón heurte de plein fouet l'une de ses joues et le fasse tomber, dans ce qui allait être le début de la fin, lorsqu'une voix a crié du bord du terrain : Afón, laisse le gamin et rends-lui ses boîtes de lait... mais le Conde s'était déjà relevé, rouge de colère d'avoir été frappé au visage et il s'est de nouveau lancé à l'attaque, sans penser à rien ni à personne, jusqu'à ce que quatre ou cinq joueurs parviennent à l'arracher à l'étreinte mortelle d'Afón. Alors la voix de Candito el Rojo, les poings sur les hanches, juste devant le voleur cette fois, a dit une nouvelle fois : Afón, tu vas lui rendre ses boîtes de lait, n'est-ce pas... ?

— Afón t'aurait tué, Conde, dit Candito avec un sourire avant de terminer sa tasse de café.

— N'en rajoute pas, Rojo, il n'aurait tué personne... Pourquoi il m'a rendu les boîtes de lait sans se battre avec toi ?

— Pauvre Afón, je ne sais pas comment il faisait pour être aussi fort, affamé comme il l'était. Le café est bon ?

— À se taper le cul par terre, dit le Conde.

— C'est que je suis nullissime pour faire le café. Ou je le fais trop clair, ou trop sucré, ou trop fort, ou bien il a un goût de café bouilli...

— Celui-là était super bon, confirma le Conde, qui se piquait d'être un fin dégustateur de café. Il alluma une cigarette tout en passant le paquet à Candito el Rojo. Le mulâtre en prit une et se cala dans son fauteuil. À cette heure d'effervescence, le couloir de l'immeuble connaissait son agitation la plus intense de la journée, les cris et les bruits des habitants vivant dans la promiscuité arrivaient jusqu'à eux : voix d'enfants en train de jouer, femme demandant du sel à Macusa, radio sur laquelle chantait Tejedor tandis qu'une autre informait du déraillement d'un train à Matanzas, avec des morts et des blessés, sans compter un homme qui criait à tue-tête et chiait sur la mère du propriétaire du putain de chien qui avait chié devant la porte de sa chambre.

— Il y a des fois où on aurait envie d'aller sur la lune, Conde... Tu sais que je suis né ici, quand on n'avait ni le gaz ni les toilettes à l'intérieur et cette pièce était la moitié de ce qu'elle est maintenant, et on y vivait, les vieux, mon grand-père, mon frère et moi, et il nous fallait faire la queue pour nous doucher et pour chier dans les toilettes collectives. Mais c'est un mensonge qu'on s'habitue à tout... Un mensonge, Conde. Moi, je ne supporte plus, et parfois je me demande quand est-ce que je vais pouvoir vivre comme une personne, avoir ma maison, être tranquille quand je voudrai être tranquille et écouter de la musique quand je voudrai écouter de la musique et pas tout au long de la journée... J'en ai jusque-là, dit-il en touchant ses cheveux roux. Tu sais que quand je me promène dans la rue, j'ai la manie de me mettre à regarder les maisons des gens et à penser laquelle j'aimerais avoir, et j'essaie de deviner pourquoi certains vivent dans des maisons si belles alors que d'autres sont nés dans un immeuble collectif qui pue la merde, et où ils passeront leur vie... Quand une maison me plaît beaucoup, j'imagine même comment j'y vivrais si elle était à moi... À toi ça ne t'arrive pas ? Écoute, tu sais ce que fait le gamin qui vit dans la chambre numéro 2, le fils de Serafina ? Il est ingénieur chimiste, Conde, et il en connaît un paquet sur son affaire, mais il est toujours embourbé ici dans l'immeuble... Aussi, il faut bien que je me contente de cette pièce, non ? Et même remercier Dieu, parce qu'il y en a d'autres qui n'ont même pas ça.

— Et c'est pour ça que tu vas tout le temps à l'église ?
— Eh bien là au moins les gens ne crient pas.
— Et qu'est-ce que tu demandes à Dieu ?

El Rojo tira sur sa cigarette avant de l'écraser dans le cendrier en terre cuite et il regarda son ami.

— Tu te fiches de moi, Conde ?
— Non, c'est sérieux.
— Je lui demande de me donner la santé, la paix, la patience, de me protéger, et je lui demande aussi des bonnes choses pour mes amis, comme toi ou comme Carlos...

Le Conde savait que Candito disait la vérité et il sentit que ces prières, dans lesquelles il figurait aussi, dites par quelqu'un comme son vieil ami el Rojo avaient une valeur ajoutée qui l'émut. Parce que non seulement el Rojo lui avait évité de se faire écrabouiller par Afón dans cette école de campagne, mais il lui avait aussi montré une fidélité permanente, à laquelle le Conde n'avait pas répondu avec la même sincérité : comme ami il n'avait jamais eu de temps à consacrer à Candito et comme flic il en avait tiré plus d'une fois tout ce qu'il pouvait, profitant sans scrupules de la connaissance que el Rojo avait de tout ce qui se passait dans La Havane clandestine. D'une certaine manière, se dit le Conde, je suis un cynique et un égoïste.

— Si Dieu existe, j'espère qu'il t'écoutera...
— C'est l'intérêt qui te fait dire ça, vieux salaud... Et sur quoi tu es en ce moment, Conde ?
— En ce moment je cherche quelqu'un qui a tué un travesti... Mais ce n'est pas si facile, il ne faut pas croire. Il paraît que le travesti était un mystique, qu'il lisait la Bible et que la nuit où on l'a tué, il s'est habillé comme un personnage de théâtre. Mais le meilleur de l'histoire c'est qu'on lui a fourré deux pièces d'un peso dans le cul.

Candito regarda par terre, fouillant dans sa mémoire.

— Sale histoire, admit Candito. Ça, c'est vraiment

nouveau dans le milieu. Mais ça veut dire quelque chose. Peut-être qu'on lui payait quelque chose... Bon, et tu veux que je t'aide, n'est-ce pas ?

— Non, pas pour le moment. Je suis venu te prévenir qu'il faut que tu fermes ton tripot, lui dit-il enfin, en allumant une autre cigarette.

— Pourquoi, il y a une embrouille ?

— On dirait, mais ne me demande pas, parce que je ne sais pas bien où est le problème et en plus, je ne peux pas te le dire. Seulement écoute-moi et ferme ton commerce.

Candito se passa la main sur la tête, comme pour se débarrasser de quelque chose qui se serait logé dans ses cheveux roux.

— D'accord, Conde, tu sais pourquoi tu me le dis... Dommage, non ? Je cherchais à me faire quelques pesos...

— Et le mulâtre de l'autre jour ? Celui de la bagarre ?

Candito sourit, mais il avait l'air triste et ennuyé.

— Il a dit qu'il voulait juste me demander d'aller pisser à l'intérieur...

— Je te l'avais dit ! Mais vous êtes vraiment fous.

— Non, Conde, nous ne sommes pas fous. Tu connais ton truc et moi le mien... Ce type est un encaisseur.

— Comment ça un encaisseur ?

— Tu as bien entendu. Les gens l'engagent pour qu'il encaisse à leur place : il encaisse aussi bien de l'argent emprunté que n'importe quel genre de dette : des histoires de cocu, de balance, tous les trucs pour lesquels les gens veulent faire payer quelqu'un. Et ce type est un professionnel de ça.

Le Conde hocha la tête, refusant d'y croire, même s'il savait que venant de Candito cela devait être vrai.

— Mais si le type voulait vraiment pisser ?

— Dans cette maison personne ne peut entrer pisser. Ça tout le monde le sait, donc ce type racontait des histoires. Et si c'était vrai qu'il voulait pisser, et bien il s'est fait baiser la gueule, le pauvre, mais il était hors de question que ce soit moi qui me fasse baiser. Ou toi. Ou Carlos.

Le Conde hocha la tête à nouveau, pour contester quelque chose qu'il n'était pas capable de contester avec des mots.

— C'était sûrement à cause de moi.
— Il dit que non, mais ça, on ne le saura jamais...
— Celui qui ne sait jamais, c'est moi, Rojo. Tu sais que je commence à me sentir hors jeu ? C'est quelque chose de très bizarre, mais je comprends de moins en moins. Soit tout change trop vite, soit je suis en train de me transformer en imbécile. J'ai la tête comme un nid de guêpes... Tiens, redonne-moi du café, dit-il en allumant une autre cigarette. Laisse-moi te dire une chose, Rojo. Quand tu auras fermé le troquet, fais tout disparaître, et essaie de partir une semaine à la plage, ou sur la lune, comme tu dis... Mais si quelqu'un vient te voir pour te chercher des crosses, la première chose que tu dois faire, c'est m'appeler et me chercher où que je sois. Parce que s'ils veulent te griller, il leur faudra me brûler moi aussi... de toute façon, va demain à l'église, et demande à Dieu, de ma part aussi, de nous filer un petit coup de main, s'il le peut.
— Tu es vraiment un drôle de type, Conde !
— Tiens, pour changer de sujet. Puisque tu vas fermer ton troquet, pourquoi tu ne m'offres pas une petite bière pour me rafraîchir, hein ?

Le Conde se regarda dans la glace : de face, droit dans les yeux, il observa son profil fuyant, et quand il eut fini l'examen il dut se rendre à l'évidence : c'est vrai, j'ai une tête de flic. Et qu'est-ce que je vais faire de cette tête de flic si je suis renvoyé de la police ?

Aujourd'hui en tout cas, je vais lui laisser sa barbe, se dit-il et ce fut alors qu'il décida de téléphoner à Alberto Marqués et d'accepter son invitation. À neuf heures ? D'accord. À l'angle de Prado et du Malecón... Et faites bien attention au coup de foudre, mon prince...

À neuf heures et quart, le Conde avait déjà fait trois fois le tour du carrefour entre le Paseo del Prado et l'avenue du Malecón. Il avait fait l'erreur de ne pas se faire préciser par le Marqués le lieu exact du rendez-vous. Le pire, c'était qu'il avait les mains moites, exactement comme pour un premier rendez-vous avec une femme. Décidément, je me comporte comme un pédé sans couilles, se reprocha-t-il, mais cette terrible autoaccusation n'atténua pas une transpiration qui ne pouvait même pas être justifiée par la chaleur : de la mer, à cette heure-ci, soufflait une brise légère mais suffisante, qui rafraîchissait ce très vieux coin de la ville et entraînait dans ses rafales intermittentes certaines femmes qui sentaient le port, jaillies, telles des papillons troubles, de quelque fleur du cycle lunaire et répondant peut-être à l'appel de la pénombre à peine installée, toujours propice à leur métier ténébreux. Le Conde comprenait que son anxiété était due à l'incertitude : où allaient-ils ? Quel genre de choses allait lui proposer de voir (ou de faire) Alberto Marqués ? Même s'il était sûr que le vieil homme de théâtre n'essaierait pas de croiser le fer avec lui, le Conde s'était senti clairement gêné et il s'était dit, avant de sortir de chez lui, que s'il avait une tête de flic et qu'on lui posait des questions parce qu'il était flic, mieux valait encore qu'il emmène son pistolet de flic. Mais au bout d'une minute avec cette pesante froideur entre les mains, il s'était convaincu lui-même que les risques de la soirée n'étaient pas de ceux qui s'affrontent à coups de feu et il avait décider d'abandonner l'arme au fond de son tiroir. Penser au pistolet le fit penser de nouveau à son ami, le capitaine Contreras, le terrible Gros, et à la nouvelle que lui avait annoncée Manolo. Putain de ma mère, se dit-il en observant la masse sombre de la mer, trop vaste, comme le bonheur ou la peur, se disait le Conde, lorsqu'il entendit sa voix.

— Vous réfléchissez trop, monsieur le policier lieutenant Mario Conde. Vous excusez mon retard ?

Il le regarda : il était pareil, et différent, comme si, en quelque sorte, il s'était déguisé pour se rendre à un carnaval improvisé. Une crinière blonde, courte mais bien fournie, recouvrait maintenant ses quelques cheveux ébouriffés, lui donnant l'air d'une caricature. Il essayait d'y remédier en remettant constamment en place son casque capillaire. Tandis que le visage poudré d'une couche épaisse soigneusement appliquée avait la pâleur jaunâtre d'un masque japonais. Il portait une chemise rose, en forme de blouse échancrée autour du cou, qui flottait sur la maigreur de son squelette sombre, un pantalon noir, très serré sur les cuisses maigres, et des sandales sans chaussettes, qui découvraient ses gros doigts de pieds impudiques, aux ongles comme des crocs agressifs. Le Conde comprit alors : plus qu'une erreur, il avait fait une folie. Aussi, regarda-t-il vers les trois points de rencontre possibles au croisement des deux avenues, à la recherche de suiveurs potentiels, car si, comme le disait Manolo, il était surveillé, on ne le chasserait pas pour corruption ou incompétence, mais pour bêtise. Il essaya d'imaginer quelle image ils offraient, lui et Alberto Marqués depuis le trottoir d'en face, et ce qu'il vit l'épouvanta.

— Vous pouvez sortir la boussole, dit-il enfin, prêt à affronter son destin.

— Nous allons remonter par le Prado. Même si beaucoup de gens n'y croient pas, le sud existe aussi.

— C'est vous qui commandez, accepta le Conde et ils traversèrent l'avenue du Malecón en s'éloignant de la mer.

Sur les pas du Marqués, le policier suivit la route tracée le long de la vieille Promenade, flanquée de lauriers roses de plus en plus abîmés, et de files d'attente qui gonflaient et s'étalaient à chaque arrêt de bus. Les réverbères survivants éclairaient le sol crasseux de cet endroit que, pour la première fois, le Conde commença à imaginer comme un boulevard.

— Savez-vous que cette Promenade est une réplique tropicale des Ramblas de Barcelone ? Toutes deux finissent dans la mer, elles sont bordées d'immeubles presque semblables, même si à une époque les oiseaux en cage qu'on vend à Barcelone ont été ici des animaux libres et sauvages. Le dernier charme qu'a perdu cet endroit ce sont les *totises* à long bec qui venaient dormir sur les arbres. Vous vous en souvenez ? Moi, j'aimais les voir l'après-midi rappliquer de tous les coins de la ville, en nuées qui augmentaient à mesure qu'elles approchaient du Prado. Je n'ai jamais su pourquoi ces oiseaux noirs avaient choisi ces arbres au centre même de La Havane pour venir dormir tous les soirs. C'était quelque chose de magique de les voir voler en rafales sombres, n'est-ce pas ? Et leur disparition fut un acte de nécromancie. Où sont-ils aujourd'hui les pauvres totises ? J'ai entendu une fois dire qu'ils étaient partis à cause des moineaux, mais le fait est qu'il n'en reste pas un seul par ici. Les a-t-on chassés ou sont-ils partis volontairement ?

— Je ne sais pas, mais je peux me renseigner.

— Et bien demandez, parce qu'un de ces jours vous apprendrez que les lions en bronze aussi ont disparu... Dommage pour l'endroit, n'est-ce pas ?... Il garde pourtant quelque chose de magique, comme un esprit poétique invincible, non ? Regardez, même si les ruines environnantes s'étendent de plus en plus et si la crasse cherche à tout engloutir, cette ville a encore une âme, monsieur le Conde, et il n'y a pas beaucoup de villes dans le monde qui puissent se glorifier d'avoir une âme comme celle-ci, à fleur de peau... Mon ami le poète Eligio Riego dit que c'est pour cela qu'il y pousse autant de poésie, même si je dis, moi, que c'est un pays qui ne la mérite pas : il est trop léger et amoureux du soleil...

Le Conde acquiesça, sans répondre. Il voulait éviter cette orientation métaphysique de la conversation et la mener des niveaux de réalité concrète.

— Et finalement qu'est-ce que nous allons faire ?

— Eh bien..., le Marqués rectifia l'équilibre de sa perruque blonde. Ne vouliez-vous pas voir de près les habitudes nocturnes des gays de La Havane ?

— Je ne sais pas... je voulais avoir une idée du milieu...

Le Marqués regarda devant lui, après être passé au milieu d'un groupe de jeunes qui les toisa avec une insolence marquée.

— Eh bien, vous avez déjà commencé à en voir quelque chose... Et ce que vous voulez voir et savoir n'est pas très agréable, je vous préviens. C'est sordide, inquiétant, cru, et presque toujours tragique, parce que c'est la conséquence de la solitude, de la répression éternelle, de la moquerie, de l'agression, du mépris, et même de la monoculture et du sous-développement. Vous me comprenez, n'est-ce pas ?

— Je vous comprends, mais je veux le voir, insista le Conde, en bouchant le nez de sa conscience pour se préparer à sauter dans le puits noir et sans fond des sexes invertis.

— Nous allons donc nous promener un peu, puis nous irons à une petite fête chez Alquimio, un jeune ami... Il y aura des gens qui connaissaient Alexis, même si d'après l'enquête que j'ai menée en jouant les détectives, cela faisait plus d'une semaine qu'on ne le voyait plus par là. Vous savez, je crois que ça commence à me plaire cette histoire d'être un peu flic...

Ôtant sa perruque, comme un plébéien son chapeau, le Marqués annonça : Voici un noble, comme moi, même si lui n'est que Comte. Asseyez-vous là, monsieur le Comte, et il le poussa presque pour le faire atterrir sur un coussin jeté par terre. Le guide matériel et spirituel du Conde était assailli d'étreintes, de baisers humides sur les joues, de rires anxieux et galants que l'homme de théâtre recevait avec l'avarice insatiable d'un dieu païen habitué au culte. Dans le salon de la résidence aux larges balcons ouverts sur les mystères de la nuit, avec un plafond très haut orné de moulures, d'anges aveugles recouverts de poussière fossilisée et de cornes d'abondance accouchants de fruits couleur olivâtre à cause de la crasse, il y avait environ trente personnes, toutes occupées à cet instant-là à offrir le tribut que semblait mériter la présence d'Alberto Marqués. Auprès de lui s'était formé un chœur havanais, concentré sur l'écoute de certains détails de la mort en rouge d'Alexis Arayán. Mon Dieu, quelle horreur !, s'exclama une fille qui n'avait trouvé de place qu'à l'extérieur du cercle, et dont le Conde, depuis sa position favorablement inférieure – il était le seul assis – regardait goulûment les cuisses, deux millimètres avant la naissance de deux petites fesses de moineau tombé du nid. Son appétit sexuel aiguisé par deux mois de régime manuel, fut secoué par cette odeur de nourriture, peu abondante mais fraîche, distante mais possible.

Le concert de louanges provoqué par la présence du Marqués dura plus de dix minutes, puis petit à petit les coryphées désertèrent pour regagner leurs coussins. L'homme de théâtre prit son auditeur le plus proche par la main et le conduisit devant le Conde, à qui il fit signe de ne pas se lever.

— Tiens, Alquimio, dit-il et le policier sut que c'était l'hôte de cette fête, voici mon ami, le Conde... Il est écrivain, malheureusement hétérosexuel et il a aussi connu Alexis...

— Enchanté, dit Alquimio et il lui tendit une main douce qui glissa sur l'incontrôlable moiteur de la main du Conde. Si vous êtes ami du Marqués, vous êtes aussi mon ami et tout ce qu'il y a dans cette maison est à vous. Même moi... Voyons, qu'est-ce que vous voulez boire ?

— Donne-lui du rhum, petit, intervint le Marqués. Puisqu'il se vante d'être un vrai macho cubain... Il sourit, se retourna et fonça vers le coin où semblait l'attendre un garçon au visage de poisson frais.

— Je vous fais apporter du rhum à l'instant, Conde. Voulez-vous une coupe ou un verre ?, demanda Alquimio et le Conde haussa les épaules : dans ces cas-là ce qui importait était le contenu, pas le contenant. Le souriant amphitryon s'en alla lui aussi, mais en direction de ce qui devait être la cuisine. Entre-temps, quelqu'un avait mis de la musique, et le Conde entendit la voix de Maria Betania. Il supposa qu'elle devait être une invitée habituelle dans le milieu. Depuis la solitude métaphysique et objective de son coussin, il put se consacrer à observer un peu la fête : il y avait plus d'hommes que de femmes et malgré la musique personne ne dansait, parce qu'ils étaient occupés à parler en groupes ou en couples, changeant toujours facilement de partenaire et de place, comme si le mouvement perpétuel avait fait partie d'un rituel. Comme si le cul les démangeait et qu'ils n'arrivaient pas à se tenir tranquilles, conclut le Conde. Au cours de son voyage visuel, le policier surprit plusieurs regards huileux, à lui adressés par des petits pédés tendance langoureuse, qui semblaient regretter son immaculée hétérosexualité, publiquement dévoilée par le Marqués. Le Conde se surprit en train de sortir une cigarette façon Bogart, comme pour augmenter sa cote sur ce marché rose : il se sentait désiré, avec toute l'ambiguïté de la situation, et il prit du plaisir à cette fatale attraction.

Serais-je en train de devenir pédé ? se mettait-il à douter lorsque devant ses yeux fit son apparition une coupe, verte, mais heureusement débordante de rhum.

Petites fesses de moineau sourit en lui tendant la boisson et, croisant les jambes, elle tomba assise en position de yoga sur le coussin mystérieusement apparu devant le Conde.

— Donc, tu es hétéro ? lui demanda-t-elle.

— Personne n'est parfait, cita le Conde avant d'avaler une longue gorgée qu'il sentit circuler de sa bouche à son estomac et de son estomac à son sang, comme une nécessaire transfusion de désinhibition.

— Je suis Poly, la nièce d'Alquimio, dit-elle, en peignant avec les doigts la frange qui lui tombait sur le front.

— Et moi le Comte, mais pas de Monte-Cristo.

Poly sourit. Elle devait avoir un peu plus de vingt ans et portait un débardeur violet, sorti tout droit d'un film des années 60. Autour du cou, attaché à un ruban violet aussi, un camée (à quel film l'avait-elle emprunté), et même si elle n'était pas belle et pleine de charmes charnels visibles, elle tombait dans la catégorie d'objet baisable de première classe, selon l'échelle dévaluée des exigences érotiques du Conde.

— Qu'est-ce que tu écris ?

— Moi ? Des nouvelles...

— Comme c'est intéressant. Et tu es post-moderne ?

Le Conde regarda la fille, surpris par cette conjoncture esthétique inattendue : devait-il être post-moderne ?

— Plus ou moins, dit-il, confiant en la post-modernité et au fait qu'elle ne lui demanderait pas de préciser les plus et les moins.

— Moi, j'aime peindre, tu sais ? et je suis vraiment folle dans le genre post-moderne.

— Ah bon, dit le Conde en finissant son verre de rhum.

— Dieu, quel horreur, comme tu engloutis... donne, je vais t'en rapporter.

De son coin le Marqués le salua d'un signe de la main. Il restait là, à côté de son poisson à l'étal, et il avait l'air parfaitement heureux, à l'ombre de la crinière blonde qu'il avait remise sur son crâne dégarni.

— Tiens, dit Poly, et cette fois la coupe était pleine à ras bord.

— Merci. Et toi, tu es hétérosexuelle ?

Elle sourit à nouveau. Elle avait des dents de moineau aussi, petites et pointues.

— Presque toujours, admit-elle et le Conde avala cul sec. Se pourrait-il qu'elle soit un travesti avec ce petit cul ? – Mais, poursuivit-elle, si une personne veut connaître toutes ses possibilités, toutes les capacités de son corps, elle doit avoir au moins une relation homosexuelle. Le Marqués ne t'a pas dit ça ?

— Non. Il sait que je suis plutôt du genre macho-stalinien.

— C'est ton choix... Mais il te manque quelque chose d'important dans la vie.

— Jusqu'à présent je ne me débrouille pas mal, ne t'inquiète pas. Dis-moi, tu connaissais Alexis ?

Elle caressa son camée et soupira :

— Ce qui lui est arrivé est une horreur. Pauvre garçon. Il ne se mêlait de rien... pas vrai ?... Il y en a d'autres qui sont plus agressifs, qui dépassent les bornes avec les hommes, ceux qui fréquentent les pissotières et des trucs comme ça. Mais lui non. Je suis un peu peintre, je te l'ai dit, non ? et donc j'aimais beaucoup parler avec lui, quand il venait voir mon oncle. Il en connaissait un rayon sur la peinture, surtout la peinture italienne... et il me disait que son problème était qu'il tombait vraiment amoureux, et qu'il ne supportait pas de changer de partenaire tout le temps.

— Parce qu'ils en changent souvent, n'est-ce pas ?

— Oui, presqu'aucun n'a de relation stable, et c'est cela qu'il voulait avoir, lui. À mon avis il était plus femme qu'homme, femme dans sa tête, tu comprends ?

— Non, je crois que non.

— Écoute, ce qu'il aurait aimé lui, c'est vivre dans une maison avec un homme, qui soit son mari, à lui et à personne d'autre, et être alors comme la femme de cet homme. Tu comprends maintenant ?

— Plus ou moins. Ce que je ne comprends pas c'est qu'il se soit promené dans la rue habillé en femme, comme s'il était sorti chercher un homme.

— Oui, c'est très bizarre, parce qu'il était très pudique. Et laisse-moi te dire que les vrais travestis ont très peur, parce qu'ils disent que c'est peut-être le début d'un lynchage à la chaîne. Mais ce doit être leur hystérie.

— Ils sont donc hystériques.

— Les travestis ? Complètement. Ils veulent être des femmes et il n'y a pas de femme qui ne soit pas hystérique. Mais pas Alexis, je ne crois pas qu'il ait été hystérique, même s'il était terriblement dépressif...

— Poly, osa dire alors le Conde, tu sais, je voudrais écrire sur ce milieu. Parle-moi un peu des gens qui sont ici aujourd'hui.

Elle sourit à nouveau, elle pouvait toujours sourire, et dit d'un ton faussement ingénu.

— On dirait un flic.

Le Conde encaissa du mieux qu'il put :

— Et toi, on dirait un moineau post-moderne.

Cette fois ce fut un rire, saccadé et lent, qui poussa le front de Poly à se reposer sur un genou du Conde. Non, bien sûr que ce n'est pas un travesti, essaya-t-il de se persuader.

— Mon dieu, quelle horreur, il y a de tout ici, dit-elle en regardant le policier dans les yeux, comme s'il s'agissait d'une confession.

Et le Conde sut que dans ce salon de La Havana Vieja il y avait, comme première évidence, des hommes et des femmes, qui de plus se distinguaient parce qu'ils étaient : militants du sexe libre, de la nostalgie et des partis rouges, verts, jaunes ; ex-gens de théâtre sans œuvre et avec œuvre ; écrivains avec ex-libris mais jamais imprimés ; pédés de toutes les catégories et toutes les filiations : folles tous feux allumés et tendance perverse, petites oies malheureuses, chasseurs experts en proies de haut vol, enculeurs pour leur compte allant bourrer le cul à domicile ou à la campagne si on leur fournit le cheval, âmes inconsolées et inconsolables, et âmes inconsolées à la recherche de consolation, masseurs de catégorie A-1 avec le trou du cul cousu par peur du sida, et même apprentis récemment inscrits à l'École Supérieure Pédagogique de l'homosexualité, dont le directeur des cours n'était autre que le tonton Alquimio ; gagnants de concours de ballets, nationaux et internationaux ; prophètes de la fin des temps, de l'histoire et des cartes de rationnement ; nihilistes devenus marxistes et marxistes devenus de la merde ; gens aux ressentiments de toutes sortes : sexuels, politiques, économiques, psychologiques, sociaux, culturels, sportifs et électroniques ; pratiquants du bouddhisme zen, du catholicisme, de la sorcellerie, du vaudou, de l'islamisme, de la *santería*, plus un mormon et deux juifs ; base-balleur de l'équipe Industriales, capable de frapper à la batte et de lancer des deux mains ; admirateurs de Pablo Milanés et ennemis de Silvio Rodríguez ; experts en oracles qui savaient tout aussi bien qui allait être le prochain Prix Nobel de littérature que les intentions secrètes de Gorbatchev, quel était le dernier jeune garçon adopté comme neveu par le Personnage Célèbre des Hauteurs, ou le prix de la livre de café Baracoa ; demandeurs de visas temporaires et définitifs ; rêveurs et rêveuses ; hyperréalistes, abstraits, et ex-réalistes socialistes qui abjuraient leur passé esthétique ; latiniste ; rapatriés et patriotes ; expulsés de tous les endroits dont on peut être expulsé ; aveugle qui voyait ; détrompés et trompeurs, opportunistes et philosophes, féministes et optimistes ; amateurs de Lezama Lima – en franche majorité – de Virgile, de Carpentier, de Martí et un fan d'Anton Arrufat ; Cubains et étrangers, chanteurs de boleros ; éleveurs de chiens de combat ; alcooliques, rhumatisants et dogmatiques ; trafiquants de dollars ; fumeurs et non fumeurs ; et un hétérosexuel macho-stalinien.

— Celui-là c'est moi... Et des travestis ? Il n'y a pas de travestis ?, demanda-t-il, en plongeant sur la poitrine de Poly son regard de chasseur de vampires.

— Regarde, à côté de la porte-fenêtre du balcon : c'est Victoria, mais elle aime qu'on l'appelle Viki, elle s'appelle en réalité Victor Romillo. Elle est vraiment jolie, n'est-ce pas ? Et celle-là, à la peau mate qui ressemble à Annia Linares : dans la journée elle s'appelle Estéban et la nuit Estrella, parce que c'est elle qui chante des boleros.

— Dis-moi une chose : il y a une trentaine de personnes ici... comment peut-il y avoir toutes les choses que tu viens de me dire ?

Poly sourit, inévitablement.

— C'est qu'ils ont plusieurs métiers et font des heures supplémentaires... ha, ha... Regarde, regarde, celui qui est à côté d'Estrella s'appelle Wilfredito Insula, et il est à peu près dix des choses que je t'ai dites. Mon dieu, quelle horreur, et tu vas écrire là-dessus ?

— Je ne sais pas, peut-être bien. Mais ce qui m'intéresse le plus ce sont les travestis.

— Alors il te faut aller un jour à une fête chez Ofelia Belén Pacheco, une vieille tantouze qui vit du côté de la Virgen del Camino, parce que c'est là qu'on donne des fêtes de travestis, avec show et tout. C'est là qu'Estrella chante des boleros et qu'une certaine Zarzamora fait un strip-tease à pisser de rire.

— Le Marqués ne m'en a pas parlé.

— Bien sûr que non : Ofelia Belén Pacheco et le

Marqués sont des ennemis jurés depuis qu'Ofelia a pris le fiancé du Marqués. Ça s'est passé au temps où les bus étaient encore en bois... Bref, on y fait des fêtes incroyables et tous les travestis de La Havane amis d'Ofelia y vont. Ils sont parfois une trentaine.

Dans le grand salon, sous l'influence de la musique apparemment propice de Barbara Streisand, plusieurs couples de diverses compositions s'étaient mis à danser et le Conde remarqua Estrella qui chantait aussi des boleros, incongrue avec sa haute taille par rapport à celle de son partenaire, un petit noir d'à peine un mètre soixante, auquel le Conde supposa de bien plus grandes proportions, cachées pour l'instant. Viki était toujours debout, à côté du balcon, et le Conde s'inquiéta en s'avouant que, s'il n'avait pas été prévenu, il l'aurait prise pour une femme sinon belle, du moins appétissante.

Dans l'air on respirait une liberté de ghetto, limitée mais dont on profitait bien, les mains des danseurs prodiguaient des caresses à leurs partenaires et on entendait des voix en sourdine qui faisaient écho à la chanson. Un frisson malin parcourut toute la structure du policier lorsqu'il découvrit un couple qui s'embrassait avec une totale impudeur : deux hommes, selon les codes juridiques et biologiques, d'une trentaine d'années, tous les deux avec une moustache et des cheveux très noirs joignaient leurs lèvres pour favoriser un trafic de langues et de salives qui ébranla violemment le Conde ; il essaya de surmonter sa répugnance agressive en finissant d'un coup sa deuxième coupe de rhum. Il sut alors qu'il était allé trop loin dans ce voyage aux enfers et qu'il avait besoin de changer d'air pour ne pas mourir d'asphyxie et de consternation. Lui, qui était policier et se vantait d'avoir vu toutes les horreurs possibles, sentait à présent cette secousse douloureuse, née au plus profond de ses hormones masculines incapables de supporter la négation la plus inquiétante de la nature. Il regarda Poly et essaya de sourire, tout en tournant sa coupe verte, comme pour montrer que l'évaporation faisait des ravages atmosphériques.

— Je te mets sur la liste des alcooliques ?

— Mets-y moi comme aspirant ou comme buveur distingué... Dis-moi, le Marqués m'a dit que cela faisait plusieurs jours qu'Alexis ne venait plus ici.

— Oui, cela fait un moment que je ne le voyais pas.

— Et quand tu l'as vu, est-ce qu'il t'a dit s'il était amoureux de quelqu'un ?

Poly regarda vers le haut, comme si elle cherchait la réponse dans la partie visible des cheveux raides de sa frange.

— Je crois que non. Je crois qu'il était toujours avec le peintre dont je ne me souviens pas du nom, ce type qui faisait des trucs découpés.

— Salvador K.

— Tiens, tu en sais des choses. Tu es sûr que tu n'es pas flic ?

— Je vous assure que non, jeune fille. Et qu'est-ce que t'a dit Alexis ?

— Rien, que tout l'ennuyait et que s'il se brouillait avec ce Salvador, il n'irait plus avec personne. Il est parti tout de suite parce qu'il allait à la messe à la cathédrale.

Le Conde pensa qu'Alexis Arayán avait sûrement sa Bible, où il manquait peut-être déjà le passage de la Transfiguration.

— Pourquoi tu ne dis plus rien ? s'enquit Poly, en faisant pression sur sa jambe. Tu veux un autre verre ?

— Je veux bien. J'aime boire en ta compagnie.

Elle sourit, ouvertement malicieuse.

— Tu le prends chez moi ? J'habite tout près, au coin de la rue.

— Tu n'es pas un travesti ?

— Découvre-le toi-même.

— C'est en marchant qu'on se débarrasse du froid, dit le Conde et il compara Poly à un Saint Bernard arrivant en pleine tempête de neige. Évitant de regarder les moustaches qui s'embrassaient, il chercha le Marqués du regard. Il n'était pas dans le salon, et son ami amphibien non plus. La liste de Poly, pensa-t-il en se levant, était incomplète.

Le Conde se laissa déshabiller sans réclamer le verre promis et fut content de voir que son meilleur ami montait la garde : malgré les manipulations de l'après-midi et les soupçons de fraude sexuelle qui le tourmentaient encore, l'odeur du petit cul de moineau l'avait réveillé. Il enleva à Poly son débardeur et ne fut pas étonné de ses petits seins, aux mamelons mûrs, crevant d'envie d'être touchés et mordus, puis il fouilla avec prudence dans la culotte et n'y trouva pas de fausses castrations, mais un puits humide et bien profond où la moitié de sa main disparut. Définitivement réveillé par la découverte de ce gisement, son camarade de voyage se secoua, s'étira, bâilla et dégourdit ses os, pour tomber, comme une balle bien lancée, dans la bouche de Poly, aussi profonde que ses autres cavités déjà explorées.

Poly militait dans le club des sophistiquées : sans se hâter mais sans faire de pause elle s'affaira à la fellation en y mettant toute sa maîtrise, balayant de la langue chaque recoin du pénis, l'avalant ensuite, le sortant de nouveau pour lui faire prendre l'air et le laisser mourir d'envie tandis qu'elle mordillait les testicules, en s'aidant de ses dents de moineau. Ce fut le Conde qui dut demander une trêve, inquiet d'un débordement imminent et désireux d'approfondir sa connaissance du second trou de cette compétition, il repoussa Poly sur le lit, prêt à la crucifier, lorsque la main de la fille s'interposa.

— Aïe, ma mère, moi qui ai toujours voulu me farcir

un flic. Allons-y, il y a des préservatifs sous l'oreiller, dit-elle, en suçant les mamelons du Conde tandis qu'il enfilait le capuchon à son ami désespéré, mécontent de ce retard à la fête.

Il la pénétra comme s'il avait toujours été là, remarquant qu'il était loin de remplir cette fente qui n'était pas de moineau, mais de baleine blanche, Moby Dick inattendue, mais il fut satisfait de la manœuvrabilité autorisée par les 48 kilos de Poly, une Poly portable, facile à repousser et à ramener de long en large du polyéthylène qui le séparait d'une part considérable de cette réalité, aussi objective qu'invisible. Le Conde fut surpris de sa propre énergie, qu'il attribuait au manque systématique de pratiques binaires. Il entrait et ressortait comme chez lui, s'accrochait à un mamelon, offrait son oreille pour que la fille y fourre sa langue. La salive qui coulait en abondance les transformait en serpents de mers, gluants et méchants. Il entra une nouvelle fois, conscient que le rideau était sur le point de tomber, lorsque Poly, décidément post-moderne, lui échappa en effectuant un demi-tour sur le lit et en fourrant sous ses yeux son derrière de moineau, grossi par la proximité et la position favorable.

— Mets-la-moi dans le cul, demanda-t-elle sans sourire.

Le Conde eut un regard pour son dévoué camarade, mal habillé mais prêt pour le combat et il agrippa les petites fesses de Poly, pour mieux ouvrir l'entrée de cette porte de sortie.

— Mon dieu, quelle horreur ! dit-elle lorsqu'il lui perfora le trou. Le Conde se sentit dans un cadre mieux ajusté à ses proportions, Poly était en pleine polyphonie et il s'appliqua à son travail tout en écoutant les gémissements agités de la fille, qui se transformaient, au fur et à mesure de son va-et-vient, en sourire, en rire, en rire aux éclats et en cri qui exigeait « défonce-moi le cul, défonce-le-moi », même s'il n'y avait plus rien à défoncer, rien qu'une insistante friction que l'homme essaya de rendre interminable. Et Poly gisante... Mais tout est périssable. Le Conde se surprit de son propre hurlement de macho puissant et victorieux, tandis que les éclats de rire de Poly redescendaient vers le rire, puis le sourire, pour finir en lamentation :

— Mon dieu, quelle horreur ! Avant d'émettre un jugement que le Conde apprécia en connaissance de cause : Aïe, mon chou, qu'est-ce que tu baises bien !

Le visage était là. Il pouvait presque le voir, s'il allongeait le bras il réussirait même à le toucher, mais ses yeux et ses mains glissaient et défaillaient, enveloppés de voiles et de filets visqueux dont les mailles lâchaient soudain, le laissant s'échapper, s'approcher du visage, le toucher presque avant de le recouvrir à nouveau, de l'éloigner, lui refusant la révélation qui s'évaporait en lumineux nuage de chaleur, entraîné par un fleuve sale, puis le nuage s'effaçait enfin et la première sonnerie du téléphone l'obligeait à se réveiller, surexcité, la respiration agitée et le corps humide de la triste transpiration de l'incertitude. Je le connais, bien sûr que je le connais, se disait-il dans le trajet révisionniste du rêve à la réalité plus objective, tout en essayant de savoir ce qui se passait. C'était le téléphone, diaphane et brutal, comme le soleil qui pénétrait par les fenêtres de sa chambre, imposant la chaleur déjà agressive du nouveau jour.

— Putain de ta mère, se dit-il en rampant vers l'appareil, les yeux blessés par l'éclat du soleil. Il souleva le combiné et demanda : Quelle heure est-il ?

— Neuf heures dix, Conde, neuf heures dix, insista la voix à l'autre bout du fil, du monde peut-être.

— Merde, Manolo, je n'ai pas entendu le réveil, ou je ne l'ai pas mis. Je ne sais même plus...

— À quelle heure es-tu rentré ?

— Vers quatre heures.
— Taux d'alcoolémie ?
— Rien, deux verres.
— Heureusement, parce qu'il y a des problèmes : Salvador K. a disparu depuis hier après-midi.

Le Conde se sentit enfin réveillé.

— Comment ça ?
— Le Greco et le Crespo le surveillaient. Hier vers cinq heures il est sorti à pied, comme pour se rendre à son atelier, et il est entré dans une maison entre la 19e et la A. Ils l'ont attendu plus d'une heure et puis ils se sont aperçus que la maison avait un garage avec une sortie sur la 21e. Il s'est évaporé. Il n'est ni chez lui ni au studio.
— Vous avez déjà parlé à sa femme ?
— Oui, mais seulement pour lui demander de ses nouvelles, et elle aussi a dit qu'il était à son atelier.

Le Conde alluma une cigarette pour essayer de faire céder la dernière digue de sommeil, et ce fut alors qu'il se souvint.

— Tu sais, Manolo, j'étais en train de rêver à un truc très bizarre : je voyais l'assassin mais je ne pouvais pas le voir... Tu sais, ces machins étranges des rêves : au moment où je croyais que j'allais le voir, je ne le voyais pas, parce qu'en plus il avait une sorte de déguisement... Putain de sa mère, je suis obsédé par les travestis, la transfiguration, l'âme solitaire et toute cette merde.
— Et ce n'était pas Salvador ?
— Je ne sais pas, je ne sais pas, mais maintenant je suis persuadé que je le connais, je ne sais pas pourquoi mais j'en suis persuadé. Écoute, va parler avec la femme de Salvador, fais pression sur elle mais n'exagère pas et vient me chercher à... eh bien, quand tu auras fini.

Le Conde raccrocha le téléphone et observa autour de lui : il n'y avait que des traces de désastres plus ou moins anciens. Des vêtements par terre, un mégot écrasé, le poisson Rufino nageant dans des eaux de plus en plus troubles. Il faut que je nettoie cette porcherie, se dit-il, mais il oublia cette exigence en observant sa propre nudité, qui le renvoya à son aventure érotique de la veille. Mon Dieu, quelle horreur, elle dit qu'elle est presque toujours hétérosexuelle, où merde me suis-je fourré ? s'interrogea-t-il avant de sourire et de se féliciter d'avoir assez de café pour deux matins encore.

Tandis qu'il attendait, le Conde héla le vendeur de journaux qui passait sur le trottoir avec son précieux trésor informatif sous le bras et, comme il n'était pas un client habituel, il lui fallut payer double – après avoir suffisamment insisté – pour obtenir le journal. Toujours sans chemise, à la porte de chez lui, il se mit à saluer les connaissances qui passaient tout en engloutissant les gros titres et en grignotant les textes pour arriver à un résumé de nouvelles qui lui apporta quelques certitudes. D'après les pages internationales du journal le monde semblait être plutôt mal en point, mais les pays socialistes – malgré les difficultés et les incessantes pressions extérieures – étaient décidés à ne pas abandonner la voie ascendante et victorieuse de l'histoire. Les pages nationales, de leur côté, montraient que l'île n'allait pas mal du tout, à part quelques imprévus, comme l'accident ferroviaire qui avait fait plusieurs morts (et qui bien sûr n'était pas planifié). On semait même des vers de terre, le sacro-saint CAME (Conseil d'aide économique mutuelle) promettait de résoudre les problèmes du téléphone cubain, il allait même pleuvoir et une éclipse de lune aurait lieu dans une semaine. Ce fut la nouvelle qu'il préféra : le jour de l'éclipse c'était l'anniversaire du Flaco. Et quand est-ce que Dulcita arrivait ? De plus, le journal annonçait pour l'après-midi un récital de poésie du célèbre Eligio Riego, et il décida que comme il aimerait parler avec lui, il allait appeler le major Rangel pour lui dire de le mettre en contact avec son ami le poète...

Le Conde respira jusqu'à s'emplir les poumons, au moment où un camion crachait des gaz indigestes. Mais il sentit que la lecture du journal l'avait fortifié pour affronter une nouvelle journée de labeur.

— Et où ce type peut-il s'être fourré ?

La voiture avançait, esquivant les crevasses du dernier bombardement nucléaire qu'avait dû subir ce bout de la Calzada. Manolo était passé le prendre et lui avait raconté son entretien avec la femme de Salvador K. : elle répétait que son mari était parti pour son atelier et que s'il n'y était pas, elle ne voyait pas où il pouvait être, et elle demandait, assez anxieuse, au policier : est-ce que je dois en parler à la police ?

— Manolo, tu crois vraiment qu'elle ne sait rien ?

— Je ne sais pas Conde, le psychologue ici c'est toi. J'ignore si elle cherchait à nous tromper.

Et tu lui as demandé une photo du type ?

— Bien sûr. On la diffuse ?

Le Conde ferma les yeux et laissa retomber sa tête en arrière.

— Attendons un jour. Peut-être qu'il apparaîtra tout seul, sans raffut.

— J'espère, mais n'y compte pas trop. Si c'est ce type qui a eu le petit pédé, il est capable de s'envoler, Conde. Monter sur une barque pour partir, je ne sais pas...

— Attendons encore un peu, décida le lieutenant, quand la voiture stoppa à un feu rouge. À côté d'eux un bus s'était arrêté et, de son siège, le Conde regarda le chauffeur. C'était un homme d'une cinquantaine d'années et le policier découvrit qu'il avait une tête de chauffeur de bus : il regardait dans la rue, tandis que, d'un air ennuyé, il frappait contre le volant avec son alliance qu'il portait à la main gauche. Il avait cette bosse, légère mais évidente, cadeau des années aux chauffeurs professionnels, et quelque chose dans son visage était capable d'indiquer que cet homme ne pouvait pas être autre chose dans la vie. C'est un chauffeur de bus, détermina le Conde, et c'est alors qu'il vit la jeune femme qui lui faisait signe, l'implorait de lui ouvrir la porte de son bus. Du haut de son Olympe, le chauffeur sembla beaucoup y réfléchir, puis accéda enfin à la demande, une seconde avant que la femme ne tombe à genoux pour le supplier en pleine rue. Elle sourit alors, tout en le remerciant et en mettant sa pièce de monnaie dans la fente, juste au moment où Manolo mettait la voiture en mouvement. Ils laissèrent le bus derrière eux.

— Tiens, Manolo, prend par Luyano, je voudrais voir le Gros Contreras.

— Le Gros ? demanda Manolo comme s'il n'avait pas compris, mais le Conde savait que ce n'était pas le sens de la question. D'un coup la vision du chauffeur de bus lui avait fait sentir la fatalité de certains destins, fixés depuis toujours, et il avait ressenti le besoin impérieux de parler avec le capitaine Jesús Contreras. De quoi ? De n'importe quoi. Simplement il fallait qu'il le voie.

— Qu'est-ce qui se passe ? On t'a dit que c'était interdit de parler avec lui ?

— Non, Conde, fais pas chier, tu sais que ce n'est pas ça, c'est que... Souviens-toi de ce que je t'ai dit hier.

— Ne m'emmerde pas, Manolo, tu as peur ?

Le sergent soupira, et tourna à droite.

— D'accord, accepta-t-il, tout en faisant non de la tête, pour souligner l'ampleur de son désaccord. – Oui, j'ai peur. Je te l'ai dit hier... Et pourquoi tu le fais ? Pour montrer que tu es le plus fort et que tu n'as pas peur, ou justement parce que tu as peur ?

La maison de Contreras faisait le coin, une rue avant d'arriver à la Calzada de Luyanó. C'était une de ces constructions anciennes et typiques du quartier, avec la porte d'entrée directement sur le trottoir et de très hautes fenêtres derrière des grilles recouvertes de la suie pernicieuse des industries proches. Longtemps avant, alors que le Conde ne rêvait même pas qu'un jour il serait policier et qu'il connaîtrait le capitaine Jesûs Contreras, il avait déjà décidé qu'il n'aimait pas ces maisons basses ni ce quartier oxydé, trop gris et trop monotone, sans jardins ni portails et, même alors, avec très peu de vitres intactes.

— Reste dans la voiture, dit-il à Manolo. Il descendit et souleva le marteau de porte.

Le Gros Contreras ouvrit la porte et s'illumina d'un sourire que le Conde craignait comme la mort.

— Tiens, tiens, dit le capitaine, regardez qui voilà. Entre.

Il lui tendit la main. Mais cette fois le Conde se dit qu'il était temps de lutter pour les pauvres et les humbles de la terre : le plus grand plaisir du Gros était d'écraser des mains, amies ou ennemies, avec ses pelles mécaniques de cinq doigts, capables de soulever des poids d'une tonne, et de faire plier les genoux de douleur au naïf qu'il saluait avec la pression dévastatrice de ses carpes, métacarpes, phalanges, et autres osselets... Va te faire serrer la main par ta mère, gros pédé !

Et ce fut l'explosion. Le deuxième grand plaisir du Gros était de rire, avec ces éclats de rire retentissants, des tremblements de terre humains, qui faisaient danser le double menton, les mamelles et la bedaine trop vaste et toujours en sueur du capitaine Jesús Contreras, chef du département du Trafic de Devises au Commissariat central.

— Tu es un fils de pute, Conde, c'est pour ça que je t'aime bien. Et je vois que tu m'aimes bien toi aussi. Tu sais une chose, il rit à nouveau, comme si c'était inévitable, tu es, le premier fils de pute de flic à venir me voir...

Et il rit toute une minute encore, de manière convulsive, grossière, transpirante, tandis que le Conde regardait en l'air, s'attendant à voir la chute mortelle des premiers débris du faux-plafond.

— C'est dur, Conde, dur, très très dur, je te le jure sur ma mère. Regarde, j'ai même mis le pyjama pour suivre le plan : si on me fait le plan pyjama, eh bien j'obéis et je mets le pyjama, mais ce que je ne ferai pas c'est supplier qui que ce soit. Même pas le major ni ces enquêteurs ni personne, parce que je suis plus propre que la vierge Marie. Et si je sens la merde c'est que je travaille dans la merde, je baigne dans la merde et je vis dans la merde, comme n'importe quel flic qui se respecte, et je ne permettrais à personne de me plonger dans une merde qui n'est pas à moi. Elle n'est pas à moi, Conde. Non, non, attends. La meilleure c'est que je ne suis accusé de rien, mais comme il y a des histoires avec le trafic de devises ils veulent m'impliquer moi là-dedans parce qu'ils disent que je devais être au courant... Au courant de quoi ? De ce que faisaient d'autres flics très bons jusqu'à hier et tricards aujourd'hui ? Moi mon truc c'était la rue, faire chier ceux qui voulaient extorquer des billets verts aux étrangers et ça je l'ai bien fait, toi-même tu le sais. Dans la rue, il y avait pas un seul dollar qui m'échappait, et si j'avais des informateurs, bien sûr qu'ils étaient sous ma protection, sinon, merde, qui allait m'informer ? Maintenant, s'il y avait des comptes dans des banques au Panama, et des gens haut placés impliqués dans d'autres affaires avec des dollars, et des cartes de crédit et toutes ces histoires, je ne pouvais pas arriver jusque-là, parce que là il n'y avait ni petit noir de La Havana Vieja ni petit blanc magouilleur du Vedado ni pute de La Lisa pour y arriver. Cette histoire-là, c'est pas moi, ça n'a rien à voir avec moi... Mais t'inquiète, petit Conde, moi ils ne m'auront pas. Tout ce qu'il y a dans cette maison est à moi, à moi parce que je l'ai gagné avec mon travail ou parce que quelqu'un m'en a fait cadeau, et ce n'est pas ma faute si quelqu'un maintenant est en disgrâce. Tu me comprends ? Et tu sais que tous ceux à qui on a dit Sers-toi, ils se sont servis, ou est-ce que je mens ? Maintenant ils disent que le niveau de vie, que les privilèges indus..., t'entends ça ? Mais qu'est-ce qu'ils veulent, des moines tibétains sous une peau d'âne ? Ce que je sais, c'est que je n'ai pas volé un seul sou, pas un seul. Bon, tu me connais, Conde, n'est-ce pas ? Mais le plus dur, c'est de voir comment les gens qui, il y a deux jours encore, tombaient à genoux pour que je les aide, et se mettaient en quatre pour devenir mes amis, et m'apportaient du café au bureau et disaient que Sérpico était un imbécile à côté de moi, à présent ne veulent même pas entendre parler de moi parce que je peux leur nuire, je peux les compromettre... Le seul qui m'a appelé c'est le major Rangel, pour me demander si j'avais besoin de quelque chose, et tu sais ce que je lui ai dit ? Que j'en avais plein les couilles et qu'il ne rappelle plus sauf pour me dire qu'on voulait me faire des excuses. C'est la seule chose que j'accepte, Conde : des excuses, des hommages, et des médailles... Non, je ne me bloque pas, mais on a son orgueil, parce qu'autrement, qu'est-ce qu'on a, merde, hein, dis-moi ? Et comme je suis propre, j'ai le moral plus haut que l'Himalaya et je leur dis merde... Mais c'est terrible, Conde. Ça fait un jour que je suis suspendu et je me sens pire qu'une queue à qui on a coupé le chien. Je flotte en l'air, sans savoir où diable me poser. Vingt ans dans la police, et le plus dur c'est que je ne sais pas faire autre chose et que par-dessus le marché j'aime être flic. Qu'est-ce que je vais faire de ma vie, putain, Conde ?, Dis-moi, qu'est-ce que je vais faire ? Maintenant je suis un pestiféré, et je vais te dire une chose : pour ton bien, ne viens plus me voir, parce que tu es mon ami, et maintenant tu me l'as vraiment montré, et c'est pour ça que je ne veux pas qu'on t'emmerde à cause de moi, Conde. Et fais gaffe à toi, regarde où tu mets les pieds et souviens-toi que quand on jette de la merde dans le ventilateur, tout le monde est aspergé... Même un type comme toi, toi un homme et un ami comme on dit dans la rue... Donne-moi la main, Conde, ne sois pas pédé. Donne-moi la main, sur ma mère que je ne vais pas serrer... Voilà... Je t'ai bien eu, imbécile... ha, ha, ha... souviens-toi qu'il ne faut jamais faire confiance à un flic, ha, ha, ha.

— Allez, on y va. On va n'importe où sauf au commissariat, dit le Conde en montant dans la voiture et en jetant son mégot sur le trottoir.
— Ils viennent juste de téléphoner.
— Mais je n'ai pas envie d'y aller et je ne vais pas y aller, Manolo, l'interrompit le Conde en frappant du pied le plancher de la voiture, dans un geste évident d'hystérie. Ce qu'ils font au Gros est un vrai coup de vache. Comment ils peuvent accuser un policier comme lui ? Je ne vais pas au commissariat, Manolo.
— Tu vas me laisser parler, Conde ?... Ils ont appelé parce qu'Alberto Marqués essaie de te joindre pour quelque chose d'urgent. Voilà.
Le Conde sentit la plénitude enragée du soleil d'août traverser le pare-brise et le frapper en pleine poitrine et à l'estomac. Il ajusta ses lunettes noires.
— Vas-y, on va chez lui.
Manolo démarra et regarda le Conde. Il connaissait trop son camarade pour essayer de lui faire entendre raison. Il préféra conduire en silence et ils s'arrêtèrent enfin devant le numéro 7 de la rue Milagros, entre Delicias et Buenaventura.
— Tu ne veux pas non plus que je t'accompagne, n'est-ce pas ?, dit-il et le Conde perçut l'aigreur de l'interrogation finale.

— Non, je préfère parler seul avec lui. Je crois que ça vaut mieux.

Le sergent regarda devant lui : la chaussée dégageait des nuages de chaleur, comme des fantômes dansants à la recherche du ciel promis.

— Eh bien garde-toi l'affaire pour toi tout seul, et garde-toi le pédé par la même occasion. Et profites-en. Au cas où à force de tournicoter comme un chien qui a des vers tu arrives à une solution... Écoute, Conde, tu sais que j'ai beaucoup d'affection pour toi et que j'ai toujours voulu travailler avec toi, mais je trouve que tu n'es plus le même.

— Mais qu'est-ce qui se passe, Manolo ?

— Tout, Conde. Il se passe que tu fous en l'air les affaires sur lesquelles on travaille, on dirait que tu as honte d'être flic, que tu fais tout comme cela te chante à toi... Et que tu peux te tromper.

Le Conde alluma une cigarette avant de parler.

— Déconne pas, Manolo, ce n'est pas du tout ça... C'est que moi, et il s'arrêta avant de mener à son terme une justification qui allait sonner faux. Peut-être que Manolo avait raison, qu'il le reléguait et le tenait même à l'écart de certaines zones de cette histoire, mais il n'y avait plus rien à faire : c'était un dialogue entre le Marqués et lui, et la présence du sergent pouvait rompre la fragile communication avec l'homme de théâtre. C'est comme une pièce intimiste pour deux comédiens, pensa-t-il, avant de dire : tu as raison dans tout ce que tu as dit et je te fais mes excuses, mais reste ici.

Les bougainvilliers étaient toujours aussi exubérants et éclatants sous un soleil que l'approche de midi semblait mettre en colère, prêt à tuer toute cellule vivante qui tomberait sous sa coupe incendiaire, sauf les fiers bougainvilliers. Le Conde les observa avec envie, tout en soulevant le marteau de la porte qu'il avait ce jour-là préféré à la sonnette aux allures de tétine qu'il n'entendait jamais.

— Oh là là, mais que ce policier est donc efficace, commenta le Marqués en ouvrant la porte. On n'a qu'à l'appeler, et le voilà.

— Bonjour, dit à peine le Conde en cherchant dans la pénombre le fauteuil qui lui avait été désigné dans ce décor. Il pensa alors qu'il était là pour la mort obscure d'Alexis Arayán, et il se sentit embarrassé et perdu, et il se dit que c'était peut-être vrai aussi que cette histoire avait cessé de l'intéresser et qu'il n'était finalement motivé que par la curiosité morbide de pénétrer plus profondément dans le monde d'Alberto Marqués, rempli de surprises et de ténèbres, comme ce salon.

— Vous êtes-vous bien amusé hier ?

— Oui, c'était agréable, répondit le Conde, conscient de ce qu'il devrait affronter.

— Je suis resté chez Alquimio et je vous ai attendu jusqu'à deux heures, mais mon corps malade n'en pouvait plus. Cela faisait très longtemps que je ne m'étais pas couché aussi tard.

— Excusez-moi si vous m'avez attendu. Et pourquoi m'avez-vous appelé aussi tôt ? Pour me gronder ?

— Dieu me garde de gronder l'autorité...

— Vous êtes bien en verve aujourd'hui. Pourquoi êtes-vous toujours comme ça ?

— Aïe !, excusez-moi, monsieur le Conde... Vous êtes fâché contre moi ? Je vous ai appelé parce qu'il s'est passé quelque chose qui pourrait peut-être vous intéresser. Il baissa la voix, se préparant à la confidence. Ce matin Maria Antonia m'a rappelé.

— Et alors ?

— C'est très bizarre, très très bizarre. Elle m'a demandé si Alexis avait laissé ici un médaillon qu'il portait. C'est un petit médaillon, en or, avec un cercle au milieu où est gravé le dessin de l'Homme Universel de Léonard de Vinci. Est-ce qu'il l'avait au cou lorsque vous l'avez trouvé ?

Le Conde mit en marche arrière le film du souvenir du travesti mort dans le Bois de la Havane : il le revit, dans sa robe rouge, le ruban de soie autour du cou, la poitrine plate, et il ne vit pas le médaillon.

— Non, il me semble qu'il ne l'avait pas sur lui.

— Eh bien moi non plus, je ne l'ai pas trouvé ici. Le fait est que la mère d'Alexis avait acheté, il y a plusieurs années de cela, deux médaillons identiques au musée Vinci, dans le village natal du peintre. L'un pour elle-même et l'autre pour Alexis. Le sien a disparu quelque temps après, et n'avait jamais été retrouvé. Mais il vient de resurgir dans un coffret qu'Alexis avait chez lui. Maria Antonia dit qu'elle ne l'y avait jamais vu là, et maintenant elle ne sait pas si c'est celui de Matilde qui avait disparu ou celui d'Alexis.

— Mais Alexis continuait à porter le sien ?

— Oui, il le portait toujours. Qu'est-ce que vous en pensez ? Que c'est Alexis qui l'a volé à sa mère et qu'il l'avait gardé là-dedans, ou qu'il avait une bonne raison d'y laisser le sien ?

Le Conde ne put s'empêcher de sourire en pensant à l'énigme proposée par le Marqués.

— Je ne pensais vraiment pas que vous aimiez autant faire le détective. Moi, on m'accuse de garder cette affaire pour moi mais c'est vous qui la reprenez à votre compte.

— Oh, non, ne dites pas cela. Je serais incapable de vous prendre quoi que ce soit, ami policier.

Le Conde sourit de nouveau et alluma une cigarette. Le Marqués était en train de réussir à le réconcilier avec le monde.

— Vous ne m'offrez pas un thé aujourd'hui ? Je crois que j'en ai besoin...

— Avec grand plaisir, ami policier. Et je vais y mettre beaucoup de petits glaçons, dit le Marqués, avant de s'en aller de son petit pas vers le fond de la scène, son peignoir chinois caressant ses jambes anguleuses. Mon dieu, quelle horreur ! se souvint le Conde, en revoyant ce corps d'épouvantail qui devenait soudain son docteur Watson, thé à la main, sourire satisfait.

— Vous savez une chose, Marqués, si Alexis a mis son médaillon à lui dans la boîte à bijoux, c'est comme s'il voulait donner un signal de suicide. Non ? Comme quand on range tout avant de s'en aller. Mais il ne s'est pas suicidé. Peut-être ne lui en a-t-on pas laissé le temps.

— Ou peut-être qu'il a provoqué sa propre mort... C'est ce que je crois. Regardez ce que j'ai trouvé dans ma bibliothèque.

Il tendit au Conde une feuille de papier-bible : c'était la page arrachée à l'évangile selon saint Mathieu, les pages 989-990, où commençait le chapitre 17 : « Sept jours plus tard, Jésus prend avec lui Pierre et Jaques et son frère Jean et les emmène sur une haute montagne à l'écart. Et il se transfigura devant eux ». Et, écrit dans la marge, d'une écriture minuscule mais ferme, cette phrase : « Dieu mon Père, pourquoi l'obliges-tu à tant de sacrifice ? »

— Où avez-vous trouvé ça ?

— Élémentaire, lieutenant Conde, c'était là où ça devait être : à l'intérieur de l'édition du *Théâtre complet* de Virgilio Piñera que j'ai dans ma bibliothèque. Voilà – il se toucha la tempe – : pure déduction.

— Oui, c'est là que ça devait se trouver... Alexis ne s'est pas travesti par plaisir. Ou il était fou, ou c'était un mystique comme vous dites, ou il a voulu représenter un acte de transfiguration j'ignore dans quel but...

— Il cherchait à se faire crucifier, monsieur mon ami le policier.

Le Conde regarda à nouveau la page de la Bible, il lut tout le chapitre et sentit que toute la vérité sur la mort d'Alexis Arayán était là, mais qu'elle lui échappait encore, comme le visage entrevu dans son rêve.

— Oui, peut-être avez-vous raison. Mais pourquoi le faire de cette façon ?

— Eh bien pour moi c'est clair : parce qu'il avait peur de se tuer lui-même... Souvenez-vous qu'Alexis était catholique, et que le catholicisme condamne le suicide, mais que sa religion a toujours condamné aussi l'homosexualité. Grâce à lui j'ai appris la citation du Lévitique qui dit : « De même, en ce qui concerne l'homme qui couche avec un homme, comme on couche avec une femme ; ils sont tous deux dans l'abomination : ils seront morts à jamais : que leur sang retombe sur eux »... Pour un croyant ce n'est pas facile de vivre en sachant que son Dieu a appelé Moïse pour lui dire une énormité pareille, vous ne croyez pas ? Mais ce n'est qu'une partie de la Tragédie de la Vie, comme dit un vieil ami à moi, qui, certes, n'a rien d'homosexuel. Cela fait longtemps que personne ne se pose le problème de manière aussi judaïque, pour le dire d'une certaine façon, mais durant des siècles ce péché appelé contrenature a condamné la vie des homosexuels, de même que l'idée que c'était une maladie... Péché capital, aberration sociale, maladie du corps et de l'esprit : pas facile d'être pédé où que ce soit dans le monde, mon ami le policier, c'est moi qui vous le dit. Mais je vais vous dire aussi : des gens qui s'y connaissent m'ont rapporté que sur dix millions de Cubains vivant dans cette république socialiste, entre cinq et six pour cent sont homosexuels. Y compris bien sûr nos camarades lesbiennes. Faites vos comptes, faites vos comptes : s'il y a cinq millions d'hommes, et que disons, trois pour cent sont homosexuels, cela fait cent cinquante mille, c'est-à-dire presqu'un cinquième de million de compatriotes. De quoi faire une armée... Et voulez-vous que je vous dise encore : ce chiffre ne me convainc pas, parce qu'il y a beaucoup de gens incapables d'avouer qu'ils sont homosexuels, et c'est logique, à cause de ce que j'ai dit avant et de notre longue histoire nationale d'homophobie entre les quatre murs de cette île depuis que les Espagnols sont arrivés et ont trouvé sale et bar-

bare ce que faisaient nos indiens sodomites pendant qu'ils se baignaient dans de paisibles ruisseaux un cigare à la bouche et une feuille de palme à la main... L'expérience de la vie historique peut ajouter d'autres conflits au drame, mon ami le policier : n'oubliez pas que dans les années soixante il y a eu ici quelque chose qu'on a appelé UMAP, où l'on reléguait, parmi d'autres individus nuisibles, les homosexuels, pour en faire des coupeurs de canne à sucre et des ramasseurs de café, et qu'après 1971, on a édicté une ordonnance, qui devait être observée par les policiers comme vous et les procureurs et les juges, où l'on légiférait sur « l'homosexualité manifeste et autres comportements socialement réprouvés »... Et vous êtes assez naïf pour continuer à vous demander pourquoi un homosexuel en arrive à songer au suicide ?

À Paris, au printemps, on n'a pas pour habitude de songer au suicide. Du moins, pas moi. Je me sentais tellement libre et tellement intelligent que je ne pouvais pas imaginer que toute cette liberté, cette intelligence, ce printemps révélateur me conduiraient à tant de souffrances et au dernier acte de ma tragédie... Le Recio me disait que j'étais méconnaissable, qu'il ne m'avait jamais vu comme ça, aussi optimiste et heureux, tandis que nous nous rendions en taxi chez Sartre et Simone qui m'avaient invité dîner ce soir-là, et que je voulais inviter formellement à venir à Cuba pour la première de ma nouvelle version d'*Electra Carrigó*. Mais ce soir-là, le destin avait décrété qu'une de mes décisions serait cause de tout. J'ai commenté au Recio qu'il valait peut-être mieux ne pas emmener l'Autre Garçon, car j'avais peur qu'il fasse encore une des bêtises dont il était coutumier, par exemple se saouler et vomir sur la moquette ou même embrasser Jean-Paul parce qu'il avait refusé le prix Nobel... Et le Recio m'a dit qu'il était du même avis, que l'Autre était parfait pour les travestis et les endroits publics sans conséquences, mais pas vraiment pour aller chez Simone... Ce fut un dîner délicieux, où ne manquaient pas même les bougies : nous avons bu du vin de Bordeaux, mangé un assortiment de fromages français et des meilleurs fromages italiens, et une viande en sauce aux champignons qui enivrait toutes les papilles de la bouche et de la mémoire affective, incapable d'évoquer un goût pareil à celui-là. Et de la glace hollandaise pour le dessert... Nous avons parlé toute la soirée de mon projet, je leur ai raconté comment j'imaginais le décor, les costumes, et surtout le rictus que je voulais imposer aux comédiens, en les maquillant comme des masques grecs mais avec des visages très havanais, pour faire en sorte que le masque les montre au lieu de les cacher, qu'il les révèle intérieurement et ne voile pas cette spiritualité à la fois tragique et burlesque que je recherchais comme l'essence des Cubains, et dont Virgilio Piñera était le plus grand prophète, parce que pour lui, si quelque chose nous distinguait du reste du monde, c'était la possession de cette sagesse indigène, pour laquelle rien n'est vraiment douloureux ou absolument plaisant. Ma mise en scène, leur expliquais-je alors, allait être une stylisation extrême du théâtre burlesque havanais du XIXe siècle et de la tradition autochtone propre au théâtre Alhambra, mais assumée du point de vue d'une volonté tragique et philosophique, pour ne conserver que son essence artistique, car en fin de compte, c'est là que l'on retrouve le grand théâtre de l'idiosyncrasie cubaine... Je leur disais que c'est pourquoi aussi je devais m'aider beaucoup de la parole, et ne pas prétendre, comme le pauvre Artaud, chercher un langage scénique s'appuyant seulement sur des signes ou des gestes actifs et dynamiques, parce que l'un de nos traits les plus visibles, nous autres Cubains c'est notre irrépressible tendance à ne pas fermer la bouche. Comme Artaud, en cela oui, je voulais montrer que si le théâtre n'est pas un jeu, mais une réalité vraie, plus vraie que la réalité même, je devais résoudre le problème, cela en devient toujours un, de rendre au théâtre ce rang-là, pour faire de chaque spectacle une sorte d'événement capable de provoquer la perplexité et de délier l'intelligence, de dépasser toujours le confortable état de récréation digestive, comme il disait... Et le masque facial devait être quelque chose d'essentiel pour révéler finalement ce masque moral avec lequel beaucoup de gens ont vécu à un moment de leur existence : homosexuels qui font semblant de ne pas l'être, aigris qui sourient du mauvais temps, sorciers avec des manuels de marxisme sous le bras, opportunistes féroces habillés en doux agneaux, apathiques idéologiques avec une carte bien utile en poche ; bref, le plus bigarré des carnavals dans un pays qui a bien souvent dû renoncer à ses carnavals... Ce que je voulais, ni plus ni moins, c'était donner une projection poétique transcendante, hors d'un temps concret mais dans un espace précis, à une tragédie que l'auteur a conçue comme une alternative familiale : rester ou partir, obéir ou désobéir, c'est-à-dire la vieille histoire de toujours, depuis Œdipe et Hamlet : être ou ne pas être... À la fin de la soirée je leur ai raconté comment les travestis de Paris m'avaient donné la clé ultime de ce transformisme spectral qui magnifiait la plus haute aspiration de la représentation où l'acteur meurt dans le costume du personnage et où le déguisement cesse d'être un acte passager et de carnaval pour devenir une autre vie, plus vraie du fait d'être plus désirée, consciemment choisie et non assumée comme simple dérobade conjoncturelle... Alors Sartre, avec ce regard d'aigle qu'il a toujours eu, est devenu mon oracle : ce que tu te proposes n'est-il pas trop complexe ? a-t-il d'abord demandé avant de me dire de faire attention aux révélations, parce qu'elles proposent toujours diverses lectures et que cette diversité pouvait être dangereuse pour moi, de même que le fatalisme essentiel que je voulais représenter à travers une Electre cubaine du XXe siècle : il avait déjà entendu certains bureaucrates insulaires déclarer que l'art à Cuba devait être autre chose et cette autre chose ne ressemblait pas à mon *Electra Garrigó* et à son alternative d'être ou ne pas être... Mais il était écrit que je ne devais pas l'écouter : ma décision était irrévocable, et c'est ainsi que Plimpton en a parlé dans l'interview qu'il a faite pour *Paris Review*.

Nous sommes rentrés, et ce soir-là, pour poursuivre l'ivresse physique et intellectuelle dans laquelle je vivais ce printemps à Paris, le Recio et moi avons fait l'amour pour la première et unique fois, au bout de presque vingt ans d'amitié, tandis que son tourne-disque faisait tourner de langoureuses valses de Strauss. Tout était possible, tout était permis, tout était à moi, pensais-je le lendemain matin en buvant dans le lit le café arabica que le Recio avait préparé, et c'est alors que nous avons entendu sonner à la porte. Je me souviens que je me suis souvenu que je ne m'étais pas souvenu de l'Autre Garçon, que nous avions tenu à l'écart, et j'ai donc pensé que c'était lui, enfin de retour d'une orgie perpétuelle, mais le Recio m'a dit que l'Autre avait une clé, il est donc allé ouvrir la porte et il était là, hiératique et imposant, l'inattendu fonctionnaire de l'ambassade porteur d'une nouvelle qu'il nous lâcha du haut de sa grosse arrogance de diplomate immaculé : L'Autre Garçon était en prison dans un commissariat de police de Montmartre pour scandale sur la voie publique, agression et comportement délictueux, et l'ambassade ne pouvait assumer ni caution ni représentation légale pour ce problème personnel...

Il nous a fallu appeler Sartre, qui heureusement n'était pas sorti de chez lui, et nous sommes allés avec lui au commissariat, un endroit horrible où il n'y avait personne ressemblant à Maigret et où n'entrait pas un seul de ces furtifs souffles du printemps qui enveloppaient le reste de la ville : là, l'harmonie avait sa prison et peut-être sa guillotine. Mais Jean-Paul avait commencé par passer deux coups de téléphone et, quand nous sommes arrivés, on a libéré l'Autre Garçon, en larmes, le nez morveux et la chemise déchirée, et il a été décidé qu'il n'y aurait ni poursuites ni caution à payer, car tout était parti d'une bagarre un peu poussée entre homosexuels d'origines nationales douteuses : l'Autre et un travesti albanais, sans papiers d'identité, dont l'Autre assurait, jurait, criait qu'il était tombé amoureux. Mais le plus grand mal était déjà fait : l'Autre a dû se présenter l'après-midi même à l'ambassade et on lui a dit qu'il devait rentrer à Cuba dans l'avion qui partait le lendemain matin. Ce soir-là le Recio et moi avons beaucoup parlé avec lui, en larmes, inconsolable pour son amour perdu, effrayé par son avenir d'écrivain représentatif qui semblait tout aussi perdu, et il nous demandait pardon, souffrant d'avance du châtiment qui l'attendait à la Havane, il devait se présenter, deux jours plus tard, devant la direction du Conseil National de la Culture qui avait payé son voyage à Paris, précisément à Paris, ce même printemps où j'avais rêvé que tout était possible, que tout était à moi, que j'étais le théâtre.

— Tu veux parler toi ?
— Ah, maintenant tu veux que ce soit moi qui parle... Comme tu le sais, Mario Conde...
— Tu veux ou tu ne veux pas ? demanda le Conde, d'un ton définitif et le sergent. Manuel Palacios fit oui de la tête : il est trop flic pour dire non ce con-là, se dit le lieutenant et il ouvrit la grille qui menait à la résidence de la famille Arayán. Dans le jardin, un jet tournant envoyait de légers rideaux d'eau sur la moquette de gazon récemment taillée, qui dégageait un parfum

toujours émouvant pour le Conde : le parfum de terre mouillée et d'herbe coupée, une odeur tellurique et simple qui le renvoyait inévitablement à l'image de son grand-père Rufino le Conde, avec un cigare agonisant qu'il mordait entre ses dents, tandis qu'il arrosait la sciure de l'enceinte pour le combat de coqs, et que d'un poste radio jaillissaient des discussions paysannes. Le Conde eut envie, à l'instant où il appuyait sur la sonnette de la maison où avait vécu Alexis Arayán, d'être à nouveau derrière les planches circulaires qui délimitaient l'enceinte, très près du papi Rufino, comme lors de ces jours où le monde entier ne dépendait que des ergots d'un coq et de l'habileté de son dresseur pour amener son animal au combat avec un certain avantage. Ne joue jamais si tu es à égalité, lui avait appris son grand-père, lui faisant en une phrase cadeau de toute la philosophie d'une vie.

— Bonjour, dit Maria Antonia en ouvrant la porte.

Les policiers la saluèrent et lui dirent qu'ils désiraient parler avec elle et les parents d'Alexis.

— Pourquoi ?, demanda la femme, qui avait branché son signal d'alarme.

— Pour l'histoire du médaillon...

— Mais c'est que, commença-t-elle et au signal se joignirent les sirènes : danger imminent, remarqua le Conde.

— Ils ne savent pas que vous l'avez trouvé ?

Elle fit non de la tête.

— Mais il faut qu'ils le sachent... Ce médaillon peut nous en dire beaucoup sur la mort d'Alexis.

Elle hocha à nouveau la tête, pour approuver cette fois, et de la main leur fit signe d'entrer.

— C'est la señora Matilde qui est à la maison.

— Et le camarade Faustino ?

— Il est au ministère des Relations extérieures. Il devait partir lundi pour Genève, mais la señora est toujours sur les nerfs..., les informa-t-elle alors, et le Conde et Manolo regardèrent comment Maria Antonia, déesse aux pieds ailés, partait en vol rasant vers l'intérieur de la maison, après leur avoir indiqué les gros fauteuils en cuir du salon de réception.

— On va un peu pousser les choses, Conde.

— Ne t'en fais pas, cette Noire en sais plus que toi et moi...

Matilde avait l'air d'une petite vieille très malade. En trois jours, depuis que le Conde lui avait appris la mort de son fils, la femme semblait avoir vécu vingt années de dévastation, consacrées jour après jour à flétrir les traits de vitalité qu'elle avait pu garder. Elle les salua d'une voix somnolente, et s'installa sur un autre fauteuil, tandis que Maria Antonia restait debout, ainsi que l'exigeait son personnage de bonne soumise. Le Conde songea à nouveau qu'il était en pleine représentation théâtrale, trop semblable à une réalité préfabriquée et dans laquelle chacun avait déjà son rôle et sa place assignés. Le grand théâtre du monde, quelle connerie. La Tragédie de la Vie, une connerie plus grande encore. La vie est-elle un rêve ?

— Eh bien, Matilde, commença Manolo, et il était évident qu'il trouvait difficile d'amorcer la conversation, nous avons appris par Maria Antonia quelque chose qui pourrait être important pour notre travail, mais il se peut que cela ne signifie rien non plus... Vous me comprenez ?

Matilde hocha à peine la tête. Bien sûr qu'elle ne pouvait pas comprendre, se dit le Conde, mais il décida d'attendre. Manolo avait l'instinct du chien qui finit toujours par retrouver la bonne trace. Le sergent lui raconta ce que Maria Antonia avait trouvé puis il ajouta sa conclusion :

— Si ce médaillon est le vôtre et qu'Alexis l'avait caché là, et bien il n'y a pas de problème. Mais si c'est celui de votre fils, nous croyons que cela peut éclaircir certaines choses...

— Lesquelles par exemple ? demanda la femme, qui semblait se réveiller d'un sommeil hivernal.

— Ce n'est qu'une supposition, mais si c'est lui qui a mis là son médaillon, c'est peut-être parce qu'il pensait se suicider et ne voulait pas qu'il se perde... Cependant, il existe une autre possibilité, peut-être moins plausible : que quelqu'un l'ait mis là...

— Quand ?

— Peut-être après la mort d'Alexis, dit Manolo et le Conde le regarda. Putain de sa mère, se dit alors le lieutenant, surpris par cette étrange possibilité qu'il n'avait pas envisagée. Se pourrait-il que ce soit l'assassin qui ait caché le médaillon ? Non, bien sûr que non, essaya de se dire le Conde, même s'il savait que c'était possible. Mais, pourquoi ?

— Qu'est-ce que c'est que cette histoire, Toña ?, demanda alors Matilde, sans presque se retourner vers la Noire. María Antonia, toujours à sa place dans le feuilleton dramatique, lui raconta ce qu'elle avait découvert très tôt ce matin et son coup de téléphone à Alberto Marqués. Matilde se retourna pour l'observer et dit finalement :

— Apporte-moi le médaillon, s'il te plaît.

De son pas glissé, Maria Antonia disparut à l'intérieur de la maison, tandis que Matilde regardait les deux policiers.

— Ils n'étaient pas exactement pareils. Je faisais la différence entre le mien et celui d'Alexis. Le personnage du mien avait un trait de gravure sous le bras gauche dit-elle avant de retomber dans un silence empli d'anxiété tout le temps que prit le retour de Maria Antonia. – Donne, demanda alors Matilde en approchant de ses yeux la figurine brillante prisonnière de la circonférence : c'est celui d'Alexis, dit-elle, et il n'y avait pas l'ombre d'un doute dans sa voix.

— Tant mieux, lâcha Manolo, trahi par l'intensité de ses désirs, et le Conde se hâta de profiter du regain de vitalité manifesté par Matilde.

— Nous voulons aussi vous demander si vous êtes

sûre qu'il s'agit bien de l'écriture d'Alexis, dit-il en lui montrant la page de la Bible.

La femme allongea le bras, machinalement, pour prendre ses lunettes qui étaient sur la table d'angle, mais Maria Antonia la devança et les lui mit dans la main.

— Oui, je crois que oui. Regarde-la toi, Maria Antonia.

— C'est la sienne, dit la bonne, sans besoin de lunettes, et avec la même assurance que le Conde lui supposait déjà dans l'art d'identifier les auteurs des plus célèbres Madonas italiennes... Le lieutenant observa le cendrier propre, et cette fois se retint. Il parla, regardant les deux femmes.

— Madame, le médaillon, cette page arrachée par Alexis et sur laquelle il a écrit, la robe qu'il portait cette nuit-là sont des choses très étranges. Est-ce qu'Alexis a parlé un jour de suicide en votre présence ?

Vous ne pouvez pas vous imaginer ce que ressent une mère lorsqu'elle découvre que son fils est homosexuel... C'est comme se dire que tout a été vain, que la vie s'interrompt, que c'est un piège, mais alors on commence à se dire que non, que c'est quelque chose de passager et que tout redeviendra normal, et que le fils que vous avez rêvé marié et avec ses enfants à lui, sera un homme pareil aux autres et alors vous commencez à les regarder tous en désirant les échanger contre votre fils, ce fils dont on se dit qu'il est encore temps qu'il soit ce qu'on a voulu qu'il soit. Mais l'illusion a très peu duré, Alexis ne devait jamais changer, et plus d'une fois j'ai même souhaité qu'il meure, plutôt que de le voir devenir un homosexuel, montré du doigt, exécré, diminué... Je sais que s'il y a un dieu dans le ciel, je n'ai pas de pardon. Et c'est pourquoi je vous en parle avec autant de tranquillité. D'autant que par la suite je me suis habituée à l'inévitable et j'ai assumé le fait que par-dessus tout, il était mon fils. Mais son père non, pas lui. Faustino ne l'a jamais admis et il a transformé sa désillusion en mépris pour Alexis. Alors il a préféré vivre le plus possible hors de Cuba, et le laisser ici, avec María Antonia et ma mère. Et cela a été très dur pour Alexis : vous vous imaginez ce que c'est que de se sentir différent et méprisé à l'école, dans la rue et même à la maison, et que votre propre père vous rejette et vous renie ? Un jour, à la sortie du théâtre, Faustino et moi, nous étions en train de parler avec des amis, et Alexis est sorti, accompagné d'un garçon comme lui, de treize ans environ, et Faustino a détourné la tête pour lui montrer qu'il ne voulait même pas le saluer. Ce fut trop cruel. Et tout cela a créé un sentiment de culpabilité chez Alexis, et ce qui est pire, c'est que j'ai insisté pour le guérir comme si c'était possible de le guérir ou de guérir son penchant pour les hommes. Je l'ai emmené chez plusieurs psychiatres, et je sais maintenant que ce fut une erreur. Tout cela le rendait encore plus malheureux, plus méprisé plus différent, je ne sais pas, comme s'il était le lépreux de la famille. C'est alors qu'il a commencé à aller à l'église et apparemment, là, personne ne l'a humilié, et il a commencé aussi à parler avec Alberto Marqués, quand cet homme travaillait à la Bibliothèque de Marinao, et il a mené sa vie par là-bas, loin de moi, de sa famille... Ces derniers temps, il était devenu un inconnu pour moi. Depuis la dernière discussion avec son père quand Faustino l'a chassé de la maison, il venait à peine une fois par semaine, parler avec sa grand-mère et avec María Antonia, et quelquefois il parlait avec moi, mais il ne m'a jamais fait de place dans son monde. Mon fils n'était plus mon fils, vous me comprenez ?, et cela a été ma faute. J'ai contribué à ce qu'il devienne une personne triste, sans amour, et à ce qu'il commence à dire que peut-être tout aurait été mieux s'il n'était pas né ou même s'il se tuait : c'est ce qu'il m'a dit un jour. C'est ce que vous vouliez savoir ? Eh bien, il me l'a dit... Et maintenant, est-ce que vous seriez étonné si je vous disais que moi aussi je souhaite mourir ? Si je vous disais, que la mort d'Alexis a été créée avec ces mains que vous voyez ? Dites-moi, est-ce que vous connaissez un châtiment pire que celui-ci ?

— Merde, tant mieux, on dirait qu'il va pleuvoir. Bon, haut les cœurs, donc tu ne veux pas être le grand policier. Dis-moi, où on en est maintenant ?
— Eh bien, Conde...
— D'abord, nous savons que c'est le médaillon d'Alexis, et cela nous laisse deux possibilités : ou c'est lui qui l'a posé là ou c'est quelqu'un d'autre et alors ce quelqu'un doit être l'assassin. Voyons, qui a pu l'y mettre ?
— Ce n'est pas María Antonia, parce qu'alors elle n'aurait pas appelé, ni Matilde parce que c'est la seule qui pouvait les différencier.
— Faustino ?
— Non, Conde, déconne pas. C'est son père. Ils avaient leurs problèmes, mais tu as des préjugés contre cet homme. Donne-moi une cigarette, va.
— Alors, il nous faut accepter que l'assassin est un étranger et qu'il est entré dans la maison pour y déposer le médaillon.
— Bon, cela doit être le cas, non ? Le jour de la veillée funèbre et de l'enterrement la maison est restée vide.
— Maintenant c'est toi qui déconnes, Manolo. Pourquoi ce quelqu'un aurait fait un truc pareil ?
— Eh bien, pour nous mettre sur de fausses pistes. Tu me la donnes cette cigarette ?
— Tiens... Mais l'assassin ne savait pas que les médaillons étaient différents, il ne devait pas savoir non plus qu'il y en avait deux, non ?
— C'est vrai, peut-être qu'il ne le savait pas. Mais si ce n'est pas Alexis qui l'a mis là, alors il savait.
— Et que fais-tu de ta théorie comme quoi l'assassin

n'a pas jeté le cadavre dans le fleuve parce que personne n'allait faire le lien entre lui et Alexis ?

— Oui, cela ne colle pas très bien... Voyons, et si Alexis, qui savait qu'ils étaient différents, l'a dit à Salvador, ou à un autre de ses amants ?... encore heureux qu'il pleuve, espérons que la chaleur baisse un peu. Écoute, dans la maison ces jours-ci sont entrés le jardinier, il y était hier ; le réparateur de cuisinières à gaz, le jeudi ; le médecin de Matilde, trois fois depuis la mort d'Alexis ; cinq, sept, huit personnes de la famille de Matilde et Faustino avant et après l'enterrement ; les deux petits pédés amis d'Alexis, Jorge Arcos et Abilio Arango, non ?... Voyons, cela fait treize personnes, au moins.

— Trop de monde. Jolie averse, hein ?...

— Oui. Mais le médecin a eu plus de possibilités que les autres, tu ne trouves pas ?

— Bien sûr, il est resté toute une journée avec Matilde jusqu'à ce qu'elle s'endorme. Mais, pourquoi Salvador K. s'est-il caché ?

— Oui, jusqu'à présent on dirait que c'est lui le gagnant de la loterie, n'est-ce pas ?

— Conde, le réparateur de cuisinières était un nouveau. C'était peut-être Salvador K ?

— Déconne pas Manolo, tu en fais trop. Pense à toutes les coïncidences nécessaires pour que Salvador sache que la cuisinière était à réparer et qu'il se substitue au réparateur, dépose le médaillon, et en plus répare bien la cuisinière.

— Conde, on a déjà vu des coïncidences plus bizarres encore... De toute façon, s'il est en fuite c'est qu'il a fait une connerie.

— C'est plus que sûr. Et nous avons la page de la Bible où Alexis a écrit des notes et qu'il a cachée dans le livre de Piñera... « Dieu mon Père, pourquoi l'obliges-tu à tant de sacrifice ? »... Qu'est-ce que tu en penses ?

— Là vraiment je n'y vois pas clair.

— Tu es nul, Manolo, c'est facile : Alexis souffre et se solidarise avec quelqu'un qui souffre non ?

— C'est bien joli, mais dis-moi une chose : pourquoi a-t-il mis la page justement dans ce livre ?

— Eh bien parce qu'il pensait déjà s'habiller avec le costume d'Electre... Il voulait monter sa propre tragédie. C'est bien des trucs de pédé, tu ne trouves pas ?

— Eh ben, si toi qui sais de quoi tu parles, tu dis ça... Et le coup des pièces de monnaie ? Tu l'as déjà oublié ?

— Bien sûr que non, mais à ce sujet je n'ai pas la moindre putain d'idée. Et toi, génie ?

— Ce que je t'ai dit : on le payait pour quelque chose.

— Oui mais quelle chose ?... Une dénonciation ?

— Va savoir. Et que dis-tu de María Antonia ?

— Toña la Negra, la dame aux pieds légers... je ne sais pas quoi en penser, mais je sais une chose : cette négresse en sait beaucoup plus que ce qu'elle en a l'air. Pourquoi tu crois qu'elle a appelé le Marqués et fait toute cette histoire à propos du médaillon ?

— Pour nous mettre au courant.

— C'est ce que je pense. Donc, parce qu'elle sait quelque chose qui...

— On la fait venir au Commissariat ?

— Arrête tes conneries, Manolo, tu veux toujours tout résoudre par la force. Si c'était si facile, elle nous aurait appelé nous. On dirait qu'il va pleuvoir tout l'après-midi, non ?

— Si, regarde le ciel du côté de ton quartier... Bon, et qu'est-ce qu'on fait en attendant que Salvador réapparaisse et nous dise qu'il est parti parce qu'il ne supportait plus sa femme ?

— Qu'est-ce qu'on fait ? Eh bien on pense, il n'y a rien d'autre à faire. On pense comme deux penseurs que nous sommes... Dépose-moi à la maison, va.

Il voulut croire que la pluie qui nettoyait les vitres nettoyait aussi son esprit et l'aidait à penser. Aussi se mit-il à penser avec en tête l'image fuyante et floue de son rêve. Il essayait de se concentrer suffisamment pour arracher le masque derrière lequel se cachait la vérité. Salope de vérité, encore et toujours cachée ou transfigurée : derrière des mots, des attitudes et certaines fois même derrière toute une vie feinte ou réécrite rien que pour cacher ou transfigurer la vérité. Mais maintenant il savait qu'elle était là et qu'il lui manquait une idée, un coup de projecteur capable d'allumer son esprit et d'en faire surgir cette putain de vérité. La vérité, se dit-il alors, à force de se triturer l'esprit, c'est que j'aimerais revoir Poly petit cul de moineau, mon Dieu quelle horreur !, se souvint-il, et même s'il eut envie de se masturber il refusa catégoriquement cette solution individualiste et autosuffisante, maintenant que ce petit cul était réel et baisable, pas ce soir, mais pour dimanche elle avait dit oui, parce que samedi je vais au ballet, tu sais ? et s'il s'arrêtait de pleuvoir, il en profiterait pour aller au récital de poésie d'Eligio Riego, et peut-être pourrait-il parler au récitant, et il pensa que cela devait faire très longtemps qu'il ne voyait pas le Flaco et qu'il devait lui raconter sa rencontre du premier type avec cette petite folle qui avait extrait tout le sperme emmagasiné dans son corps, tout en disant, mon Dieu, quelle horreur ! Comme si tout cela n'était qu'une erreur. À quoi pouvait bien ressembler Dulcita actuellement, après toutes ces années à Miami ? Peut-être avait-elle grossi, ressemblait-elle à une ménagère et s'habillait-elle avec ces vêtements brillants que portaient tous ceux qui venaient de Miami, ou peut-être pas, et avait-elle encore ces belles jambes qu'il essayait d'observer juqu'aux dernières conséquences – ces fesses qu'il savait très dures, le Flaco le lui avait dit – quand son ami ne le regardait pas. Si elle continuait à être belle, parfaite, désirable était-il juste qu'elle voie le pauvre Carlos dans cet état ? Ah si tout était à refaire et que le Flaco pouvait être à nouveau flaco ! Si Dieu existait, où diable était-il passé le jour où le Flaco avait été blessé, justement le Flaco ?... Qui ? Salvador ? Le médecin ? Faustino ? Le réparateur de cuisinières ? Ou peut-être une des dix autres personnes qui avaient été dans la maison ? Et pourquoi est-ce que je ne pense jamais que le Marqués a quelque chose à voir avec tout cela ? Un homme de main engagé par l'homme de théâtre ? Arrête d'inventer, Conde, se dit-il. Merde ! je suis presque arrivé à le voir. Mais on était bien ici, après avoir mangé les deux poissons frits et un bout de pain, et avoir refait du café, il s'était arrêté de se dire que s'il n'en rachetait pas, il n'en aurait plus lundi, parce que tout allait mieux avec la fraîcheur amenée par la pluie qui n'avait pas l'intention de s'arrêter. Le Gros Contreras réfléchissait-il en regardant la pluie tomber ? Pauvre Gros, s'il pouvait lui demander conseil sur cette affaire, il lui dirait sûrement quelque chose qui pourrait l'aider. Ce salopard était vraiment un bon flic. À présent, sans le Gros et sans le vieux capitaine Jorrín, dont le Conde regrettait encore la mort, le métier de flic allait s'avérer plus difficile. À qui confier ses doutes ? Et où est-ce qu'on pouvait bien avoir envoyer Maruchi ? Que s'était-il passé après, entre le Marqués et l'Autre Garçon au nom imprononçable, renvoyé à La Havane pour excès de pédérastie ? Il avait besoin d'entendre la fin de cette aventure qui, à chaque chapitre, devenait plus personnelle et moins travestie. Est-ce que le Marqués allait enfin lui dire qui était l'Autre Garçon, et s'il l'avait vraiment épié le jour où il avait uriné chez lui ? Ce qu'il lui fallait vraiment savoir, se dit-il en regardant l'eau dégouliner sur les vitres, en buvant un peu plus de café, en allumant une autre cigarette et en regardant sa montre, tout en calculant qu'il avait du temps de reste pour digérer ce soir quelques poèmes d'Eligio Riego, ce qu'il lui fallait vraiment savoir c'était la fin de l'histoire d'Alexis Arayán, travesti et raide mort dans l'herbe sale du Bois de La Havane, chasseur d'une mort qu'il n'avait pas osé exécuter de ses propres mains, fausse victime divine parcourant son Calvaire sans gloire ni cieux, en un sacrifice construit à sa mesure d'homosexuel pêcheur, tragiquement enveloppé dans les voiles d'une Electre havanaise. Aïe, mon chou, qu'est-ce que tu baises bien C'était vrai ça ? On ne le lui avait jamais dit, du moins jamais de cette manière. Et dans ce que disait le Marqués, qu'y avait-il de vrai ? Dans ce monde, seul le Flaco disait la vérité, et lui-même ne disait pas toujours la vérité à son ami. Est-ce que Faustino Arayán disait la vérité ? Et María Antonia la négresse ? Et était-il vrai que lui, Mario Conde, était en train de devenir l'ami de cet Alberto Marqués, tellement pédé et tellement théâtral ? La vérité pouvait être ce chauffeur de bus avec une tête de chauffeur de bus qu'il avait vu ce matin, tapotant sur son volant avec sa bague, pendant qu'il décidait s'il ouvrait ou pas la porte à la fille qui le suppliait en trépignant devant le bus. Que pouvait-il se passer entre ces deux personnes qui ne se connaissaient pas et qui peut-être ne se seraient jamais connues si le feu rouge n'avait pas arrêté le bus à cet instant précis ? Était-ce ce qu'on appelait le hasard simultané ? La pluie continuait de tomber, elle roulait mollement sur les vitres comme les idées sur l'esprit du Conde, qui à cet instant regarda ses mains et pensa, à force de penser, que c'était là, et dans le fleuve qui entraînait tout, que résidait la seule vérité.

Il se releva et sortit de dessous le lit l'étui de la machine à écrire. Il l'ouvrit et observa le ruban, piqueté de moisissure et d'abandon. Il emmena la machine dans la cuisine et la posa sur la table, puis alla chercher des feuilles de papier. Il sentait qu'il avait vu un travesti et que la lumière d'une révélation s'était faite dans son esprit inquiet à force de réfléchir. Il introduisit la première feuille dans le rouleau et écrivit : « Tandis qu'il attendait, José Antonio Morales suivit du regard le vol extravagant de cette colombe ». Il lui manquait un titre : mais il le chercherait plus tard, se dit-il, parce qu'il sentait sur la pointe de ses doigts l'urgence d'une révélation. Il plongea ses doigts dans le clavier et poursuivit : « Il observa comment l'oiseau s'élevait... ».

Ce fut un tour de magie parfaitement réalisé : la pluie cessa, le vent balaya les nuages vers d'autres précipices et un soleil incendiaire de sept heures du soir revint pour se charger de tirer le rideau du jour. Mais l'odeur de pluie semblait installée pour toute la nuit dans la peau de la ville, l'emportant sur les vapeurs de gaz, sur les effluves ammoniaquées d'urine, sur les odeurs équivoques des pizzerias bondées et même sur le parfum de cette femme qui marchait devant le Conde, peut-être vers la même destinée que lui. Du moins l'espérait-il.

Débordant d'euphorie à cause des huit feuillets dactylographiés qu'il avait glissés dans la poche arrière de son pantalon, le Conde oublia qu'il devait se dépêcher pour arriver au récital et se consacra, à travers les jardins dévastés du Capitole, à tout enregistrer visuellement, en suivant le pas prodigieux de cette femme non moins prodigieuse qui combinait brutalement tous les attraits : les très longs cheveux blonds, lourds et langoureux, retombaient sur des fesses chevauchables d'esclave affranchie, un cul au profil strictement africain, dont les rondeurs aux muscles bien dessinés redescendaient à travers deux cuisses compactes vers des chevilles d'animal sauvage. Le visage – le Conde était de plus en plus étonné – n'était pas inférieur à cette arrière-garde invincible : des lèvres de papaye mûre prenaient le dessus sur deux petits yeux asiatiques délurés, définitivement mauvais, avec lesquels, à la hauteur du théâtre où s'acheva la poursuite et la fouille optique, elle regarda un instant le Conde avec une arrogance orientale avant de le rejeter sans appel. La grande salope, elle sait qu'elle est drôlement bien foutue et elle y prend du plaisir. Elle est tellement bien foutue que moi je serais capable de la tuer, se dit le Conde, content de pouvoir se citer lui-même, tout en prenant les escaliers fastueux emprunté en d'autres temps par tout l'argent de la ville qui montait ou redescendait des salons les plus chics du pays, enveloppé dans des tenues en soie, des costumes en coton fin et même des peaux de renard et d'hermine, impensables dans cette ville torride où pourtant n'importe quoi était pensable.

Au deuxième étage de l'immeuble il trouva la salle de conférence et y pointa son nez : la lecture de poèmes était apparemment terminée et le poète, derrière l'accablante immensité d'une table où reposaient ses papiers, ses lunettes et un verre d'eau à moitié vide, conversait à présent avec les fidèles auditeurs de son rendez-vous lyrique. Eligio Riego avait autour de soixante ans et sa voix, paresseuse et tiède, avait un rythme ralenti, qui n'était pas une marque de vieillesse ou de fatigue : C'était la poésie.

De l'endroit où il était, le Conde l'observa discrètement avec une curiosité sentimentale : il savait que pour beaucoup, cet homme au visage casanier et à la chemise empoussiérée d'oublis, était l'un des plus importants poètes dont l'île avait accouché, et que, dans sa trajectoire poétique, il avait laissé en héritage, en plus du temps, une perception unique de ce pays étrange et démesuré où ils habitaient. Cette grandeur poétique, pour beaucoup imperceptible, dissimulée derrière un physique que personne n'aurait jamais poursuivi avec admiration dans les rues de La Havane, avait, cependant, une valeur essentielle et permanente, par son remarquable sens de la puissance, basé uniquement sur la magie essentielle des mots.

Aujourd'hui, tout en fumant sa pipe noircie avec l'anxiété du fumeur malade d'emphysème, Eligio Riego promenait ses petits yeux sur l'assistance, et se permettait un sourire, avant de continuer :

— Nous autres catholiques sommes trop sérieux avec les choses divines. Il nous manque la joie primitive et vitale des Grecs, des Yorubas ou des Hindous, qui dialoguent avec leurs dieux, les font asseoir à leur table. J'ai toujours trouvé injuste, par exemple, d'ignorer l'humour qui existe dans les Écritures, de mépriser le rire sacré que Dieu nous a donné et nous a communiqué, et même d'oublier que le premier grand miracle de Jésus fut de transformer l'eau en vin... Un signe clairement divin.

— Et les démons, Eligio ? lui demanda un connaisseur au premier rang.

— Écoutez, jeune homme, l'existence des démons témoigne de l'existence de Dieu, et vice versa. Ils ont besoin l'un de l'autre, comme on a besoin du Bien pour que le Mal existe. C'est pour cela que le démon est aussi partout : en enfer et sur la terre, ici à l'intérieur et là-bas au dehors. En plus, si nous nous en tenons à la tradition talmudique, les anges ont fait leur apparition le deuxième jour de la création. Donc Lucifer, le plus beau de tous ces anges, existe depuis cette date précoce, non ? Ensuite vient sa chute, celle de Lucifer et sa bande dissidente, et selon ce que j'ai entendu dire, le démon depuis lors se caractérise parce qu'une fois sur trois il cligne des yeux de bas en haut, qu'il ne peut pas marcher à reculons et ne sait pas se moucher le nez ; il ne dort jamais et il est impatient, ambitieux et ne produit pas d'ombre ; son plat préféré ce sont les mouches, mais il mange d'autres choses, toujours très épicées, même s'il a le sel en aversion... Mais ce qui m'intéresse le plus dans les démons, c'est bien sûr leur capacité artistique dûment prouvée : on dit que le Malin est un excellent musicien et que ses instruments préférés sont les cordes.

Je me souviens toujours que le père Juan Horozco y Covarrubias, dans son *Traité de la vraie et fausse prophétie*, publié à Ségovie en 1588, assure qu'il avait des preuves de cette vocation artistique du démon. Dans son livre le prêtre raconte avoir vu comment Satan s'emparait du corps d'une villageoise attardée, et composait de très beaux vers profanes tout en les mettant en musique, comme l'on dit maintenant, pour les chanter accompagné d'une vielle dont il jouait, avec les bras et les mains de la femme, « le plus adroitement du monde »...

Cela dit, jeune homme, plus qu'aux démons de l'enfer je m'intéresse aux démons de la terre, aux hommes démoniaques, comme Max Breebohm, le romancier anglais qui a écrit *Zuliea Dobson*, la passionnante histoire de la fille la plus belle de la planète, qui suscita des passions éperdues, capable de provoquer le suicide massif des étudiants d'Oxford, amoureux de ses charmes diaboliques et, selon les dernières pages du roman, aimée aussi de ceux de Cambridge, où elle dirigeait ses pas. C'est l'une des histoires les plus démoniaques que j'ai jamais lues... assurait Eligio, les yeux rétrécis. Le Conde décida alors d'assurer la tranquillité de sa prochaine conversation avec le poète et sortit pour réserver une table au café du *Louvre*. Y a-t-il du rhum vieux ? Oui, et du Carta de Oro aussi. Non, deux doubles rhums vieux, sans glaçons. Non, je reviens tout de suite, garde-moi la table, lança-t-il au garçon. Il alla chercher Eligio Riego qui, la pipe à la main, discutait à la sortie de la salle de conférence avec une jeune fille qui semblait fondre sous la chaleur de ses mots. Ne serait-il pas le démon même ? Je n'ai pas le choix vieux, il faut que je t'interrompe, se dit le Conde, et il l'aborda :

— Excusez-moi, maître... Je suis l'ami de votre ami Rangel.

Fabuleuse, jeune homme, cette histoire du travesti mort dans le costume d'Electra Garrigó. Et démoniaque aussi, non ?, comme presque tout ce qui a un rapport avec Alberto Marqués, qui est plus terrible que Max Breebohm lui-même... Écoutez, jeune homme, lui et moi nous connaissons et sommes amis depuis les années quarante, quand nous nous réunissions pour rédiger la revue, bien souvent chez le Gordo, et j'ai toujours pensé qu'heureusement qu'il y avait là un type comme lui, qui se moquait de tout et détruisait l'atmosphère de solennité poétique imposée par le Gordo. Pour nous, la poésie était quelque chose de parfaitement sérieux, de transcendant, de tellurique, comme on dit aujourd'hui, et pour lui elle a toujours été un moyen de montrer de l'esprit, de l'intelligence, du talent. Parce qu'Alberto Marqués est un des hommes les plus intelligents que j'ai connus, même si je lui ai toujours reproché d'être capable de tout sacrifier pour une bonne blague, pour une chasse érotique, comme il dit, ou pour un de ses mauvais coups, démoniaques, bien sûr. Sa rupture dans les années cinquante avec le Gordo et tout le groupe de la revue a été l'un de ses mauvais coups les plus spectaculaires, mais là encore je l'ai compris : il avait besoin d'être lui-même et de briller en solo. Il a toujours été comme ça, un franc-tireur et un chercheur infatigable, et c'est pourquoi j'ai regretté les excès dont il a été victime, lorsqu'ils l'ont mis à l'écart de tout, justement parce qu'ils voulaient punir son irrévérence et sa révolte artistique. Ce fut quelque chose de profondément triste, jeune homme, et les dix années qu'ils ont attendues avant d'essayer de réparer cette erreur ont été de trop pour lui. Mais le plus extraordinaire du caractère dramatique d'Alberto est apparu durant ces années difficiles : il a montré une dignité remarquable, il s'est arrêté d'écrire et de penser au théâtre, ce qui a été encore plus étonnant pour quelqu'un comme lui, qui vivait dans le théâtre du monde... Il ne vous a pas dit qu'il était exhibitionniste ?... Faites donc attention à lui, Alberto est un acteur né, un des meilleurs acteurs que j'ai jamais vus et il aime s'inventer des comédies et des tragédies personnelles. Il exagère ce qu'il est ou laisse entendre ce qu'il n'est pas, pour qu'on ne sache jamais ce qu'il est vraiment... Il dit que c'est sa manière de se défendre. C'est peut-être à cause justement de son caractère que notre amitié se porte mieux à distance : nous préférons nous respecter plutôt que nous brouiller. Je crois que vous pouvez comprendre. Non, non. Mon histoire non, mon histoire a été différente : c'est que moi j'ai toujours été catholique, mais je ne suis pas un mystique comme votre travesti et encore moins un bigot, pas du tout : comme vous voyez, je bois du rhum en quantités considérables, je fume mes pipes, et je n'ai jamais pu refuser la contemplation parfois désespérée de la beauté d'une fille en fleur – parce que je suis persuadé qu'il n'y a pas d'autre beauté terrestre qui surpasse cette chaleur jaillie de la jeunesse. Bref, nous sommes les fils du temps et de la poussière, et même la poésie sera incapable de nous sauver. D'autres choses peut-être, mais pas du temps qui nous est compté, ça non. C'est pourquoi je crois prendre du plaisir à la vie dans les termes de la vie même, à condition que ce plaisir n'entraîne pas de préjudices pour autrui, n'est-ce pas ? Mais à une époque on a estimé que la vision du monde et de la vie que nous avions nous autres, écrivains catholiques, n'était pas appropriée, que notre fidélité était altérée par des fidélités spirituelles inébranlables et que donc on ne pouvait pas nous faire confiance, en plus nous étions rétrogrades et philosophiquement idéalistes, n'est-ce pas, et ils nous ont mis à l'écart discrètement. Non, rien à voir avec le cas d'Alberto et d'autres gens. C'est qu'ils ont confondu l'engagement social avec la spiritualité individuelle et donc l'extrémisme nous a placés dans sa ligne de mire : nous étions idéologiquement impurs et, pour certains, nuisibles et même réactionnaires, à un moment où la prépondérance de la matière semblait démontrée, comme on dit. Quelqu'un à la mentalité moscovite a pensé que l'uniformité était possible dans ce pays si chaud et hétérodoxe où il n'y a jamais rien eu de pur, et alors s'est déclenchée une hystérie contre la littérature qui a laissé plusieurs cadavres sur la route et plusieurs blessés qui traînent par là, couverts de cicatrices... Pour ma part, j'ai quitté volontairement la scène : je ne pouvais pas renoncer à ce en quoi j'avais toujours cru (cette chère habitude, comme dirait Alberto), et pas non plus confondre le circonstanciel avec l'essentiel. Dans tous les cas, je me serais trahi moi-même si je m'étais laissé vaincre par ce qui était passager ou plus encore, si j'avais feint le changement, comme beaucoup de gens l'ont fait... C'est pourquoi je m'en suis tenu au silence mais je ne me suis pas arrêté d'écrire. Le Marqués, c'était différent, comme vous devez le savoir si vous avez déjà parlé un peu avec lui : son sacrifice extrême a quelque chose, beaucoup dirais-je, d'une tragédie théâtrale. Mais, je vous le répète, ne vous méprenez pas sur ce qu'il dit, et essayez de voir la vérité dans ce qu'il a fàit : il a résisté à toutes les injures, mais il est resté ici, comme il dit, pour assister au sort final des infâmes qui l'ont harcelé... C'est qu'il revendique la vengeance, même s'il est incapable de la transformer en actes physiques ou en déclarations publiques. Écoutez, jeune homme, je vous conseille, dans la mesure du possible, de ne pas vous méprendre sur toutes ces aventures désagréables et sur les histoires que vous avez écoutées sur n'importe lequel d'entre nous : les écrivains, les artistes ne sont pas aussi diaboliques qu'on le croit ou qu'on veut le faire croire. Ne vous a-t-on jamais parlé des infamies, des sales tours que se jouent les employés d'une banque, ou les ouvriers d'une usine fabriquant d'innocentes compotes en conserve, ou les membres si tranquilles d'une mission diplomatique ? Et chez vous les policiers, il n'existe pas de choses semblables ? Ce que je veux dire c'est que nous n'avons pas l'exclusivité du ragot, de l'opportunisme et de l'ambition. Comme partout, le Bien et le Mal sont répartis entre les hommes et même à l'intérieur de chaque homme. Jeune homme : Que puis-je vous dire d'autre, à part vous remercier pour ce verre de rhum vieux que personne ne qualifierait de démoniaque, et qui a réchauffé notre conversation en ce lieu où on est si bien ?... Peut-être, par déformation professionnelle, vous êtes-vous trompé de personne et vous attendiez-vous à une autre opinion de ma part, mais je professe dans la vie deux fidélités inaltérables : l'amitié et la poésie. Tant que je vivrai, j'écrirai de la poésie, qu'elle soit publiée ou pas, qu'elle gagne des concours ou pas, qu'à travers elle on me reconnaisse ou pas. Et l'amitié est un engagement volontaire qu'on prend, et si on le prend, il faut s'y tenir : même si nous ne sommes pas du même avis sur beaucoup de choses, Alberto Marqués est mon ami et quand quelqu'un, comme vous, ou n'importe qui, me demande de parler de lui, la première chose dont je le préviens c'est qu'il est mon ami, et je pense qu'avec ça, je vous ai tout dit. Vous ne trouvez pas, jeune homme ?

Tandis qu'il attendait, José Antonio Morales suivit du regard le vol extravagant de la colombe. Il observa l'oiseau s'élever, en une verticale parfaite, puis plier les ailes, et faire d'étranges pirouettes, comme s'il avait à cet instant découvert la sensation vertigineuse de tomber dans le vide. Ensuite il reprenait de la hauteur et se perdait derrière l'immeuble, pour réapparaître dans le morceau de ciel visible depuis cet angle du patio où José Antonio attendait que le receveur ait terminé de compter la recette. Il se mit alors à penser que durant ses vingt-huit années comme chauffeur de bus il n'avait jamais aperçu de colombes tandis qu'il attendait le comptage de la recette et il ressentit avec une force accrue la certitude qu'il allait tuer cette femme.

Jusqu'à ce jour, José Antonio s'était conduit comme une personne équilibrée et responsable, qui n'avait jamais pensé tuer personne, du moins de manière froide et préméditée. Parfois, alors qu'il conduisait le bus et subissait les imprudences et les coups de force d'autres chauffeurs, il s'était senti tellement agressé qu'il pouvait même s'imaginer avec un fusil à canon court, exécutant, façon vendetta sicilienne, à travers la vitre du bus le méchant violeur du code de la route. Mais même ces exécutions sommaires imaginaires étaient devenues de moins en moins fréquentes au cours des dernières années, dans la mesure où José Antonio s'habituait à coexister avec les chauffeurs imprudents, dont l'existence lui semblait maintenant aussi habituelle que celle des fourmis dans le sucre et des roses sur un rosier. Ou était-ce parce qu'il vieillissait ?

Aussi fut-il étonné de cet ordre soudain de sa conscience : il allait tuer cette femme, cette femme précisément, et rien au monde ne pourrait l'en empêcher. Le besoin lui parut si clair que José Antonio eut peur qu'il s'agisse d'un piège amoureux, né sur un coup de foudre. Cela ne pouvait pas être autre chose, se dit-il tandis qu'il signait la fiche de la recette du jour et calculait avoir ramassé 47 pesos et 35 centimes, ce qui voulait dire que devant la tirelire du bus ce jour-là étaient passées 947 personnes, sans compter les employés de l'entreprise qui montraient leur carte et les inévitables salopards habituels, qui faisaient des tours de magie pour ne pas payer ou mettaient des rondelles et des capsules au lieu de pièces de monnaie. En chiffres ronds : mille personnes, et seul le visage de cette femme, de trente ou trente-cinq ans, plutôt sympathique, un peu maigrichonne, habillée avec soin mais sans élégance, sans maquillage, s'était installé dans sa mémoire et, par-dessus le marché, accompagné d'un ordre qui lui semblait toujours aussi impératif : oui, il allait la tuer.

Quand il arriva chez lui, José Antonio répéta une routine qui complétait celle de son travail dans le bus : il entra par le couloir latéral, alla vers la terrasse, posa son coussin de chauffeur de bus sur une chaise, et se lava les mains, en se savonnant jusqu'aux coudes, avec un soin de chirurgien. Il pensait que c'était le seul moyen de s'arracher la saleté dangereuse du bus, où tout le monde monte, les malades et les propres, les sales et les sains, les infectés et les nouveaux-nés sentant l'eau de Cologne. Il reprit son coussin, siffla en poussant la porte du fond et trouva sa femme, comme toujours à cette heure, entre l'évier et la cuisinière. Il l'embrassa sur la joue, se laissa embrasser, lui demanda si le petit Toño était rentré de l'école et se réjouit de l'odeur de tomate et d'oignon frit, tandis qu'elle lui demandait comme cela s'était passé et qu'il lui répondait que ça s'était bien passé. Ils mangèrent, parlèrent comme toujours de la même chose – le manque d'argent, la cherté du transport, la chaleur qui ne cédait pas, la possibilité qu'elle reprenne son travail à l'usine – et il fit ses deux heures de sieste. Il se leva, chaussa ses sandales en caoutchouc, but le café que sa femme venait de préparer, s'assit sur la terrasse pour lire le journal du jour, et c'est alors qu'il se remit à penser à cette femme condamnée, et qu'il essaya d'oublier la certitude qu'il allait la tuer.

Le lendemain matin, la femme n'était pas là. José Antonio Morales se souvenait de l'avoir prise lors de sa troisième tournée (départ, 8 h 16), à l'arrêt de San

Leonardo et 10 de Octubre (8 h 29). Son absence, cependant, ne le soulagea ni ne l'inquiéta trop, car il savait que de toute façon il ne pourrait pas l'oublier et que sa mort était décidée. L'absence de la femme dura encore six jours, jusqu'au mardi – le même jour où il l'avait vue, la semaine précédente –. C'était elle à nouveau, avec son manque d'élégance, pas maquillée et un cartable plein à craquer de livres et de papiers que José Antonio n'avait pas remarqué lors de la rencontre précédente. Elle mit sa pièce dans la fente, sans même regarder le chauffeur qui savait qu'il allait la tuer. Il la regarda, comme il regardait tous les passagers, il referma la porte puis démarra pour reprendre l'énorme et plutôt sale Calzada del 10 de Octubre, appelée autrefois Jesús del Monte.

Ce soir-là, pendant qu'il regardait le journal télévisé, José Antonio se dit que l'idée qu'il la connaissait d'avant et que c'était pour cela qu'il voulait la tuer n'avait pas de sens. En fait, avant ce mardi, il ne l'avait jamais vue, et il aurait peut-être vécu toute sa vie sans jamais la voir si trois semaines auparavant, alors qu'ils choisissaient leurs tournées pour le second semestre, il n'avait pas pris la décision inattendue – pour lui, pour sa femme, pour les autres chauffeurs – de changer son départ du terminus de la ligne 4 pour partir du terminus de la ligne 68, et commencer ainsi deux minutes plus tôt que son itinéraire habituel, pour finir trois minutes plus tard, à 13 h 27. Ce fut une décision, aussi peu réfléchie que sans appel, que José Antonio essaya par la suite de justifier : il gagnait 32 centavos de plus par jour, peut-être était-il fatigué du parcours de la ligne 4, les gens qui prenaient le 68 étaient un peu différents, les minutes qu'on mettait à traverser le lotissement Apolo étaient agréables... Peut-être le jour du choix faisait-il trop chaud dans la salle de réunions et s'était-il senti mal à l'aise avec ses mains sales. Ou peut-être qu'il se faisait vieux ? Oui, il avait déjà 47 ans et quand il avait débuté comme chauffeur de bus, à peine sorti du Service Militaire, il en avait à peine 19, et durant tout ce temps il avait été chauffeur sur la même ligne. Depuis lors, tous les jours, cinq tours de La Havane, onze mois d'affilée, à conduire dans les mêmes rues, aux mêmes heures, à observer les mêmes arrêts et à prendre les mêmes gens qui étaient devenus ses amis au fil des mois et des années, et il avait assisté à des mariages, à des entrées à l'hôpital, à des anniversaires et même à des enterrements de certains de ces passagers habituels, sans jamais penser à tuer l'un d'entre eux. Rien n'était venu troubler au long de ces années la logique de ce déroulement prévisible : il s'était marié à 21 ans, avait eu un enfant qu'il avait appelé comme lui, sa mère était morte tranquillement pendant son sommeil, peu après avoir fêté ses 62 ans, et il n'avait jamais été appelé pour aller combattre en Angola, même si un jour de 1975 il avait été convoqué et que, d'après son livret militaire, on lui avait dit qu'il appartenait à l'artillerie de réserve, unité 2154, et on lui avait demandé s'il était prêt à combattre comme soldat internationaliste là où la Révolution l'enverrait, et qu'il avait répondu que oui.

Ce soir-là José Antonio dormit bien, après avoir fait l'amour à sa femme, dans la position qu'ils adoptaient toujours : elle grimpait sur lui et introduisait elle-même le pénis de sorte que, pendant que son vagin roulait sur la longueur du membre, la colonne vertébrale de José Antonio abîmée par les années de conduite, reposait bien droite sur le matelas. Il dormit tout aussi bien le reste de la semaine, mais dans la nuit du lundi il crut sentir une certaine anxiété avant la rencontre qu'il espérait faire le lendemain. Il ferma quand même les yeux, et trois minutes après il tombait, telle l'extravagante colombe, dans le vertige du sommeil.

Lorsqu'on travaille 28 ans comme chauffeur de bus, on maîtrise à la perfection, presque sans y penser, tous les trucs nécessaires pour survivre dans ce métier : les mensonges que l'on peut raconter à l'inspecteur qui vous surprend avec plusieurs minutes d'avance ; la manière de répondre aux passagers en colère, en sachant quand on peut prendre l'offensive ou quand il faut faire des excuses et même feindre qu'on n'a pas entendu l'offense ; comment demander un café dans l'un des endroits où l'on en vend sur le trajet, sans besoin de faire la queue ; ou comment amorcer la conversation avec quelqu'un, selon son sexe, son âge et l'intérêt qu'il suscite en vous.

José Antonio la vit sous le panneau d'arrêt, avec son cartable dans les bras, à côté de trois autres passagers. Il stoppa le bus à une dizaine de mètres du groupe et les obligea à marcher pour l'atteindre. Elle fut la dernière à monter et, au moment où elle allait introduire la pièce de monnaie, sans doute fâchée pour cet arrêt déplacé, il dit : Je crois qu'il va falloir changer de bus. S'il lui avait dit quelque chose de concret, comme « les freins marchent mal », ou « il y avait un nid-de-poule », ou un commentaire dans le genre, la conversation n'aurait été amorcée que si elle avait été une personne parlant facilement. Mais l'énigme qu'il avait proposée était infaillible. Elle s'arrêta à côté de lui, se tenant à la barre verticale et elle demanda : Pourquoi ? Tout en expliquant que le disque de frein de la roue avant avait des problèmes, il lui demanda son cartable pour le poser sur le tableau de bord du bus et il sut enfin qu'elle était professeur, d'anglais, dans une école secondaire de Luyanó et que ce jour-là elle commençait ses cours en deuxième heure, à 8 h 55, et que ce bus l'y déposait à 8 h 42, juste à temps pour arriver à l'heure et entrer dans la salle de classe, et que s'il changeait de bus...

Le reste du mois de septembre et tout le mois d'octobre,

chaque mardi, elle montait avec lui, il lui demandait le cartable, ils avaient une conversation de 13 minutes, qui servit à savoir qu'elle s'appelait Isabel María Fajardo, qu'elle avait 31 ans, était divorcée, n'avait pas d'enfants, était professeur depuis longtemps, et qu'elle se considérait comme une personne ennuyeuse. Finalement, elle lui donna l'adresse de chez elle, et le troisième mardi d'octobre elle l'invita à venir prendre un jour le café. Je suis toujours là après six heures, lui dit-elle.

Même s'il songea à se rendre chez le psychiatre, José Antonio abandonna tout de suite l'idée : il n'était pas fou, loin de là, et sa décision de tuer Isabel María n'était même pas une sentence dont il avait personnellement choisi de se charger, mais l'ordre qu'il avait reçu. Un ordre de qui ? Peut-être qu'un curé ou un sorcier babalao auraient pu lui apporter une réponse, mais un psychiatre, non. Le seul problème c'est qu'il se considérait comme parfaitement athée, sans se préoccuper d'un au-delà. Son plus grand souci, cependant, était de comprendre pourquoi ce devait être justement María Isabel. En fait, si ce qu'il fallait, c'était tuer quelqu'un, peut-être pourrait-il choisir quelqu'un de mieux, une personne qu'il déteste, qui lui soit désagréable, ou un malade qui lui soit même reconnaissant de cet acte de pitié, ou, plutôt, un être nuisible que la société serait contente de voir exécuté par un vengeur anonyme et volontaire. Il en connaissait plusieurs de ces gens indésirables. Alors, pourquoi elle ? Au bout de sept mardis et d'à peu près 91 minutes de conversation, cette femme n'avait réussi à éveiller aucun sentiment particulier en lui : ni haine, ni amour, ni désir, ni répugnance, rien qui justfie son obstination (sa mission ?) à vouloir la tuer. Elle, comme lui, était un de ces millions d'êtres anodins qui habitaient sur la terre, qui vivaient dans ce pays ici et maintenant, dépensant honnêtement ses jours, sans euphorie ou rancune excessive, sans grandes contradictions avec la société ou l'époque, sans idées politiques définies, ni projets individuels ambitieux. Elle travaillait, mangeait, dormait, souffrait un peu de sa solitude mais sans tourments apparents et, d'après ce qu'elle lui avait déjà avoué, elle adorait passer des heures à écouter de la musique, classique ou populaire. Pourquoi ? Peut-être justement à cause de cela, pensa-t-il alors : parce qu'elle n'est rien... Mais, comment pouvait-il le savoir avant de la connaître ?

Le plus bizarre, se disait-il quand il pensait qu'il devait la tuer, c'est qu'il n'était pas pressé de le faire, il n'avait pas non plus de plan arrêté et il fut sur le point de se convaincre que cela ne serait pas un crime en traître ni prémédité, mais un accident fatal alors qu'il était au volant de son bus. Ensuite il comprit que non : il allait la tuer, de ses propres mains, un jour, peut-être proche.

José Antonio était un lecteur de journal : tous les après-midi il lui consacrait plus d'une heure, et il réfléchissait à chaque nouvelle ou commentaire, dans l'intention de ne pas les oublier. Il se passait tellement de choses dans le monde, tous les jours, que la mémoire n'en durait guère plus de vingt-quatre heures, pour laisser la place à des nouvelles fraîches, à de nouveaux événements. Cette après-midi de jeudi il lut avec beaucoup d'intérêt une information sur le sida, et les faibles espoirs de trouver un antidote dans l'immédiat, malgré les efforts de milliers d'hommes de science dans le monde entier. Il pensa : si Dieu existait, cela serait un châtiment divin. Mais s'il n'existe pas, pourquoi se passe-t-il toutes ces choses dans le monde ? Lui, qui n'avait pas trop l'habitude de réfléchir, conclut que, d'où qu'elle vienne, cette plaie était un châtiment contre l'amour. Son idée lui plut tellement que pendant qu'il se douchait, il en parla à sa femme avant de lui dire : je vais faire un tour chez tante Angelina, tout en sachant qu'il irait prendre le café que Maria Isabel lui avait proposé les deux mardis précédents.

Il frappa à la porte et attendit, songeant à ce qu'il ressentait : Je ne suis pas nerveux, je ne suis pas anxieux, je ne sais pas si c'est aujourd'hui que je vais la tuer, finissait-il de se dire, lorsqu elle ouvrit. Elle était toujours aussi maigrichonne, pas maquillée, et avait l'air plus propre que d'habitude, les cheveux humides et récemment lavés, et elle n'eut pas l'air trop surprise quand elle l'invita à rentrer. Elle portait un peignoir, assez pudique, et de quelque part dans sa maison jaillissait une musique triste de celles que José Antonio n'aurait jamais pu identifier et dont elle lui donna le nom par la suite : c'est le Requiem de Mozart. Ils passèrent dans la cuisine, et il lui dit qu'il venait prendre le café qu'elle lui avait promis. Elle prépara la cafetière et ils s'assirent à la table. C'était un endroit propre et bien éclairé, où José Antonio se sentit tranquille, comme s'il le connaissait déjà. Tandis qu'il goûtait son café, il comprit qu'il ne savait pas ce qui allait se passer dans les minutes suivantes : allait-il essayer de faire l'amour avec elle ? Allait-il partir lorsqu'il aurait fini son café ? Allait-il lui raconter, même, qu'il allait la tuer ? Il la regarda alors dans les yeux : Isabel María le regardait aussi de son côté, avec ses yeux de femme adulte, préparée à toute éventualité et il l'entendit dire : Tu es venu coucher avec moi ? Et il dit : Oui.
Isabel María était nue sous son peignoir et, lorsqu'ils s'écroulèrent sur le lit, elle grimpa sur lui et introduisit elle-même le pénis de sorte que son vagin roulait sur la longueur du membre, comme si elle avait su que cette position permettait à la colonne vertébrale de José Antonio abîmée par les années de conduite, de reposer

bien droite sur le matelas. Ce fut un acte correct et bien synchronisé, qui leur donna satisfaction à tous deux.

Elle lui raconta alors : dès que je t'ai vu la première fois, deux semaines avant de nous parler, j'ai su que nous ferions l'amour. Je ne sais pas d'où est venue cette idée, ni pourquoi. Mais je savais que tu allais me parler et qu'un jour tu allais venir ici, prendre le café... Tout était très bizarre, parce que quand je te regardais je ne trouvais rien en toi qui me plaise tellement, je croyais en plus être toujours amoureuse de Fabián, le directeur de l'école. Mais c'était comme un pressentiment très fort, comme un besoin, comme un ordre, je ne sais pas, dit-elle et elle l'embrassa sur les lèvres, la poitrine, le ventre gonflé et l'extrémité encore violette de son membre. Et maintenant tu es ici. Ce qui m'inquiétait le plus, continua-t-elle, c'était pourquoi il fallait que ce soit toi... Il m'est arrivé une chose semblable avec toi, lui avoua-t-il, et il eut envie de reprendre du café. Je vais chercher encore du café lui dit-il.

Il quitta le lit, et avant d'aller dans la cuisine, il regarda une minute la nudité d'Isabel María : deux petits seins, aux mamelons rougis et un petit triangle noir, raide et ébouriffé. Il se resservit du café, alluma une cigarette et, en fumant, revint dans la chambre, avec un couteau à la main. Il le lui enfonça dans la poitrine, sous le sein gauche, et c'est à peine si elle bougea. Pourquoi ? se demanda-t-il encore, avant d'éteindre la cigarette dans le cendrier qui était à côté du lit et de décider qu'il fallait l'habiller pour qu'on ne la trouve pas nue. C'est alors, en bougeant l'oreiller d'Isabel María qu'il sentit la masse froide du couteau qu'elle avait préparé, peut-être pour accomplir sa propre mission. À cet instant José Antonio se rappela qu'il lui fallait se dépêcher, car sa femme détestait manger sans lui.

Mario Conde, le 9 août 1989.

— Grosse bête, il te manque le titre...
— Ça ne fait rien. Ça ne fait rien. Dis-moi, comment tu as trouvé ma nouvelle ?
— Du feu de Dieu.
— C'est tout ?
— Et dépouillée.
— Et émouvante ?
— Aussi.
— Et elle te plaît ?
— Terrible, je te dis.
— Terrible en bien ou en mal ?
— En bien, vieux, en bien. Laisse-moi t'embrasser, grand pédé. Merde, tu t'es enfin remis à écrire.

Le Conde se pencha sur le fauteuil roulant et se plaça entre les bras ouverts du Flaco Carlos : il se laissa étreindre contre la poitrine suante et grasse de son ami. Savoir qu'il pouvait écrire et que ce qu'il avait écrit plaisait au Flaco Carlos était un mélange trop explosif pour le sentimentalisme du Conde et il sentit qu'il était sur le point de pleurer, non seulement pour lui, mais pour le futur impossible à imaginer sans cet homme qui depuis vingt ans était son meilleur ami et dont tant de bonté, tant d'intelligence, tant d'optimisme et tant de désir de vivre avaient été récompensés par une balle dans le dos, sortie d'un fusil resté inconnu, dissimulé derrière une dune anonyme du désert de Namibie.

— Je te félicite, grande brute. Mais écoute-moi bien : tu m'en apportes une photocopie demain ou tu ne viens plus me voir. Je te connais, toi, tu es capable de te réveiller un jour en disant que c'est de la merde et de déchirer ton texte.
— D'accord, vieux.
— Tiens, il faut fêter ça, non ? Écoute, prend vingt balles dans le tiroir. Rajoutes-en dix et achète deux

bouteilles de Legendario, ils en vendent au bar de Santa Catalina.

— Deux bouteilles ?

— Oui, une pour chacun, non ?

— Mon Dieu, quelle horreur !, dit le Conde.

— C'est quoi cette histoire de dieu et d'horreur ? Ça ne te réussit pas de fréquenter des pédés grand fou, tu entends comme tu parles ?

— Oui, on chope toujours des trucs. Un Petit cul de moineau, par exemple.

— Mais encore ?

— Rien, je te raconterai plus tard. Je vais chercher de quoi nous rincer la lampe. Ne bouge pas de là, d'accord ?

— Stop, attends un peu, attends, je te dis. Je vais lire la nouvelle à la vieille, et si ça lui plaît, prépare-toi à bien manger.

— Et si ça ne lui plaît pas ?

— Du riz et des galettes de maïs.

Josefina se moucha avec son petit mouchoir et dit :

— Aïe, mon fils, pauvre fille, qu'on la tue comme ça, par plaisir. Tu as de ces idées, mon petit. Et ce pauvre chauffeur de bus... Mais ça m'a ému et comme mon fils dit que c'est la meilleure nouvelle cubaine au monde, c'est comme ça qu'il dit, eh bien j'ai eu un peu d'inspiration et je me suis mise à réfléchir à ce que je pouvais vous faire à manger pour que vous ne vous mettiez pas à boire du rhum le ventre vide, et j'ai fait une bêtise, la première chose qui m'est passée par la tête, mais je crois que ça va être bien bon : une dinde farcie au riz et aux haricots, une dinde au congrí, quoi.

— Une dinde ?

— Farcie ?

— Oui, c'est très facile à faire. Écoutez, hier j'ai

acheté la dinde et comme aujourd'hui j'ai décongelé le réfrigérateur, elle était déjà molle, je l'ai donc sortie et je l'ai faite mariner pendant qu'elle finissait de décongeler. J'ai fait une marinade avec de l'ail, du poivre, du cumin, de l'origan, des feuilles de basilic et de persil, et bien sûr, des oranges acides et du sel ; je l'ai enduite parfaitement, dedans et dehors, avec la marinade. Ensuite j'ai mis beaucoup d'oignon par-dessus, comme ça, en grosses rondelles. Ce qui est bien c'est de le laisser mariner deux heures environ, mais comme je vois à vos têtes que vous avez faim... Alors, comme j'avais déjà mis les haricots sur le feu, j'ai préparé une bonne sauce tomate : j'ai pris deux tranches de bacon, je les ai coupées en petits morceaux, je les ai faites frire, et dans cette graisse j'ai mis encore de l'oignon, mais soigneusement haché, de l'ail pilé et beaucoup de piment, et vlan !, j'ai mis cette sauce sur les haricots quand ils étaient presque cuits, et j'y ai ajouté une tasse de vin, pour qu'ils soient un petit peu acides, comme vous les aimez, non ?

— Oui, oui, moi je les aime.
— Moi aussi.
— Et quoi d'autre ?
— J'ai rajouté le riz blanc pour le mélanger aux haricots et faire le congrí, et j'y ai mis du laurier, un peu plus d'origan, comme ça sans y toucher, une pincée de sel, et un nuage d'oignon haché menu. Alors j'ai attendu que le riz gonfle, mais avant que le grain devienne mou, bien sûr, j'ai éteint et j'ai farci la dinde avec ce congrí, pour qu'il finisse de cuire à l'intérieur, non ? Tiens, tu sais ce que je n'avais pas ? Des cure-dents pour refermer la dinde... J'ai utilisé des tiges d'orange acide, qui sont bien dures... Et, bien sûr, je l'ai mise au four, donc un peu de patience, cela prend un certain temps. Buvez votre verre tranquillement, à neuf heures et demie cela doit être prêt. Sers-moi un petit peu de rhum... Voilà, un petit peu, ça va, ça va, tu vas me saouler, mon petit Conde...

— Et il y a à manger pour combien, Jose ?
— Comme la dinde pesait dans les huit livres, il doit y en avoir pour dix, douze personnes... mais avec vous deux. Bon, j'espère qu'il en restera un petit peu pour le déjeuner de demain. Je vais y jeter un coup d'œil.
— Tu as entendu ça, grosse brute ? Cette vieille est folle.
— Et je me demande d'où diable elle peut bien sortir tout ça... La seule chose qu'elle n'avait pas, c'étaient les cure-dents.
— Arrête de faire ton flic. Donne-moi un verre... Ce rhum est parfait pour prendre une bonne cuite et s'envoler.
— Qu'est-ce qui t'arrive, Flaco ?
Carlos but encore de son verre et ne répondit pas.
— Toujours l'histoire de Dulcita ? demanda le Conde et son ami le regarda un instant.
— Cette odeur, cette odeur, la dinde est déjà en train de cuire, dit-il en prenant la tangente. Tu sais ce qu'il nous faut après un gueuleton pareil : un bon cigare. Un Montecristo ou quelque chose dans le genre, tu ne trouves pas ?
— Mais oui, merde, bien sûr, un Montecristo, dit le Conde en vidant son verre d'un trait. Il faut que ce soit un Montecristo, dit-il, en même temps qu'il distinguait le visage pressenti en rêve, dont un fleuve sale, brusquement en colère, précipitait la chute du masque, un masque fait de mille mensonges derrière lesquels la vérité s'était jusqu'alors dérobée à lui.
— Oui, je crois que je tiens la vérité.

Rien ne saurait justifier un crime pareil, telle fut la conclusion philosophique la plus élaborée à laquelle il parvint, tandis qu'il sentait l'eau froide lui couler dans le dos. Dans sa bouche s'épanouissait encore le souvenir acide et somptueux de toute une bouteille de rhum Legendario à la couleur pâle, mais il fut surpris de découvrir qu'il avait faim et très peu mal à la tête. Comment est-ce possible ? Dans la cuisine, après avoir pris deux comprimés de Duralgine, il regarda catastrophé le filtre de la cafetière en train d'engloutir ses dernières réserves de café et, en attendant que le breuvage finisse de passer et que Manolo arrive, il enfila son vieux jean – tu es mort de soif, lui dit-il, en observant les taches de couleur hépatique encroûtées dans le tissu à la hauteur des cuisses et des poches – et il sortit sur le porche respirer comme tous les dimanches un peu de la nostalgie de ce quartier travesti, transformé, définitivement different, où il avait été heureux et malheureux, en doses équivalentes, bien d'autres dimanches de sa vie, depuis qu'il avait conscience de cette vie. Les cloches de l'église ne sonnaient plus pour personne depuis bien des années, et la boulangerie d'à côté n'avait plus jamais exhalé le doux parfum vivant du pain cuit au four, avec quoi font-ils le pain maintenant pour qu'il ne sente plus comme avant ? Mais il constata que, malgré les absences, c'était une journée tout simplement splendide : la forte pluie de la veille avait balayé les saletés du ciel et de la terre, et l'éclat du soleil s'imposait partout sur l'obscurité du doute. Une belle journée pour jouer au base-ball (même pour de l'argent ?) se dit le Conde et il revint chercher le café et s'en servit une grande tasse, pour qu'elle fasse son labeur amer et emporte les derniers fantômes du rêve, de l'alcool et du mal de tête. Il allumait sa cigarette lorsqu'il entendit le Klaxon qui l'appelait dans la rue. La chemise ouverte, il sortit sur le trottoir et dit bonjour au sergent Manuel Palacios qui ouvrait la portière.

— À tes ordres, grommela un Manuel Palacios visiblement enthousiaste.

— Je t'ai foutu en l'air ton dimanche ?

— Non, pas du tout...

Le Conde sourit. Il ne me manquait plus que ça, se dit-il, en pensant que lui aussi aurait préféré ne pas travailler le dimanche et rester chez lui, à dormir, à lire, ou même à écrire, maintenant qu'il s'était remis à écrire. Mais il dit :

— Allons au Commissariat, le Vieux est là-bas... Dis-moi, est-ce qu'il y a des nouvelles de Salvador ?

— Non, pas encore.

Manolo mit la voiture en marche, sans regarder son chef, et à la hauteur de l'église le Conde décida de rendre les armes.

— Écoute, Manolo, j'ai eu une idée qui peut résoudre toute l'histoire. C'est pour ça que je t'ai appelé.

Il attendit. en vain une question de son camarade et il poursuivit :

— Tu te souviens que parmi les choses qu'on a ramassées à l'endroit où Alexis a été tué, il y avait un mégot de Montecristo ? – et il attendit. Il n'attendit pas trop.

— Merde, c'est vrai, Conde ! Tu crois... ? Non, non, ce n'est pas possible. Le père ?...

— Nous allons voir si nous retrouvons le mégot du

Montecristo que j'ai offert au Vieux, et attendre que le laboratoire nous dise si on peut déterminer que ce sont les mêmes. S'ils sont apparentés, même de manière lointaine, je crois que c'est Faustino qui aura décroché le gros lot, et avec un seul billet.

Définitivement rendu aux raisons du Conde, Manolo appuya sur l'accélérateur et la voiture se cabra en rechignant.

— Doucement, il n'y a pas le feu.

— Plus vite on tirera ça au clair, plus vite je pourrai me tirer... Si tu voyais la petite que j'ai draguée hier...

Pendant que Manolo lui décrivait les attraits de sa nouvelle promise – il les appelait parfois comme ça, même s'il n'y avait pas de promesse du tout, même en rêve, et d'après les comptes du lieutenant il en était à la seizième de l'année – le Conde essaya d'imaginer ce qui s'était passé au Bois de La Havane la nuit de la Fête de la Transfiguration, mais dut constater son incapacité à fabuler : que pouvait-il s'être passé ? Un père qui tue son fils ?, et le coup des pièces de monnaie ? se disait-il, quand Manolo entra sur le parking du commissariat, paisible et ensoleillé, comme tout le reste en ce dimanche d'août.

Décidé à profiter de la tranquillité de ce jour de congé, le Conde attendit l'ascenseur qui devait circuler à vide, histoire de s'éviter pour une fois l'ascension jusqu'au dernier étage. Mais quand les portes métalliques s'ouvrirent, le Conde ressentit comme un coup à la poitrine : à l'intérieur de l'ascenseur il y avait trois hommes, vêtus de leurs uniformes de campagne, sans grades militaires sur les épaules, qui fixèrent leurs yeux sur lui. Son esprit, sommé de décider durant les quelques secondes où la porte restait ouverte devant lui, lui donna enfin l'ordre de dire bonjour et de monter dans la caisse métallique, au lieu de partir à tout allure vers les escaliers, ce dont il avait envie. Les hommes lui rendirent son bonjour et le Conde leur tourna le dos, posant son regard sur le tableau qui signalait les étages. Il sentait sur sa peau la morsure de l'observation dont il était l'objet : peut-être ces trois hommes étaient-ils les mêmes qui avaient interrogé Manolo et lui avaient signifié qu'ils connaissaient les moindres faits et gestes de Mario Conde. Peut-être ces trois hommes étaient-ils les mêmes qui avaient décrété la suspension de son ami, le Gros Contreras, et qui avaient fait renvoyer la pauvre Maruchi du commissariat. Ils étaient peut-être les émissaires d'une nouvelle apocalypse : le Conde les imagina avec de longues tuniques d'inquisiteurs, prêts à allumer des bûchers et à manipuler des chevalets de torture. La loi contre-nature du policier surveillant un autre policier avait trouvé là trois de ses indésirables mais inévitables exécutants, et le Conde regrettait de leur avoir donné quelque chose, ne serait-ce d'aussi élémentaire que son bonjour, lorsqu'il sentit que l'ascenseur freinait au troisième étage, que les hommes s'excusaient et quittaient la caisse en lui disant, Au revoir, lieutenant, et lui, tandis qu'il allongeait la main pour appuyer sur le quatre, refusait de leur répondre, comme sa dignité l'exigeait.

Quand il pénétra dans la salle d'attente du bureau du major Rangel, le Conde s'aperçut que son visage brûlait comme lorsque quelqu'un le frappait et déchaînait alors en lui de ces colères homicides, de taureau aveugle qui ne sait rien faire d'autre que charger. Il décida d'attendre que les vapeurs malignes se diluent dans son sang et avançant alors jusqu'à la porte en verre, il entendit une voix. Le Vieux parlait au téléphone, conclut-il en n'entendant pas de réponse et il frappa doucement la porte.

— Vas-y, entre, dit le Vieux. Comment ce salaud sait-il toujours quand c'est moi ?

Le Conde fit bonjour de la main, et attendit que son chef finisse d'écouter. Le Vieux dit oui deux ou trois fois, puis il raccrocha le combiné comme s'il avait eu peur de le casser. Le Conde observa que le major était en uniforme, c'était pourtant dimanche. Quelque chose ne tournait pas rond.

— Il n'y a pas de paix, Conde, il n'y a pas de paix, dit-il et il regarda par les baies vitrées. Et qu'est-ce que tu fais ici aujourd'hui ? Tu as vu enfin Eligio ? Et l'affaire sur laquelle tu travailles, elle est réglée ?

— Je crois que j'y suis.

— Combien de jours ça fait que tu es sur cette putain d'histoire ?

— Quatre.

— Quatre, et maintenant tu crois que tu y es !

— J'ai besoin de quelque chose qui vous appartient...
– Il perçut un sourire sceptique sur les lèvres de son chef.

— Ne vous inquiétez pas, c'est très simple. Vous avez déjà fumé le Montecristo que je vous ai offert l'autre jour ?

— Oui, pourquoi ? répondit Rangel avec surprise en se retournant enfin pour regarder le Conde.

— Et où est le mégot ?

— Mais qu'est-ce qui t'arrives, Mario ?

— J'ai besoin de ce mégot de cigare. Une idée.

— Toi, une idée. Ça ne m'étonne pas... Écoute, il doit être quelque part dans la corbeille, vu qu'hier on n'a pas vidé la poubelle, dit le Major, en soulevant le panier à papiers.

— Le voilà, s'exclama-t-il. Je l'ai reconnu à son épaisseur... Et qu'est que tu vas en faire, Conde ?

Le lieutenant prit le morceau de cigare, consumé au-delà d'où le Major avait l'habitude d'aller. Il observa que le mégot était mâchonné, à moitié trituré, et il en conclut que le Vieux y avait pris du plaisir, mais qu'il avait dû, tandis qu'il fumait, être anxieux ou fâché pour le mordre de cette manière.

— Je vous le dirai dans une demi-heure, Major, promit-il, en sortant du bureau, imitant Rangel le cigare à la main.

— Ne te fiche pas de moi, Mario, entendit-il dans son dos.

— Eh bien, Conde, sans être catégorique, loin de là, on pourrait dire que ces deux cigares ont la même origine. Attends, tout ce que ça veut dire, c'est qu'ils sont faits avec une feuille similaire, même s'il est évident que ce n'est pas la même personne qui les a roulés. Celui trouvé dans le bois, qui est le plus grand, est roulé un peu plus serré et on dirait qu'on l'a allumé une seule fois, car il a retenu moins de goudron et de nicotine à son embouchure, en plus d'avoir été fumé à moitié, ce qui explique peut-être que la bague n'ait pas été enlevée. Non, aucune empreinte. Un peu de poussière, c'est tout. Mais souviens-toi que dans une même boîte on peut mettre des cigares faits par plusieurs personnes, parce qu'on les range dans la boîte à mesure qu'ils sont finis. Mais ce dont je suis sûr c'est qu'il s'agit de la même qualité de tabac et si c'était possible de l'affirmer, je dirais même que c'est le même tabac, la même récolte, je veux dire, même si cela ne veut rien dire.

— Alors, je ne peux pas dire que ces deux salopards de cigares sont frères ?

Le laborantin regarda le Conde en souriant :

— Mais, pourquoi veux-tu les apparenter ? Ils ont la même origine, un point c'est tout. Mais ne me demande pas de te dire qu'ils sont frères, fabriqués avec la même feuille et avec le même plant.

— Et si je t'apporte un autre cigare de la même boîte, tu crois que tu pourrais être plus formel ?

Le laborantin regarda les restes des deux cigares, ouverts dans le sens de la longueur comme pour une autopsie.

— Pour sûr, cela pourrait sacrément m'aider.

— Et bien je te l'apporte. Jusqu'à quelle heure tu travailles aujourd'hui ?

— Ne t'inquiète pas, je reste jusqu'à quatre heures de l'après-midi, mais si tu as besoin de moi, je t'attends. Il faut bien que les amis servent à quelque chose.

Le Conde sortit dans le couloir et descendit un étage par les escaliers, à la recherche de son bureau. Titillé par l'impertinence de son hypothèse, il souhaitait en avoir le cœur net le plus tôt possible. Il entra dans son petit bureau et y trouva Manolo qui brandissait un papier.

— Regarde ça Conde : Salvador K. a été retrouvé.

— J'avais oublié cet animal. Et où est-il ?

— À la montagne. En pleine histoire d'amour.

— Avec une femme ?

— Presque, presque, mais non... ce n'est pas tout à fait une femme. Le Greco raconte, c'est lui qui a parlé avec Salvador lorsqu'on l'a retrouvé, que le mec lui a dit que puisque tout le monde maintenant était au courant de son histoire avec Alexis, il n'allait plus se cacher et qu'il allait vivre sa vie comme il l'entendait. Il dit que le type semblait tout à fait heureux d'être devenu un pédé s'assumant de la tête aux pieds. Qu'est-ce que tu en penses ?

— Je crois que c'est le seul qui a gagné quelque chose grâce à cette histoire, non ?

— Et qu'est-ce qu'on fait ? Je le ramène ici ?

— Laisse-le prendre son plaisir maintenant... Après, il sera toujours temps de parler avec lui. Mais qu'on continue à le surveiller.

— C'est ce que j'ai pensé, dit Manolo en rangeant le papier et ses renseignements dans une chemise qui était sur la table et sur laquelle était écrit, en lettres rouges irrégulières : Alexis/Arayán/Homicide/Ouvert.

— Il est temps d'abattre notre dernière carte. Donne-moi le téléphone.

Le sergent rapprocha l'appareil de l'angle de la table où se trouvait le Conde et le regarda composer le numéro en allumant une cigarette.

— Maria Antonia ?... Oui, c'est le lieutenant Mario

Conde... Comment allez-vous ? Écoutez, Maria Antonia, il faut que vous nous rendiez un service... Non, c'est très simple... Nous voulons parler avec vous... Non, non. Je vous dis parler, parler de certaines choses à propos d'Alexis, parce que nous savons que vous et lui vous aimiez beaucoup et que vous le voyiez plus souvent que Faustino ou Matilde, n'est-ce pas ?... Oui, moi aussi j'aurais préféré que ce soit ici... C'est d'accord ? J'envoie quelqu'un vous chercher... Où ? C'est d'accord, au coin de la 32e rue, bien sûr... Ah, Maria Antonia, je vais vous demander encore un service. Pourriez-vous m'apporter un cigare de la botte de Montecristos qui est sur la petite table du salon ?

— Merci, Maria Antonia, dit le Conde quand elle ouvrit son sac et lui remit le cigare. Il le regarda attentivement, comme étonné par sa beauté pâle sans nervures d'excellent havane cultivé à Vueltabajo et il sourit en le donnant à Manolo.

— Entrez, je vous en prie, dit-il en ouvrant la porte du bureau. Aujourd'hui les pieds de Maria Antonia ne semblaient pas aussi légers que les autres fois ; elle avait plutôt la démarche prudente d'un animal harcelé, et le Conde devinait un océan de doutes dans la conscience de la femme, qui se retourna pour voir si la porte était bien fermée. Une fois de plus il éprouva de la contagiose pour elle, quand il lui eut indiqué une chaise, lui eut parlé de la chaleur qu'il faisait dans la rue, de la vue paisible qu'il avait de son bureau et qu'il lui eut dit que c'était pour ça qu'il le préférait aux grands bureaux, qui donnaient sur l'autre aile du bâtiment. Et il lui demanda enfin si elle était mariée.

— Non, célibataire, affirma la femme, qui avec sa robe de dimanche à fleurs, son petit sac sur les genoux, les cheveux relevés sous un fichu en soie synthétique, semblait droit sortie d'une scène de *La Couleur pourpre*, songea le Conde.

— Et depuis quand connaissez-vous la famille Arayán ?

— Depuis 1956, quand j'ai commencé à travailler avec eux. Matilde et Faustino étaient jeunes mariés et à cette époque ils habitaient à Santos Suárez, avec la mère de Matilde, qui était veuve. Après la révolution j'ai voulu repartir chez moi, je voulais faire ma vie de mon côté, ne rien avoir à faire avec eux et j'ai pensé chercher un autre travail, mais l'enfant était déjà né, j'étais très attachée à lui et j'ai remis et remis mon départ, jusqu'à il y a quatre jours, quand tout ça est arrivé... Cette fois, je crois que je m'en vais, mais je ne sais pas où. Comme j'ai toujours vécu avec eux, je n'ai ni maison, ni droit à la retraite... Il me faudrait aller chez mon frère et là-bas c'est l'enfer, avec sa femme, ses trois enfants et je ne sais pas combien de petits-enfants.

— Vous vous sentiez bien chez les Arayán ?

— Oui, Fabiola, la mère de Matilde, a toujours eu de bons rapports avec moi, et j'aimais l'enfant comme si c'était mon fils. Pendant de nombreuses années nous avons vécu seuls tous les trois dans la maison, à Miramar surtout, quand Faustino a commencé à travailler à l'étranger. L'enfant passait plus de temps avec moi et sa grand-mère qu'avec ses parents, et nous sortions beaucoup, nous allions au cinéma, au théâtre, au musée, parce que Fabiola avait été professeur à l'Université et c'était une femme très cultivée. Faustino dit que c'est notre faute s'il est devenu comme ça, bon, ce que vous savez, mais je vous jure que je l'ai élevé comme j'aurais élevé mon propre fils... C'est que l'enfant était comme ça, si fragile et si affectueux, et Faustino a fait une telle pression sur lui et l'a tellement menacé, il l'a même frappé une fois, et je crois qu'Alexis s'est vengé de cette façon. Ils avaient des rapports très difficiles, pour un père et son fils. Cela faisait même plusieurs années qu'ils ne s'adressaient pas la parole...

— Qu'est-ce que vous pensez de Faustino ?

María Antonia chercha un petit mouchoir dans le sac et s'épongea la lèvre supérieure. L'air du bureau fut parfumé par le petit mouchoir et elle lui fit encore plus de peine : cette femme avait des gestes d'aristocrate, parfaitement assumés, qui détonnaient avec son attitude soumise chez les Arayán. Combien de véritables aspirations et d'aptitudes avait-elle cachés durant des années, laissant de côté sa propre vie, pour rester aux côtés d'un enfant qui n'était pas le sien mais qu'elle avait adopté comme sien ?

— Je crois que ce n'est pas à moi de... finit-elle par répondre.

— Dites-moi quelque chose, insista le lieutenant. Tout restera entre nous.

— Bon, qu'est-ce que vous voulez que je vous dise ? Le gouvernement a une grande confiance en lui, vous savez, c'est pourquoi il voyage autant et il a été ambassadeur et tout ça. Nous avons toujours eu de bons rapports, même si cela n'a jamais été comme avec Fabiola ou Matilde, vous savez. Et je ne lui ai jamais pardonné la façon dont il s'est conduit avec l'enfant. Le pauvre gosse en est arrivé à avoir peur de son père. Alors, quand il est parti de la maison, j'ai été très très contente, et nous avions décidé que s'il arrivait a avoir sa propre maison, j'irais vivre avec lui.

Quand il vit les larmes rouler sur les joues noires de María Antonia, le Conde se dit que la fin du feuilleton allait épuiser sa ration dominicale de pitié. Il se reprocha d'avoir pris le visage de l'amour pour le masque de la soumission et il essaya d'imaginer la sidérante solitude de cette femme, qui s'était trompée d'époque et de lieu dans sa vie, dont la seule raison de vivre devait être ce travesti étranglé qu'elle avait élevé et dont elle avait pris soin comme si c'était son propre enfant. Le Conde se redressa et la laissa pleurer : il supposa que sa douleur devait avoir des proportions similaires à sa trop vaste solitude. Il l'entendit alors s'excuser, juste comme il regardait sa montre et calculait que Manolo devait être sur le point d'arriver, et plus que jamais il désira voir le V de la victoire formé par les doigts du sergent. Pour Maria Antonia, pour le malheureux Alexis, et même pour le Marqués et pour lui-même et ses chers préjugés. Il le souhaita tellement que la porte du bureau s'ouvrit pour laisser entrer le squelette de Manolo, dont la main droite faisait le V de la victoire.

— María Antonia, dit-il alors en regagnant son siège, face à la femme qui remettait le petit mouchoir dans son sac, cela fait plusieurs jours que j'ai la sensation que vous vouliez nous dire quelque chose qui a peut-être un rapport avec la mort d'Alexis. Est-ce que je me trompe ?

La femme le regarda dans les yeux.

— Je ne sais pas pourquoi vous vous imaginez ça.

— Plus que l'imaginer, j'en suis sûr, surtout depuis hier, quand vous avez appelé Alberto Marqués et lui avez raconté que vous aviez trouvé le médaillon dans le coffret d'Alexis. Je ne sais pas pourquoi, mais je suis aussi persuadé que vous saviez que c'était celui d'Alexis et que vous avez appelé le Marqués pour que lui nous appelle. Est-ce que je me trompe ?

— Eh bien, je n'étais pas sûre...

— Laissez-moi vous aider, parce que vous êtes la seule à pouvoir nous aider maintenant, si vous savez quelque chose, comme je le pense... Écoutez bien : tout près du cadavre d'Alexis on a trouvé un bout de cigare Montecristo qui, d'après le laboratoire, vient très probablement de la boîte que Faustino Arayán a dans son salon... Cela et le médaillon d'Alexis mis dans son coffret ne prouvent rien, mais peuvent dire beaucoup de choses, Vous comprenez ?

À chacun des mots du Conde, la tête de la femme s'enfonçait un peu plus comme si le monde avait laissé tomber tout le poids de la vérité sur son cou et si elle ne voulait plus que regarder, pendant qu'elle subissait le châtiment, le petit sac qu'elle massait entre ses deux mains noueuses. Le Conde attendit, sentant que ses espoirs s'évanouissaient, que la peur avait été la plus forte, puis il vit le poids s'alléger et le visage de María se redresser, pour fixer ses yeux suppliants. Ceux de la femme brillaient, même s'il ne semblait pas qu'elle allait se mettre à pleurer.

— Sur le pantalon qu'il portait ce soir-là il y avait deux fils de soie rouge. Il l'a mis dans la machine à laver, mais je l'ai ressorti parce que c'était un blue-jean et qu'il pouvait déteindre sur le reste du linge. Ça m'a étonné parce qu'il était crotté en bas et c'est pour ça que je l'ai examiné... Je chie sur ce fils de mille putes, dit-elle et le Conde fut surpris de la force de la voix, de la soudaine méchanceté des yeux et de la crispation homicide des mains de María Antonia, la femme aux pieds légers. C'était donc bien lui. Fils de pute, dit-elle, en prononçant toutes les syllabes, et elle éclata alors en sanglots, aristocratique et inconsolable.

— Je vous apporte un cadeau, mais ce n'est pas pour le fumer, prévint le Conde et il posa, sur le bureau du major Rangel, le plateau avec trois enveloppes transparentes dans lesquelles on voyait les cigares trucidés.

— Qu'est-ce que c'est que cette saloperie ?

— C'est la preuve numéro deux dans le procès contre Faustino Arayán pour l'homicide de son fils, Alexis Arayán.

Le major Rangel frappa sur son bureau avec la paume de la main.

— Mais qu'est-ce que tu dis là ?

— Ne faites pas le sourd... Le grand Faustino a tué son fils dans le Bois de la Havane. Vous avez compris maintenant ?

Cependant, pour que le major Rangel arrive à comprendre, le Conde dut lui raconter les résultats de sa conversation avec María Antonia Galarraga, le constat comme quoi Faustino Arayán avait un sang de type AB, l'histoire des deux médaillons et l'existence de deux fils de soie rouge sur le pantalon crotté de ce même Faustino Arayán.

— Mais ce que je ne comprends toujours pas, c'est pourquoi il l'a tué, dit le major Rangel décidément incrédule.

— Ça, il n'y a que lui, Alexis qui ne parle plus et Dieu, que l'on voit de moins en moins mais qui a rendu quelques visites à cette histoire qui peuvent le savoir... D'après ce que je sais, Major, je peux supposer qu'Alexis lui a fait, lui a dit, a exigé ou rappelé quelque chose de si terrible que son père Faustino a décidé de le tuer. Il paraît que le jeune homme était désespéré et pensait au suicide, et qu'il rendait Faustino coupable de toute sa tragédie personnelle. Regardez ce qu'il a écrit sur cette page de sa Bible... Alors il s'est habillé en femme et il est allé à sa rencontre, ils ont eu une discussion et Faustino l'a tué. Tout simplement.

— Mais est-ce que ce pays est devenu fou ? demanda alors le Major, et le Conde pensa que c'était le moment où jamais.

— On dirait que oui. Ça doit être la chaleur. Regarde ce qu'on a fait à Maruchi et au Gros Contreras...

Le Vieux se redressa.

— Ne recommence pas, Conde, ne recommence pas, et cette fois sa voix flotta, lasse et amère. Tu parles de ce qu'on a fait au Gros ? Tu sais pourquoi je suis ici aujourd'hui ? Et bien à cause du capitaine Contreras...

parce que le capitaine Contreras a chié hors du pot, Mario Conde, et qu'il est archi-mouillé.

Le Conde essaya de sourire. Le Vieux manquait d'humour, c'est pourquoi il ne se permettait jamais de faire une blague. Mais aujourd'hui il fallait que c'en soit une.

— C'est quoi ces conneries, Major ?

— Ce n'est pas des conneries, Conde. Pour commencer, trafic de devises, corruption, contrebande. Et ils ont un tas de preuves. Qu'est-ce que tu en penses ?

Le lieutenant Mario Conde chercha une cigarette dans sa poche, ses doigts touchèrent le paquet, il fut pourtant incapable d'en sortir une. Son ami, le capitaine Contreras, un des meilleurs flics qu'il avait connus. Non, pensa t-il, ce n'est pas possible.

— Ce qu'ils veulent ces types, c'est lui faire une saloperie, dit-il, refusant encore d'y croire.

— C'est lui qui a fait une saloperie, oui, et c'est à moi qu'il l'a faite. À cause de lui, on va m'examiner jusqu'à la racine des cheveux. Écoute, je préfère me taire, mais il ne se tut pas, il changea juste de voix : toujours plus lasse et amère... Ce matin le ministère public a donné l'ordre de l'arrêter, et on est déjà allé le chercher. Voilà où en sont les choses... Je crois que tu me connais, je faisais confiance au capitaine Contreras, comme je te fais confiance, et j'ai mis ma main au feu pour lui, j'ai même mis tous le bras et j'ai empêché deux fois qu'on enquête sur lui, et j'ai mis mes galons, mon poste et même mes couilles sur cette table pour interdire ne serait-ce qu'un soupçon à son sujet... Mais c'étaient eux qui avaient raison, Conde, pas moi. Donc, c'est à moi maintenant de répondre de la confiance que j'avais mis en Contreras. Tu sais ce que cela veut dire ? Que c'est fini pour moi...

— Je rentre chez moi, Vieux, dit le Conde et il fit demi-tour.

— Tu attends là et tu ne vas nulle part. Tu finis d'abord cette affaire, mais qu'est-ce qui t'arrive, bon Dieu ? Tu n'es donc plus un flic ? Alors, conduis-toi d'abord comme un homme, et ensuite comme un flic. Compris ?

Le Conde réussit enfin à sortir sa cigarette, il l'alluma, elle avait un sale goût. Il décida de s'asseoir, parce qu'une fatigue infinie s'était emparée de ses muscles et de son esprit. Le Vieux restait l'homme qu'il avait toujours admiré et respecté, et il ne méritait pas qu'il se conduise comme un enfant. Ils allaient baiser le Major aussi ? Non, je ne veux même pas y songer, se dit-il.

— Et puisque tu t'intéresses tellement au sort de Maruchi, écoute ça : elle aussi fait partie des Enquêtes Internes et c'est elle l'agent qu'ils ont envoyé ici pour commencer toute l'enquête, à partir de ce foutu bureau là dehors, devant ma propre porte. Qu'est-ce que tu dis de celle-là ?

— Émouvante et dépouillée, eut-il eu l'idée de dire et il hocha la tête : un autre masque qui tombait.

— Eh bien Vieux, finissons-en avec cette histoire : comment on fait ? J'y vais, je colle Faustino au trou et je lui donne deux coups de pied au cul jusqu'à ce qu'il me raconte les mille et une nuits, ou il faut d'abord que tu appelles quelqu'un pour tout lui expliquer ?

Le major regarda avec convoitise les restes de cigare dans leurs enveloppes. Il chercha alors dans son tiroir et sortit un de ces infâmes cigares noueux qu'il fumait ces derniers temps.

— Il faut que j'appelle, Mario. C'est une bombe, et tu le sais bien. Cela peut faire du bruit jusqu'à Genève quand Arayán n'assistera pas à la conférence sur les droits de l'homme... Oui, ce pays est devenu fou. Écoute, faire des cigares à Holguín et en plus les appeler « Selectos »... Je chie sur la mère du Gros Contreras...

La seule chose qu'allait regretter le lieutenant Mario Conde, officier enquêteur du commissariat central, département des homicides, c'était de rater la tête de Faustino Arayán au moment où on l'arrêterait sous l'accusation d'avoir assassiné son fils, et où il serait condamné, bien avant le procès, à perdre tous ses privilèges, tous ses voyages, toute son histoire sans taches et toutes ses resplendissantes chemises brodées, à perdre une ambassade près du ciel, les délicieux cigares, une résidence à Miramar et deux voitures dans le garage, le goût du whisky – moi qui adore le whisky et ne peux jamais en boire – ses amitiés haut placées et sa bonne, qui pour son malheur, lavait son linge et l'examinait pour accumuler les preuves sur ses velléités d'aventures sexuelles, de moins en moins stables, cette même bonne qui cette fois-ci n'avait pas fait son devoir et avait décidé de conserver le pantalon crotté par la boue du fleuve, sur lequel étaient restés accrochés deux fils d'une soie rouge pourrie par l'humidité et les années de censure... Le Conde se demanda si on l'emmènerait dans une prison ordinaire. Non, certainement pas. C'était Faustino Arayán, et le Conde avait beau le regretter, on n'allait pas l'enfermer dans une prison avec des assassins de toutes sortes et de tous les penchants, capables de l'obliger à lessiver leurs cellules et leurs besoins sexuels et de lui laisser le cul comme un pot de fleurs, sans même le payer avec deux monnaies de cuivre... Cela dit, il était content d'en avoir fini avec l'enquête et de retrouver sa mélancolie dans toute sa densité et son angoisse pour le café qui ne lui suffisait jamais, de repenser à Poly et à la prochaine nouvelle qu'il devait écrire, à l'anniversaire du Flaco dans quatre jours, d'observer le désordre établi chez lui et de se remettre à penser que décidément tout aurait pu être différent, que même le Gros Contreras aurait pu être différent. Qu'est-ce qu'on allait lui faire au Vieux ? se demanda-t-il et il ne voulut même pas penser à la réponse qu'il imaginait.

Deux capitaines, habillés en civil, étaient arrivés autour de midi et le Conde leur expliqua les détails de l'affaire et leur remit les minces preuves accusatrices : trois cigares éventrés, un médaillon avec en creux le dessin de l'Homme Universel, deux pièces de monnaie jaunes et une page avec deux chapitres de la Bible dans lesquels on révélait aux hommes l'essence divine du fils putatif du charpentier Joseph et on annonçait l'énormité de son sacrifice en ce bas monde. Il leur indiqua ensuite où se trouvait le laboratoire, où l'on continuait d'analyser les fils de soie et la fange de l'Almendares. Les officiers le félicitèrent pour la vitesse et l'efficacité de son enquête et lui assurèrent qu'on allait revenir sur sa suspension temporaire, parce qu'on avait besoin de gens comme lui. Et ils lui expliquèrent, même si ces explications étaient superflues, qu'étant policier, il n'ignorait pas que cette affaire avait des implications particulières et qu'elle exigeait un traitement spécial. Le Conde répondit que oui, et ils n'imaginèrent pas que son seul regret, tandis qu'il ouvrait la porte et sortait dans le couloir, c'était de ne pas voir la tête de Faustino lorsqu'on allait lui arracher morceau par morceau le masque qui avait fini par devenir son propre visage. Pleurerait-il ? Demanderait-il pardon ? S'agenouillerait-il, inclinant sa masse arrogante ? Oui, il aurait aimé y être pour voir cette scène, l'effondrement en avalanche de cet homme capable de juger et de condamner, de classer et de rejeter, d'écraser des personnes et des vies comme des mouches impertinentes sous la rigidité des ses critères moraux et politiques. Droits de l'homme ? Qu'il aille se faire foutre, et il regretta encore une fois de rater cette dernière représentation après tout ce qu'il avait fait dans la pièce... Et c'est alors qu'il se dit qu'en fait, il regrettait d'autres choses encore : il aurait aimé savoir, par exemple, ce qu'avait dit Alexis à son père, quels mots avaient été capables de provoquer sa rage homicide et il aurait aimé savoir aussi tout ce qu'Alexis Arayán avait à l'esprit pendant qu'il revêtait le costume si peu approprié d'Electra Garrigó, cette nuit suicidaire où il était sorti forger sa propre mort, mais ce qu'il savait en revanche c'était que cette vérité-là s'était perdue pour toujours avec les peurs, les haines et la vie même de ce travesti d'occasion. Et il aurait aimé savoir aussi – et bien sûr il regrettait de ne pas le savoir – pourquoi il pouvait se passer dans le monde des événements aussi terribles et pourquoi, de par son métier, il était obligé de s'en revêtir comme d'un vêtement tragique. Et le Gros Contreras ? Un flic corrompu, qui profitait de son poste, de son uniforme et de sa plaque de flic pour baiser les autres ? Non, dit-il refusant toujours ce qui, apparemment, était pourtant irréfutable.

En entrant dans le parking du Commissariat, le Conde sentit toute la chaleur de la ville lui retomber dessus, comme cela devait être le cas lorsqu'on traversait les eaux noires de l'Enfer, face aux portes sulfureuses du monde sans retour.

— Tu as reconduit María Antonia ? demanda-t-il alors à Manolo, tandis qu'il montait dans la voiture.

— Oui, elle m'a dit de l'emmener à Miramar. Elle voulait prendre ses affaires. Elle dit que ce soir elle va chez son frère.

— Elle au moins sera témoin de l'enlèvement du masque. J'espère qu'elle y prendra du plaisir... Ramène-moi chez moi, je crois que j'ai besoin de dormir. Rêver peut-être, dit-il en citant ses classiques avant d'allumer une cigarette et de cracher dans la rue. Quelle merde, non ?

— Oui, Conde, quelle merde... Écoute, ça te paraît exagéré si je te demande pardon pour toutes les bêtises que je t'ai dites l'autre jour ?

Il se réveilla en sueur avec la sensation d'avoir des anguilles sur la peau. Il chercha les chiffres rouges du réveil électronique et ne trouva qu'un cadran aveugle. Le ventilateur s'était aussi arrêté de tourner. Mais comment peut-il y avoir une panne d'électricité à cette heure-ci, protesta-t-il, quand il eut enfin trouvé sa montre et constaté qu'il était à peine quatre heures de l'après-midi. À travers l'épaisseur des rideaux, le reflet du soleil flottait impertinemment dans la pièce, comme un bienfait obligatoire auquel on ne peut pas renoncer. Il avait espéré se réveiller à la nuit tombée. Il se leva et alla chercher les restes du café qu'il avait préparé le matin. Tandis qu'il le buvait, il observa par la fenêtre les perspectives de son futur immédiat et pour la première fois depuis plusieurs mois il les trouva légèrement favorables. Il fuma tranquillement et, alors qu'il s'apprêtait à prendre une douche, le téléphone sonna.

— C'est moi, Mario.
— Oui, Major, qu'est-ce qui se passe ?
— L'homme est ici, il a avoué.
— Et comment était le spectacle ?
— Il dit que ça a dû être un moment de folie, qu'il n'avait jamais pensé faire une chose pareille, et il rejette toute la faute sur Alexis. Il dit qu'il est sorti de l'hôtel Riviera, où il avait rendez-vous avec un député italien de ses amis, et qu'il a trouvé dans la rue une femme, à côté de sa voiture. Il dit que dans un premier temps il ne l'a pas reconnue, mais qu'il l'a regardée parce qu'elle avait quelque chose de bizarre, et il s'est rendu compte que c'était Alexis.

La voix neutre du major Rangel poursuivit l'histoire que l'esprit du Conde, déjà préparé pour l'imaginer, visualisa scène à scène, jusqu'au dénouement tragique : le personnage de l'homme de haute taille, ce matin encore sans visage, avait maintenant la tête de Faustino Arayán, s'étonnant de voir son fils, habillé en femme, l'attendre à la sortie de l'hôtel.

— Et qu'est-ce que tu fais là avec ces habits de femme ?

— Rien. Je t'attendais pour que tu m'emmènes à la maison. Toña m'a dit que tu serais ici. Tu peux m'emmener dans ta voiture ou tu as trop honte de me voir comme ça ?

Alexis ne reçoit pas de réponse, mais son père monte dans la voiture et lui ouvre la porte côté passager. Faustino, fâché, allume un des Montecristos qu'il a dans la poche et l'intérieur de la voiture est envahi d'une fumée qui se dissipe lorsqu'il démarre.

— Et qu'est-ce que tu vas faire à la maison, avec cette robe ? Tu es devenu fou ? Tu n'as pas honte de sortir comme ça dans la rue ? D'où est-ce que tu viens habillé comme ça ?

— Je me suis habillé dans les toilettes de l'hôtel et je n'ai pas honte du tout... Aujourd'hui j'ai senti que ma vie allait changer. J'ai vu une lumière qui m'a ordonné : fais ce que tu dois faire et va voir ton père.

— Tu es fou.

— Je ne suis pas fou du tout.

— Dis-moi carrément ce que tu veux et arrête de m'emmerder.

— Entre dans le bois, on sera plus tranquilles pour parler.

Faustino pense à nouveau que son fils est devenu fou, qu'il le provoque et que mieux vaut peut-être tout régler avant d'arriver à la maison. Il tourne à gauche et la voiture descend vers le Bois de la Havane, où à cette heure de la nuit souffle une brise qui contraste avec la chaleur dans le reste de la ville.

— Allons au fleuve. je veux voir le fleuve.

— D'accord, d'accord. Voyons, qu'est-ce que tu voulais me dire ?

Et Alexis lui a dit qu'il le haïssait, qu'il le méprisait, qu'il était un opportuniste et un hypocrite, et brusquement il s'est jeté sur lui pour le frapper au visage. Faustino a lâché son cigare et a poussé Alexis, qui est tombé à genoux sur l'herbe, mais s'est tout de suite relevé pour l'agresser de nouveau, et Faustino, sans s'expliquer comment, a pris le ruban en soie tombé de la ceinture de cette femme équivoque et enragée qui le rendait lui aussi furieux, qui l'agressait, le faisait devenir fou et, quand il s'est rendu compte de ce qu'il faisait, Alexis s'écroulait déjà, les poumons vidés d'oxygène...

— Qu'est-ce que tu en penses ?

— Pas mal mais il a oublié de raconter une bonne moitié de l'histoire. Alexis lui a dit autre chose, et c'est ce qui l'a rendu fou : il l'a menacé de faire ou de raconter quelque chose, je ne sais pas... et je crois que c'est pour ça qu'il l'a payé avec deux pièces de monnaie.

— N'invente pas, Conde.

— Je n'invente pas, Vieux. Qu'il était opportuniste, hypocrite et qu'il le haïssait, Alexis le lui avait dit mille fois. Essayez de savoir maintenant, ce que savait Alexis qui pouvait être très dangereux pour son père... Et Alexis le lui a dit parce qu'il savait que son père allait réagir comme il l'a fait. Exhumez toute cette histoire et vous verrez resurgir des choses terribles, aussi vrai que je m'appelle Mario Conde. Mais il faut le serrer de près, Vieux, comme n'importe quel délinquant.

— J'imagine que tu as raison...

— Et qu'est-ce qu'il dit des pièces de monnaie ?

— Il dit qu'il a eu très peur et que tout à coup il a eu cette idée pour brouiller les pistes et faire croire que c'était une histoire entre homosexuels.

— Quel fils de pute, non ? Et qu'est-ce qu'il dit du médaillon ?

— Il dit qu'il a pensé que peut-être personne n'identifierait Alexis, et que c'est pour ça qu'il lui a ôté le médaillon. Mais il a oublié qu'il pouvait avoir sa carte d'identité sur lui.

— Oui, moi non plus je ne trouvais pas élégant que cette femme porte sa carte d'identité sur elle.

J'aurais fait le même raisonnement, et j'en suis désolé d'ailleurs.

— Il dit qu'il a remis le médaillon dans le coffret, le soir même... Pour le reste, il rejette toute la faute sur Alexis et dit qu'il ne sait pas comment tout cela arrivé. Tu vois le tableau.

— Oui, Vieux, je vois le tableau, mais n'oubliez pas une chose : ce type est un fils de pute estampillé et garanti. Il faut avoir l'esprit sacrément tordu pour avoir l'idée d'enlever le médaillon de son fils après l'avoir soi-même étranglé et pour lui fourrer en plus deux pièces de monnaie dans le cul. Et pourquoi il ne l'a pas jeté dans le fleuve ?

— Il dit qu'une moto est passée tout près et qu'il a eu peur. C'est alors qu'il lui a ôté le médaillon.

— Vraiment tragique le bonhomme... Dis, Vieux, ne vous laissez pas apitoyer par lui...

— Ne te mets pas dans cet état, Mario, tout va se faire comme il faut.

La voix de Major résonna chaude et paisible et le Conde pensa que c'était mieux ainsi : tout devait être chaud et paisible, et il décida de commencer à dégager ses épaules du fantôme rouge d'Alexis Arayán.

— Bon, c'est votre affaire... Vieux, tu me donnes une semaine de vacances ?

— Qu'est-ce qui t'arrive ? Ne viens pas me raconter que tu vas te mettre à écrire.

— Non, bien sûr que non. Qui se rappelle encore de cela ? Non, je me sens juste fatigué et mal en point. Et comment tu vas, toi ?

Le silence flotta sur la ligne plus longtemps que ce qui était prévisible avec le major Rangel.

— J'en ai marre, Conde. Et je suis déçu... Je crois que je vais déposer les armes. Mais oublie ça, jeune homme. Prends-toi la semaine et si tu veux, mets-toi vraiment à écrire quelque chose. Apprends à t'aider toi-même et arrête de te plaindre... Pointe-toi ici lundi prochain. Si besoin est, je t'appelle avant, OK ?

— OK, Vieux. Fais attention à toi. Et écoute : je vais voir si je peux te trouver des bons cigares, dit-il en raccrochant.

Pendant qu'il se douchait il pensa qu'il avait du temps de reste pour rejoindre Poly et il ressentit le besoin de raconter au Marqués le dernier chapitre de cette histoire sordide dont on ne connaîtrait jamais l'ultime vérité. Mais il lui devait cette version. Il essayait d'imaginer la façon dont il allait tout raconter à l'homme de théâtre, et il sut qu'il ne faisait ainsi que se dissimuler à lui-même la vraie anxiété que lui procurait cette visite : apporterait-il son manuscrit au vieux dramaturge ? Celui-ci allait-il l'apprécier ? se demanda-t-il en se douchant, en s'habillant, en sortant dans la rue, et il se le demandait encore lorsqu'il souleva pour la troisième fois le marteau de la porte dans l'attente que le rideau s'ouvre sur le monde d'Alberto Marqués.

— Vous êtes un type surprenant, monsieur mon ami le policier. Tellement que je finis par croire que vous êtes un faux policier. C'est un autre genre de travestissement, non ? À la différence qu'ici vous vous êtes mis à nu... et on voit de ces choses... dit le Marqués, en agitant comme un éventail les feuillets de la nouvelle.

— Mais... qu'est-ce que vous en pensez ?, supplia le Conde, que sa nudité dévoilée rendait timide.

L'homme de théâtre sourit, sans glousser. Cet après-midi il portait un peignoir en tissu éponge, peut-être moins décrépit que la robe de chambre en soie, et pour pouvoir lire il avait ouvert toutes les fenêtres du salon et approché les feuilles de ses yeux, comme s'il lui fallait les sentir tout près des pupilles, et le Conde réussit enfin à se faire une idée exacte du décor dans lequel ils s'étaient rencontrés tous ces jours-là. C'était l'image qu'on se fait toujours des greniers ou des mansardes, ou de l'un de ces endroits poussiéreux et moisis, parfaits pour les films d'horreur, et qui n'existent pas dans les maison cubaines, et encore moins dans des maisons à charpente aussi haute. Tandis que le Marqués lisait, le Conde avait fumé deux cigarettes et il s'était consacré à faire le bilan de ce qui pouvait être utile dans cet entassement surréaliste d'objets totalement inhabituels : mis à part les deux fauteuils qu'ils occupaient, le lieutenant ne trouva que quelques objets récupérables : une table en bois noircie, un pied en bronze qui avait dû être la base d'une lampe art nouveau et des assiettes qui avaient l'air entières et peut-être même en porcelaine. Tout le reste sentait le cadavre exquis, mais sans l'alternative de la résurrection : ce devaient être les derniers restes de l'autophagie à laquelle le Marqués s'était sûrement livré dans sa propre maison.

— Ce que j'en pense, je vous le dirai plus tard. Mais je veux d'abord savoir quelque chose. Avez-vous lu Sartre ou Camus dernièrement ?

Le Conde chercha une autre cigarette

— Non, je n'ai presque pas lu. Pourquoi ?

— Vous connaissez *L'Étranger*, le Conde acquiesça et son hôte sourit à nouveau. Eh bien, votre chauffeur de bus me rappelle le Meursault de *L'Étranger*... Belle possibilité métaphorique, non ? L'existentialisme français et les « guaguas », les autobus cubains, reliés par l'insistance du soleil. Il sourit à nouveau et le Conde eut envie de le saisir par le cou. Ce salaud se moquait de lui.

— Alors vous trouvez ça ridicule.

— Mais il n'a pas de titre, continua le Marqués, comme s'il n'avait pas entendu le cri de désespoir du Conde qui cette fois hocha la tête : il n'avait pas de titre.

— Eh bien, il m'en est venu un, en voyant ces personnages déjà morts avant d'être morts physiquement : « La mort dans l'âme ». Qu'est-ce que vous en pensez ?

— Je ne sais pas, je crois que ça me plaît.

— Eh bien, si vous voulez, je vous en fais cadeau. De toute façon, il appartient à Sartre...

— Merci, s'entendit dire le Conde tout en pensant, la mort dans l'âme, que ce n'était plus la peine de lui demander son jugement définitif.

— C'est curieux de relire ce genre de littérature... À une autre époque on vous aurait sûrement accusé d'adopter des positions esthétiques bourgeoises et antimarxistes. Imaginez cette lecture de votre nouvelle : il n'y a pas d'explication logique ni dialectique à l'irrationalité des personnages ni à votre anecdote, l'incapacité de ces créatures à expliquer la désorganisation de la vie humaine est évidente, en même temps le travail naturaliste sur le détail ne fait que renforcer la désolation de l'homme qui a été frappé, il ignore comment, par une illumination face à son existence. À propos de cette esthétique on pourrait dire (comme on l'a beaucoup dit), quelle n'est qu'un reflet de la dégénérescence spirituelle de la bourgeoisie moderne. En outre, votre œuvre ne propose pas de solutions aux conjonctures sociales qu'elle exprime, pour ne rien dire du plus évident : elle transmet une image sordide de l'homme dans une société telle que la nôtre... Qu'est-ce que vous pensez de cette lecture ? Pauvre existentialisme... Et que faisons-nous alors de ces œuvres affreusement belles de Camus et de Sartre et de Simone ?... Et le pauvre Scott Fitzgerald et Henry Miller le scatologique et les excellents personnages de Carpentier, et le monde sombre d'Onetti ? Décapiter l'histoire de la culture et des incertitudes de l'homme ?... Mais vous savez ce qui me surprend le plus : et bien, votre capacité à fabuler. Vous n'avez pas écrit une nouvelle d'apprenti, mon ami le policier, mais une nouvelle d'écrivain, même si j'aurais préféré une autre fin : que ce soit elle qui tue le chauffeur de bus... Et, dites-moi, comment avez-vous eu l'idée d'écrire cette histoire ? Voyez-vous, le mystère de la création m'a toujours fasciné.

— Je ne sais pas, je crois que c'est parce que j'ai vu un chauffeur de bus avec une tête de chauffeur de bus, et que dernièrement on m'a dit que j'avais une tête de flic.

Le rire du Marqués dériva cette fois en une chaîne de gloussements qui menaçaient de le désarticuler et le Conde fut sur le point de se lever et de partir.

— Et vous m'avez cru, monsieur mon ami le policier ? Mais ce n'était qu'une blague. Ou une défense, je ne sais pas bien. Je voulais que nous maintenions nos distances, vous savez. La peur et la méfiance, non ? Quand on a reçu des coups, on apprend à lever les bras avant qu'on essaie de vous frapper à nouveau. Comme le chien de Pavlov. Mais je crois que j'ai exagéré avec vous, c'est vrai : je ne suis pas aussi pervers ni aussi ironique, ni aussi... ni aussi pédé que je vous l'ai fait croire. Non. Aussi je vous demande pardon maintenant, si je vous ai manqué de respect. Un homme avec votre sensibilité et capable d'écrire une histoire aussi inquiétante et émouvante, mais en plus aussi bien écrite et aussi sincère, ne méritait pas que je le traite comme je l'ai fait. Je vous demande d'excuser toutes mes petites agressions.

— Alors, vous venez de me dire que vous trouvez que mon histoire est bien ? insista le Conde à la recherche d'un avis simple, dépourvu des enluminures verbales du doute.

— Mais vous n'entendez pas ? Je viens de vous le dire... Et je vais vous dire quelque chose d'autre, je vous admire aussi comme policier. L'histoire du cigare a été un coup de génie, non ? Moi je n'aurais jamais eu l'idée de cette solution dramatique pour catalyser la tragédie ourdie... Parce que je ne sais pas si vous avez remarqué que tout cela avait des airs de tragédie grecque, dans le meilleur style de Sophocle, plein d'équivoques, d'histoires parallèles qui débutent vingt ans plus tôt et se croisent définitivement en un même jour, et de personnages qui ne sont pas ce qu'ils disent être, ou qui cachent ce qu'ils sont, ou qui ont tellement changé que personne ne sait plus qui ils sont, et qui tout à coup, de manière inattendue, se reconnaissent tragiquement. Mais tous affrontent un destin qui les dépasse, les oblige, les pousse dans l'action dramatique : seulement ici, c'est Laïos qui tue Œdipe, ou Egiste qui devance Oreste... Est-ce que cela s'appelle un filicide ? Et tout se déclenche parce que l'on commet l'*hybris*. Il y a des excès de passion, d'ambition du pouvoir, des haines acharnées et cela d'habitude est très durement puni... La seule chose lamentable dans ce jeu quasi théâtral, c'est que les dieux aient choisi Alexis pour le sacrifice macabre de son destin. Ce qu'a fait ce pauvre enfant m'a causé beaucoup de peine, parce qu'à mon âge j'ai vu mourir trop de gens, des dizaines d'amis, toute ma famille, et chaque mort est comme un avertissement inquiétant : la prochaine peut être la mienne, et plus je deviens vieux, plus j'ai peur de la mort. Mais là je suis très content que vous ayez démasqué ce monsieur et qu'on l'ait mis en prison... Parce que je vais encore vous raconter quelque chose : vous voulez savoir où ont commencé à se croiser les lignes de cette tragédie ? À Paris, en ce printemps 1969 : Faustino Arayán était le fonctionnaire de l'ambassade qui a frappé à la porte du Recio pour lui dire que l'Autre Garçon était au commissariat. Et c'est lui qui a décidé le retour de l'Autre à Cuba, et qui l'a renvoyé chargé de papiers où il déversait toute la merde qu'il voulait sur l'Autre et sur moi aussi, évidemment. Et, bien sûr, Alexis savait aussi tout cela...

La fête était finie et j'ai quitté Paris sous la pluie. Parce que le printemps de Paris est à ce point fragile : les battements d'ailes de l'hiver agonisant peuvent l'agresser en toute impunité de façon tout simplement dégueulasse et vengeresse. Le mauvais temps a commencé sans prévenir et les fenêtres, que dans la journée nous laissions ouvertes aux odeurs et aux bruits aimables de cette saison, ont dû être refermées, pour voir à travers les vitres comment la pluie glacée abîmait les pousses vierges des arbres de la place voisine. Deux jours avant, j'avais fini mes recherches documentaires sur Artaud et mon cycle de cours magistraux au Théâtre des Nations, où j'ai exposé pour la première fois en public ma nouvelle idée du montage d'*Electra Garrigó* à partir de ce que j'ai appelé une esthétique travestie. Ce fut un succès, en fait mon dernier grand succès public... De Sartre à Grotowsky, en passant par Truffaut, Nestor Almendros, Julio Cortázar et Simone Signoret, j'ai reçu des éloges publics et privés, et c'est là que j'ai été invité à présenter la pièce la saison suivante, avec des représentations dans six villes françaises. J'étais au sommet de mon rêve lorsqu'il s'est mis à pleuvoir sur Paris, comme s'il n'y avait jamais plu, et j'ai décidé alors de retourner au soleil impie mais sûr de La Havane, avec une hâte fébrile de me mettre au travail. Le Recio m'a accompagné à Orly, et nous n'avons jamais imaginé que ce serait le dernier contact charnel que nous aurions. Nous ne nous sommes jamais revus.

Dès mon arrivée, je me suis mis au travail. J'ai laissé les autres metteurs en scène s'occuper des pièces pour cette année-là, je me suis enfermé chez moi avec le texte de Virgilio, et j'ai commencé à concevoir le montage. En décembre j'avais fini le premier découpage, avec toutes les esquisses pour le décor et les costumes, le scène-à-scène, et une distribution attrayante où participaient des acteurs de différents groupes, parce que j'avais besoin de compter sur le meilleur du théâtre cubain. À ce moment, la récolte de canne à sucre avait déjà commencé et tout le pays était mobilisé pour couper et moudre la canne : même les acteurs et les techniciens du théâtre, et j'ai dû attendre le mois de juillet pour avoir la possibilité de travailler avec les gens que je voulais. J'ai écrit à Paris et leur ai expliqué les raisons du retard et, aimablement, ils ont reporté la tournée pour 1971, l'année terrible, et j'en ai alors profité pour préparer l'édition du *Théâtre et son double*, la meilleure jamais publiée en espagnol...

Enfin, le 6 septembre j'ai réuni au théâtre tous ceux qui allaient travailler dans cette mise en scène et j'ai fait alors une première lecture du découpage, où j'expliquais le décor, les lumières, les costumes et le jeu qui allait avec. L'ovation debout, à la fin, a achevé de me convaincre que j'étais arrivé aux portes du ciel : je n'avais plus qu'à frapper pour que le bon saint Pierre me reçoive les bras ouverts... Et nous avons commencé à travailler. Même si tout devenait très difficile (les tissus pour les costumes, la fabrication des 32 masques dont on avait besoin pour le montage, le costume impeccable du Pédagogue-centaure, les dessins pour la scénographie), petit à petit nous avons trouvé ce qu'il fallait et en janvier nous sommes passés des répétitions à froid aux répétitions sur le plateau, en costumes et avec le décor. Le travail des acteurs était vraiment très compliqué et j'exigeais d'eux la perfection. Ils devaient utiliser les masques comme si c'étaient leur propres visages et cela demandait un entraînement spécial et un énorme travail, et nous avons consacré de longues heures à regarder du théâtre japonais filmé. Alors j'ai commencé à inviter aux répétitions des gens très précis et tous en ressortaient hallucinés. Seul Virgilio m'a dit quelque chose que dans mon euphorie, je n'ai pas su entendre : Marqués, c'est mieux que ce que j'ai écrit, plus intense, plus provocateur, et j'en suis stupéfait, sur le cul... Mais, vieux, tout est tellement radical et cruel que j'ai une de ces trouilles... En réalité l'atmosphère était déjà bien trouble, mais je n'ai pas su voir les signes annonciateurs de danger qui arrivaient de partout, présageant l'orage. J'ai toujours eu le défaut de ne pas croire la météo. Je laisse la passion m'envahir et je ferme les yeux et les oreilles à tout ce qui n'est pas cette idée fixe... Donc, nous avons enfin fixé une date pour la première à La Havane au mois d'avril avec le début de la tournée en France au mois de mai. Et c'est là qu'a commencé le dernier acte de l'histoire qui devait se terminer par la représentation offerte par les quatre bureaucrates derrière la table de dissection placée sur une scène de théâtre... Un jour ils m'ont appelé pour me dire que le voyage à Paris posait des problèmes. Ils avaient sous les yeux un rapport qui disait que lors de mon dernier séjour en France il y avait eu des problèmes moraux assez sérieux, et qu'on savait que j'avais même été hébergé chez le Recio, dont l'attitude envers la révolution était assez ambiguë et qui entretenait des rapports cordiaux suspects avec certains cercles intellectuels français, pseudo-révolutionnaires et révisionnistes... Que j'avais rencontré Néstor Almendros et d'autres personnes qui avaient des attitudes critiques, y compris le fidèle Cortázar, et c'est alors qu'ils ont commencé à me raconter des choses que seulement deux personnes savaient : le Recio et l'Autre Garçon... On m'a dit qu'à l'ambassade de Paris on connaissait très bien toutes ces histoires-là, j'ai découvert qu'ils y mêlaient la vérité et le mensonge de manière surprenante : les événements étaient réels et il n'y avait que l'Autre qui pouvait les avoir racontés, parce qu'on reconnaissait la vulgarité de son empreinte à mesure qu'on me les racontait, mais les conclusions auraient été à pisser de rire si tout cela n'avait été bel et bien sérieux. On pouvait raconter n'importe quoi sur ma personne, mon œuvre, ma morale, mon attitude, mon idéologie et même mon haleine... Mais je n'ai pas cédé. J'ai écrit au Recio et je lui ai demandé de faire jouer ses influences à Paris pour activer, les invitations et les faire parvenir par la voie la plus officielle possible, et j'ai maintenu la date de la première à Cuba pour le mois d'avril. C'est alors qu'est venu un coup de maître : en une semaine Oreste, le Pédagogue, Clytemnestre Pla, et même Electra Garrigó ont quitté le spectacle... J'ai cru mourir, mais je n'ai pas renoncé et j'ai commencé à chercher d'autres acteurs, jusqu'au jour où nous avons tous été convoqués et où on a décidé, *in absentia*, de m'expulser du groupe par vingt-quatre voix pour et deux abstentions.

Deux mois plus tard, l'Autre Garçon a publié un texte sur le théâtre cubain contemporain où il ne citait ni mon nom ni mes œuvres, comme si je n'avais jamais existé ou comme s'il était impossible que j'existe à nouveau... J'ai compris alors qu'il n'y avait rien à faire, ou que je n'avais rien à faire d'autre que de me réfugier dans ma coquille, comme un escargot harcelé. Et j'ai laissé le rideau retomber. J'ai rendu les armes et j'ai accepté tous les châtiments : travailler à l'usine, d'abord, et à la bibliothèque ensuite, oublier le théâtre et les publications, les voyages et les interviews, devenir rien, et j'ai assumé le rôle de fantôme vivant, toujours derrière son masque, durant si longtemps que, vous en êtes témoin, mon propre visage est devenu un masque blanc.

— N'est-ce pas ? dit le Marqués avant d'ajouter : Mais venez maintenant avec moi, et le Conde le suivit à travers le salon, ils traversèrent la chambre, prirent le couloir et arrivèrent dans la pièce qui sentait l'humidité, la poussière ancienne et les vieux papiers. L'homme de théâtre alluma la lumière et le policier se retrouva entouré de livres, depuis le plancher jusqu'au très haut plafond, des livres en nombre et qualités incalculables, avec des reliures et des tomes dépareillés, de tailles et de couleurs diverses : des livres.

— Regardez bien, qu'est-ce que vous voyez ?
— Eh bien,... des livres.
— Des livres, oui, mais vous qui êtes écrivain vous

devez savoir que vous êtes en train de voir quelque chose de plus : vous vous penchez sur l'éternel, sur l'ineffaçable, sur quelque chose de magnifique, que rien ne peut altérer, pas même l'oubli. Regardez, c'est l'édition du *Paradis perdu* que j'ai volée... Comme vous le savez l'auteur est le poète Milton et les illustrations sont de Gustave Doré. Maintenant, je vais vous demander quelque chose : qui pourrait savoir comment s'appelait ce voisin de Milton, un homme richissime, fort redouté à son époque, qui l'a peut-être un jour accusé d'une énormité quelconque ? Vous ne le savez pas ? Bien sûr : personne ne le sait et personne ne devrait le savoir, mais tout le monde se rappelle qui était le poète. Et Dante, était-il guelfe ou gibelin ? Vous ne le savez pas non plus, n'est-ce pas, mais vous savez qu'il a écrit *La Divine Comédie* et que sa célébrité est supérieure à celle de tous les hommes politiques de son temps. Voilà ce qui est invincible... Et maintenant je vais vous dire pourquoi je vous ai amené jusqu'ici.

Il s'avança jusqu'à l'une des étagères et prit une chemise rouge, attachée avec des rubans qui avaient été blancs un jour et qui aujourd'hui affichaient plusieurs couches de saleté.

— Ce que je vais vous raconter, mon ami le policier, c'est parce que je crois que je vous le dois, comme je vous devais une excuse pour avoir exagéré avec vous... Voilà, ici à l'intérieur il y a huit œuvres de théâtre écrites durant ces années de silence, et dans cette chemise que vous voyez là, il y a un essai de trois cent pages sur la recréation des mythes grecs dans le théâtre occidental du XXe siècle. Qu'est que vous en pensez ?

Le Conde eut un geste : il fit non de la tête.

— Et pourquoi cachez-vous ça ? Pourquoi n'essayez-vous pas de tout publier ?

— À cause de ce que je vous ai déjà dit : mon personnage doit souffrir en silence jusqu'à la fin. Mais ça c'est le personnage : l'acteur a fait ce qu'il devait faire, et c'est pour ça que j'ai continué à écrire, parce que, comme pour Milton, un jour on se souviendra de l'écrivain et personne ne sera capable de mentionner le triste fonctionnaire qui l'a harcelé. On ne m'a pas laissé publier ni faire de mises en scène, mais personne ne pouvait m'empêcher d'écrire et de penser. Ces deux chemises sont ma meilleure vengeance, vous me comprenez maintenant ?

— Je crois que oui, dit le Conde en caressant les feuillets dactylographiés de son manuscrit et il s'aperçut, à cet instant, qu'il ne savait pas quoi en faire. Peut-être n'était-ce qu'une histoire pour trois lecteurs : lui même, le Flaco et Alberto Marqués, et cependant, cela lui suffisait. Non, il ne trouvait même pas nécessaire de s'exhiber plus, ni de réclamer quoi que ce soit à la littérature : seulement la faire, car le Marqués avait raison : dans ces huit feuillets se trouvait ce qui était invincible.

— Moi aussi, je voulais m'excuser, Alberto. À un certain moment j'ai dû être assez brusque avec vous.

— Mais non, mon enfant, tu es un ange. Tu ne sais pas ce que c'est d'être brusque avec moi. Si je commence à te raconter... Il vaut mieux pas, laisse tomber...

Le Conde sourit, en se rappelant les histoires entendues sur les aventures érotiques du Marqués, dans cette même maison. Bon, quoi qu'il dise, il est bel et bien pédé, et ce n'est pas un mensonge, mais maintenant je l'aime bien, conclut-il.

— Allons plutôt nous rasseoir, proposa le Marqués et ils retournèrent au salon tandis que le Conde allumait une cigarette.

— Je dois avouer que c'est moi maintenant qui suis stupéfait, dit le policier en regagnant son siège et sa place dans le décor du salon. Mais toutes ces confessions ont raffermi une idée que j'ai depuis deux ou trois jours : vous ne m'avez pas dit quelque chose que vous savez et qui peut mieux expliquer la mort d'Alexis, vous allez m'en parler maintenant ou je dois vous interroger ?

— Ainsi donc, vous croyez qu'il y a encore quelque chose... Vous êtes un fin limier, n'est-ce-pas ? Alors, vous voulez en entendre davantage ?, insista le Marqués et, sans attendre de réponse, il leva un bras pour retrousser la manche de sa robe de chambre, comme un prestidigitateur prêt à sortir quelque chose qu'il devait montrer au Conde. Vous voulez que je vous dise ce qu'Alexis a dû dire à Faustino pour le mettre dans un état pareil ? Bon, eh bien... aïe ! quelle mauvaise langue je suis. Non, je ne dois pas vous le dire, parce que quand Alexis l'a découvert et me l'a dit, il m'a fait jurer sur sa Bible que, quoi qu'il arrive, je ne devais le dire à personne. Et je ne l'ai dit à personne... C'est pour ça que je me suis tu, vous savez ?

Le Conde sourit.

— Et depuis quand croyez-vous aux promesses sacrées ? Même si ce secret pouvait sauver l'assassin d'Alexis ou atténuer sa faute ?

Le Marqués passa sa main sur sa tête dégarnie et eut un sourire diabolique.

— C'est vrai, moi je ne crois en rien, et ce monsieur est... Mais laissez-moi vous dire que je me suis tu parce que je n'ai pas imaginé cet homme capable d'arriver à faire ce qu'il a fait... Eh bien, ce qu'Alexis lui a dit c'est qu'il avait appris la fraude commise par son père en 1959, quand il a falsifié des documents et a réussi à se trouver deux faux témoins qui déclaraient qu'il avait lutté dans la clandestinité contre Batista... C'est comme ça que Faustino a grimpé dans le chariot de la Révolution, avec un passé qui lui garantissait d'être considéré comme un homme de confiance qui méritait récompense... Vous imaginez ce qui se serait passé si on l'avait appris ? Bien sûr que vous le savez : pour lui, la fête était finie.

Le Conde voulut sourire, mais n'y arriva pas. Ça doit être une autre histoire inventée par ce salaud, pensa-t-il.

— C'est pour ça qu'il l'a payé avec les deux pièces

de monnaie... Et comment Alexis a-t-il appris cette histoire ? Qui a pu la lui raconter ?

— C'est María Antonia qui la lui a racontée...

— Et pourquoi la lui a-t-elle racontée ?

— Je ne sais pas, peut-être parce qu'elle pensait qu'Alexis devait avoir cette carte en main, vous ne croyez pas ?

Le Conde sourit enfin.

— María Antonia donc. Que de choses savait María Antonia, et moi qui croyais...

— Oui, vous êtes un homme crédule, mon ami le policier. Mais il est préférable que vous soyez ainsi : plutôt crédule que cynique. Aussi vais-je vous avouer encore autre chose : bien des accusations dont j'ai été l'objet sont vraies : je suis suffisant, orgueilleux, porté sur l'expérimentation et depuis l'âge de douze ans où j'ai compris que j'étais amoureux du fiancé de ma sœur, j'ai su qu'il n'y avait d'autre remède pour moi que de coucher n'importe où avec un homme, et c'est ce que je fais depuis. Parce que cela m'appartient vraiment, hier, aujourd'hui et demain, comme dit le proverbe...

Le Conde n'aurait jamais pensé pouvoir entendre une chose pareille, et trouver en plus son auteur sympathique, ne pas penser à se relever pour flanquer des coups de pied à cet oiseau exultant. Mais, de toute façon, il décida, qu'un retrait à temps s'imposait, et il essaya de réunir les derniers renseignements sur cette histoire.

— Le rapport de Paris, c'est Arayán qui l'avait écrit ?

— Et qui d'autre ? Il a toujours été une sale bête, de celles qui montent insidieusement.

— Et quelles nouvelles avez-vous du Recio ?

— Comme tout est terrible, non ? J'ai appris qu'il allait très mal, vraiment très mal. On dit qu'il lui reste quelques mois... Mon pauvre ami. Il a beaucoup souffert de ce qui m'est arrivé. Peut-être plus que moi.

— Bon, dit alors le Conde en se levant, il faut que je parte. Mais je veux vous poser deux dernières questions.
— On dit toujours ça : les deux dernières questions.
— Qui est l'Autre Garçon ?
— Mais vous ne l'avez pas deviné ? Ah là là, vous n'êtes pas si bon policier alors. Pourtant je vous ai donné toutes les pistes. Cherchez donc, si vous pensez être écrivain et ne voulez pas vous attirer de problèmes. Et l'autre ?
— Le jour où je suis allé pisser dans vos toilettes, est-ce que vous m'avez observé ?
Le Marqués reprit l'attitude d'étonnement que le Conde connaissait déjà : il fit un énorme O muet avec sa bouche et posa sa main droite sur sa poitrine, comme prêt à jurer.
— Moi ? Vous m'en croyez capable, monsieur mon ami le policier ?
— Oui.
Il se mit alors à rire mais sans glousser.
— Et bien vous avez l'esprit mal tourné...
— Si vous le dites.
— Bien sûr que je le dis... Dites, mais je veux vous demander un service : gardez mon secret. Je vous trouve sympathique et quand je trouve quelqu'un de sympathique, je suis enclin aux confessions. Ce qu'il y a dans ces chemises seules trois personnes le savent, et vous êtes l'une d'elles.
— Ne vous inquiétez pas. Je ne vous demanderai même pas qui est l'autre, en plus du Recio... Bon, cette fois-ci je pars. Merci pour tout.
— Et quand revenez-vous par ici ?
— Quand j'aurai écrit une autre histoire ou quand on aura tué un autre travesti. Bon, je vous rends le livre du Recio que vous m'avez prêté, donc je ne vous dois rien, n'est-ce pas ? Enfin, presque rien... dit-il en tendant la main au Marqués, qui posa sa maigre structure osseuse

sur la paume du Conde. Si c'était la main du Gros Contreras, pensa le lieutenant en pressant légèrement la main de l'homme de théâtre, mais il la lâcha tout de suite, croyant deviner une approche dangereuse en train de naître sur le visage du Marqués. Voudrait-il m'embrasser ? Non, non, là non, se dit-il, et il sortit dans la rue, où un soleil couleur magenta venait clore avec de délicats reflets pourpres l'agonie langoureuse et veloutée de cet après-midi de dimanche, plus pédéraste qu'Alberto Marqués en personne.

Tandis qu'il s'enfonçait dans la partie ancienne de la ville, le Conde observait avec des yeux interrogateurs chaque femme qu'il croisait sur son chemin : serait-ce un travesti ?, se demandait-il, cherchant un détail révélateur dans la toilette, les mains, la forme des seins et la courbe des fesses. Deux jeunes filles, qui marchaient bras-dessus bras-dessous en remuant des hanches, éveillèrent de légers soupçons de transformisme, mais la pénombre de la rue ne lui permit pas d'arriver à une conviction probante. Il se rendit compte alors qu'il avait envie de rencontrer un travesti. Pourquoi ? se demanda-t-il, vide de réponses, et il pensa, tandis qu'il montait vers l'appartement de Poly, qu'il valait mieux débarrasser sa tête de tout ce lest s'il voulait prendre de la hauteur et du plaisir en voyant la démarche d'une femelle, cubaine de préférence, et si possible dans une rue de La Havane, et penser que ces seins dansants, ces larges fesses, cette bouche goulue, pouvaient être justement pour lui.

Poly le reçut à la porte, avec seulement un peignoir blanc qui laissait voir ses mamelons rouges foncés et sa toison noire. Elle ne lui laissa pas le temps de parler, se jetant sur lui, et lui enfonçant d'un coup sa langue entre les lèvres, comme un serpent désespéré.

— Mon Dieu, quelle merveille, un hétéro flic, dit-elle quand elle eut achevé sa fouille buccale, en pressant de la main la turgescence réveillée du Conde, qui lui demanda, à la limite de son orgueil :
— Tu m'attendais ?
— Qu'est-ce que tu crois, macho stalinien ? Et qu'est-ce que tu as dans ta musette ? demanda-t-elle à son tour en essayant de regarder, mais le Conde l'en empêcha.
— Attends, je veux d'abord te demander quelque chose... Est-ce que je peux rester trois jours ici avec toi, sans sortir ni voir le soleil ?
Elle sourit, dévoilant ses fines dents de moineau.
— À quoi faire ?
— Quelque chose de jamais ennuyeux...
— Je crois que oui.
— Bon, prends le sac et range-le au fond de la tranchée. Il y a dix œufs, une boîte de sardines, deux bouteilles de rhum, cinq paquets de cigarettes, un morceau de pain et un paquet de nouilles. Avec ça nous sommes invincibles et nous pouvons soutenir le siège... Tu as du café ? Bon, alors nous sommes vraiment invincibles, comme Milton.
— Quel Milton ?
— Le musicien brésilien... Maintenant, j'ai besoin de téléphoner, dit-il enfin, en enlevant sa chemise.
Il fit le numéro direct du major Rangel et ne fut pas surpris de le trouver encore au Commissariat.
— Vieux, écoute ça et prépare-toi à tomber sur le cul, dit-il avec le sourire et il lui raconta la dernière révélation concernant Faustino Arayán, l'homme masqué. Eh bien, qu'est-ce que tu en penses ?
— Ce que j'ai dit : ce pays est devenu fou, et sa voix sonnait creux, de trop d'étonnements et de fatigues : c'était ni plus ni moins une voix vide, et le Conde se dit, comme d'autres fois : sa voix est le miroir de son âme.

— Bon, alors j'ai gagné ma semaine de congé, non ?
— Oui, tu l'as bien gagnée. J'espère qu'un jour tu accepteras d'être un bon flic... Et puisqu'on en parle, il faudra que tu me dises un jour pourquoi tu es venu te fourrer dans la police, hein, Conde ?
— J'essaierai de le savoir et puis je vous le raconterai... Ah, mais je peux vous dire une chose que je sais : vous êtes le meilleur flic en chef du monde, quoi qu'on dise et quoi qu'on fasse.
— Merci, Mario, c'est toujours bon de savoir des choses pareilles, même si parfois cela ne sert à rien.
— Cela sert, Vieux, et vous le savez. Faites attention à vous et je vous vois lundi, dit-il, puis il raccrocha et composa le numéro du Flaco. Il n'attendit que trois sonneries.
— Flaco, c'est moi.
— Alors, grosse brute, quand est-ce que je te vois ?
— Aujourd'hui je ne peux pas, demain non plus, et après-demain non plus... Je suis avec un Petit Cul de moineau. J'ai demandé asile pour trois jours.
— Dis, tu ne serais pas amoureux de cette petite folle ?
— Je ne sais pas, Flaco. Mais je crois qu'avec ma tête qui pense, je ne suis pas amoureux, et que c'est mieux comme ça.
— Heureusement... Mais fais attention à ton autre tête, parce que quand une idée lui plaît...
— Écoute, note un numéro de téléphone : 61-3456. C'est pour toi et pour la vieille Josefina au cas où je vous manquerais, mais ne le donne même pas à la mort si elle te le demande. Ni à la Fondation Guggenheim, ni à Salinger s'il vient me voir à La Havane, d'accord ? Ah, donne-le à Candito el Rojo s'il a besoin de moi pour quelque chose...
— Dis, et si les enquêteurs te cherchent ?
— Eh bien je les emmerde, Flaco, je les emmerde, ou alors ils n'ont qu'à lancer les chiens à mes trousses. Nous allons faire la version cubaine du *Fugitif*... Ah,

avec toutes ces conneries, j'oubliais le plus important : achète deux bouteilles de rhum pour mercredi, je te donnerai l'argent. C'est mon cadeau d'anniversaire. Je vais appeler Andrés et le Conejo voir ce qu'on invente pour ce jour-là, d'accord ?

— Pas de problème. Tu sais ce que la vieille veut faire pour mon anniversaire ? Un barbecue à l'argentine, qu'elle dit, avec du steak, du chorizo, des saucisses, de l'aloyau, du filet... Et puis souviens-toi que tu ne m'as pas apporté la photocopie de ta nouvelle.

— Je te l'amène mercredi... Dis-moi, et qu'est-ce que tu vas faire à propos de Dulcita ?

Le Conde savait qu'il lui faudrait attendre et il attendit patiemment.

— Rien, Conde, que diable veux-tu que je fasse ? Si elle vient, et bien qu'elle vienne, je la verrai et je lui dirai : c'est la vie, collègue.

— Oui, c'est bien ce qui est dégueulasse : c'est la vie. Bon, on en parlera plus tard. Je t'embrasse, mon frère, et il raccrocha.

Poly l'attendait assise au bord du lit, un verre de rhum dans chaque main, et le Conde se dit que c'était injuste de se sentir heureux alors que pour le Flaco, qui n'était plus Flaco, victime d'une guerre géopolitique dans laquelle il avait été un pion détruit, toutes les possibilités d'assouvir ces besoins nécessaires étaient interdites et il ne restait plus que la souffrance qu'une de ses anciennes fiancées le voie comme ça, au fond du gouffre. Il caressa la frange de Poly, choisit le verre le plus plein et, torse nu, sortit sur le petit balcon de l'appartement, cherchant à apaiser ses chaleurs physiques et mentales, et il observa, dans la nuit naissante, les terrasses de La Havana Vieja, hérissées d'antennes, de désir ardents et d'histoires trop vastes. Pourquoi merde tout doit-il être comme ça ? Parce que tout est comme ça et pas autrement, Conde. Sera-t-il possible de revenir en arrière et de redresser des torts et des erreurs et des méprises ? Cela ne sera pas possible, Conde, mais il te reste encore l'invincibilité, se disait-il, et c'est alors qu'au cœur de l'obscurité, il découvrit le vol extravagant de cette colombe qui jaillissait d'un rêve ou qui échappait à ses habitudes d'animal diurne et défiait la nuit torride, prenant de la hauteur, dans une verticale parfaite, puis repliant ses ailes et faisant d'étranges pirouettes, comme si elle découvrait à cet instant la sensation vertigineuse de tomber dans le vide, avant de disparaître, derrière un immeuble rongé par les années. Je suis cette colombe, pensa-t-il, et il se dit que, comme elle, il n'avait rien d'autre à faire : simplement prendre son vol jusqu'à se perdre dans le ciel et dans la nuit.

Mantilla, 1994-1995.

DU MÊME AUTEUR

L'Automne à Cuba
prix Hammett 1998
prix du Livre insulaire de Ouessant 2000
Métailié, 2000, 2002
et « Points Policiers », n° P1583

Passé parfait
prix des Amériques insulaires 2002
Métailié, 2001, 2006
et « Points Policiers », n° P1942

Mort d'un Chinois à La Havane
Métailié, 2001
et « Points Policiers », n° P2277

Le Palmier et l'Étoile
Métailié, 2003
et « Suites », n° 143

Vents de Carême
Métailié, 2004, 2006
et « Points Policiers », n° P2060

Adios Hemingway
Métailié, 2005
et « Points Policiers », n° P1662

Les Brumes du passé
prix Brigada du Meilleur roman noir 2006
Métailié, 2006
« Suites », n° 151
et « Points Policiers », n° P2530

L'homme qui aimait les chiens
prix Roger-Caillois 2011
prix Carbet de la Caraïbe 2011
Métailié, 2011
et « Points Les Grands Romans », n° P3398

Hérétiques
Métailié, 2014
et « Points Les Grands Romans », n° P4243

Ce qui désirait arriver
Métailié, 2016
et « Points », n° P4579

La Transparence du temps
Métailié, 2019
et « Points Les Grands Romans », n° P5196

Retour à Ithaque
(avec Laurent Cantet)
Métailié, 2020
et « Points », n° 5406

Poussières dans le vent
Métailié, 2021
et « Points Les Grands Romans », n° 5681

L'Eau de toutes parts
Vivre et écrire à Cuba
Métailié, 2022

**Les Éditions Points s'engagent
pour la protection de l'environnement
et une production française responsable**

Ce livre a été imprimé en France, sur un papier certifié issu de forêts gérées durablement, chez un imprimeur labellisé Imprim'Vert, marque créée en partenariat avec l'Agence de l'eau, l'ADEME (Agence de l'environnement et de la maîtrise de l'énergie) et l'UNIIC (Union nationale des industries de l'impression et de la communication).

La marque Imprim'Vert apporte trois garanties essentielles :

- La suppression totale de l'utilisation de produits toxiques
- La sécurisation des stockages de produits et de déchets dangereux
- La collecte et le traitement de produits dangereux

IMPRESSION : CPI FRANCE
DÉPÔT LÉGAL : SEPTEMBRE 2023. N° 154451 (3053138)
IMPRIMÉ EN FRANCE

Éditions Points

Collection Points Policier

DERNIERS TITRES PARUS

P4995. Moi, serial killer. Les terrifiantes confessions de 12 tueurs en série, *Stéphane Bourgoin*
P5023. Passage des ombres, *Arnaldur Indridason*
P5024. Les Saisons inversées, *Renaud S. Lyautey*
P5025. Dernier Été pour Lisa, *Valentin Musso*
P5026. Le Jeu de la défense, *André Buffard*
P5027. Esclaves de la haute couture, *Thomas H. Cook*
P5028. Crimes de sang-froid, *Collectif*
P5029. Missing : Germany, *Don Winslow*
P5030. Killeuse, *Jonathan Kellerman*
P5031. #HELP, *Sinéad Crowley*
P5054. Sótt, *Ragnar Jónasson*
P5055. Sadorski et l'ange du péché, *Romain Slocombe*
P5067. Dégradation, *Benjamin Myers*
P5068. Les Disparus de la lagune, *Donna Leon*
P5093. Les Fils de la poussière, *Arnaldur Indridason*
P5094. Treize Jours, *Arni Thorarinsson*
P5095. Tuer Jupiter, *François Médéline*
P5096. Pension complète, *Jacky Schwartzmann*
P5097. Jacqui, *Peter Loughran*
P5098. Jours de crimes, *Stéphane Durand-Souffland et Pascale Robert-Diard*
P5099. Esclaves de la haute couture, *Thomas H. Cook*
P5100. Chine, retiens ton souffle, *Qiu Xiaolong*
P5101. Exhumation, *Jesse et Jonathan Kellerman*
P5102. Lola, *Melissa Scrivner Love*
P5123. Tout autre nom, *Craig Johnson*
P5124. Requiem, *Tony Cavanaugh*
P5125. Ce que savait la nuit, *Arnaldur Indridason*
P5126. Scalp, *Cyril Herry*
P5127. Haine pour haine, *Eva Dolan*
P5128. Trois Jours, *Petros Markaris*
P5167. Diskø, *Mo Malø*
P5168. Sombre avec moi, *Chris Brookmyre*
P5169. Les Infidèles, *Dominique Sylvain*
P5170. L'Agent du chaos, *Giancarlo De Cataldo*
P5171. Le Goût de la viande, *Gildas Guyot*
P5172. Les Effarés, *Hervé Le Corre*

P5173. J'ai vendu mon âme en bitcoins
       Jake Adelstein
P5174. La Dame de Reykjavik, *Ragnar Jónasson*
P5175. La Mort du Khazar rouge, *Shlomo Sand*
P5176. Le Blues du chat, *Sophie Chabanel*
P5177. Les Mains vides, *Valerio Varesi*
P5213. Le Cœur et la Chair, *Ambrose Parry*
P5214. Dernier tacle, *Emmanuel Petit, Gilles Del Pappas*
P5215. Crime et Délice, *Jonathan Kellerman*
P5216. Le Sang noir des hommes, *Julien Suaudeau*
P5217. À l'ombre de l'eau, *Maïko Kato*
P5218. Vik, *Ragnar Jónasson*
P5219. Koba, *Robert Littell*
P5248. Il était une fois dans l'Est, *Arpád Soltész*
P5249. La Tentation du pardon, *Donna Leon*
P5250. Ah, les braves gens !, *Franz Bartelt*
P5251. Crois-le !, *Patrice Guirao*
P5252. Lyao-Ly, *Patrice Guirao*
P5253. À sang perdu, *Rae Delbianco*
P5282. L'Artiste, *Antonin Varenne*
P5283. Les Roses de la nuit, *Arnaldur Indridason*
P5284. Le Diable et Sherlock Holmes, *David Grann*
P5285. Coups de vieux, *Dominique Forma*
P5286. L'Offrande grecque, *Philip Kerr*
P5310. Hammett Détective, *Stéphanie Benson, Benjamin et Julien Guérif, Jérôme Leroy, Marcus Malte, Jean-Hugues Oppel, Benoît Séverac, Marc Villard, Tim Willocks*
P5311. L'Arbre aux fées, *B. Michael Radburn*
P5312. Le Coffre, *Jacky Schwartzmann, Lucian-Dragos Bogdan*
P5313. Le Manteau de neige, *Nicolas Leclerc*
P5314. L'Île au secret, *Ragnar Jónasson*
P5335. L'Homme aux murmures, *Alex North*
P5336. Jeux de dames, *André Buffard*
P5337. Les Fantômes de Reykjavik
       Arnaldur Indridason
P5338. La Défaite des idoles, *Benjamin Dierstein*
P5339. Les Ombres de la toile, *Christopher Brookmyre*
P5340. Dry Bones, *Craig Johnson*
P5341. Une femme de rêve, *Dominique Sylvain*
P5342. Les Oubliés de Londres, *Eva Dolan*
P5343. Chinatown Beat, *Henry Chang*
P5344. Sang chaud, *Kim Un-Su*
P5345. Si tu nous regardes, *Patrice Guirao*
P5346. Tu vois !, *Patrice Guirao*
P5347. Du sang sur l'asphalte, *Sara Gran*
P5348. Cool Killer, *Sébastien Dourver*

P5378. Angkar, *Christian Blanchard*
P5379. Que tombe le silence, *Christophe Guillaumot*
P5380. Nuuk, *Mo Malø*
P5381. Or, encens et poussière, *Valerio Varesi*
P5382. Le Goût du rouge à lèvres de ma mère, *Gabrielle Massat*
P5383. Richesse oblige, *Hannelore Cayre*
P5384. Breakdown, *Jonathan Kellerman*
P5385. Mauvaise graine, *Nicolas Jaillet*
P5386. Le Séminaire des assassins, *Petros Markaris*
P5387. Y. La Trilogie de K, *Serge Quadruppani*
P5388. Norlande, *Jérôme Leroy*
P5418. Le Bal des porcs, *Arpád Soltész*
P5419. Après le jour, *Christophe Molmy*
P5420. Quand un fils nous est donné, *Donna Leon*
P5421. Sigló, *Ragnar Jónasson*
P5422. La Gestapo Sadorski, *Romain Slocombe*
P5473. L'Emprise du chat, *Sophie Chabanel*
P5474. Somb, *Max Monnehay*
P5503. De cendres et d'or. Une enquête du ranger Taylor Bridges
B. Michael Radburn
P5504. Un dernier ballon pour la route, *Benjamin Dierstein*
P5505. Laisse pas traîner ton fils, *Rachid Santaki*
P5506. La Dernière Tempête, *Ragnar Jónasson*
P5507. Un dîner chez Min, *Xiaolong Qiu*
P5546. Dernier Tour lancé, *Antonin Varenne*
P5547. La Pierre du remords, *Arnaldur Indridason*
P5548. L'Ange déchu, *Chris Brookmyre*
P5549. Seul avec la nuit, *Christian Blanchard*
P5550. Une évidence trompeuse, *Craig Johnson*
P5551. Marseille 73, *Dominique Manotti*
P5552. Elma, *Eva Björg Ægisdóttir*
P5553. L'Ange rouge, *François Médéline*
P5554. Terminus Leipzig, *Jérôme Leroy, Max Annas*
P5555. Carnets d'enquête d'un beau gosse nécromant
Jung Jaehan
P5556. La Bête en cage, *Nicolas Leclerc*
P5557. Les Chiens de Pasvik, *Olivier Truc*
P5558. Xavier Dupont de Ligonnès. La grande enquête
*Pierre Boisson, Maxime Chamoux, Sylvain Gouverneur,
Thibault Raisse*
P5580. La Maison du commandant, *Valerio Varesi*
P5581. Serial Bomber, *Robert Pobi*
P5582. L'Art de mourir, *Ambrose Parry*
P5583. Un flic bien trop honnête, *Franz Bartelt*
P5584. Le Second Disciple, *Kenan Görgün*
P5585. Maldonnes, *Serge Quadruppani*

P5586.	L'Ami des ombres, *Alex North*
P5587.	Resurrection Bay, *Emma Viskic*
P5588.	En eaux dangereuses, *Donna Leon*
P5589.	Disparaître / Dans la nature, *Evan Ratliff*
P5590.	Trente Grammes, *Gabrielle Massat*
P5591.	Heartbreak Hotel, *Jonathan Kellerman*
P5592.	Mort aux hypocrites, *Petros Markaris*
P5593.	Koba, *Robert Littell*
P5636.	Le Serment, *Arttu Tuominen*
P5637.	Indio, *Cesare Battisti*
P5638.	L'Eau rouge, *Jurica Pavičić*
P5639.	Analphabète, *Mick Kitson*
P5640.	Larmes de fond, *Pierre Pouchairet*
P5641.	L'inspecteur Sadorski libère Paris *Romain Slocombe*
P5642.	L'Os de Lebowski, *Vincent Maillard*
P5668.	Un tueur sur mesure, *Sam Millar*
P5696.	La Forcenée. La trilogie de K *Serge Quadruppan*
P5697.	Dix âmes, pas plus, *Ragnar Jónasson*
P5698.	Tais-toi et meurs, *Alain Mabanckou*
P5699.	La Cour des mirages, *Benjamin Dierstein*
P5881.	Macha ou l'évasion, *Jérôme Leroy*
P5882.	L'Équarrisseur, *Nadine Matheson*
P5889.	Crépuscule à Casablanca. Une enquête de Gabrielle Kaplan, *Melvina Mestre*
P5890.	L'Inconnue du port, *Olivier Truc, Rosa Montero*
P5891.	In fine mundi, *Andrès Serrano*
P5892.	Le Mur des silences, *Arnaldur Indridason*
P5893.	Western Star, *Craig Johnson*
P5894.	Le Grand Jeu, *Percy Kemp*
P5896.	King Zeno, *Nathaniel Rich*
P5905.	Les filles qui mentent, *Eva Björg Ægisdóttir*
P5906.	Alba Nera, *Giancarlo De Cataldo*
P5910.	Je suis le feu, *Max Monnehay*
P5932.	Tu ne seras plus mon frère *Christian Blanchard*
P5933.	La Main de dieu, *Valerio Varesi*
P5934.	Summit, *Mo Malø*
P5941.	Des ombres dans la nuit, *Jonathan Kellerman*
P5947.	La Consule assassinée, *Pierre Pouchairet*
P5948.	Les Masques éphémères, *Donna Leon*
P5956.	La Fureur de la rue, *Thomas H. Cook*
P5969.	La Femme du deuxième étage, *Jurica Pavičić*
P5974.	L'Espion qui venait du livre, *Luc Chomarat*
P5976.	Gueules d'ombre, *Lionel Destremau*
P5984.	J'étais le collabo Sadorski, *Romain Slocombe*